意識的

表述。

楊牧詩作中的
生命時間意涵

劉益州——著

自序

未完成意識部署與未完成的際遇性
——一種主體與意識的文學研究可能

　　沙特說：「胡塞爾曾指出，一切意識都是對某物的意識。這意味著，意識是一個超越的對象的位置（position），或者可以說，意識是沒有『內容』的[1]。」沙特此語說明意識沒有內容，其實就是存有本身是空乏的，必須不斷地進行對某物意向活動來充實自我。換言之，存有不間斷地在時間流中以意向活動澄明自身。而意向活動奠基於存有的身體，所以龔卓軍就說：「我的身體應首先為我規定向著世界的觀看位置[2]。」這邊的觀看代表意識主體的存有對他者的意向活動，存有透過身體對他者的立義去認識自我、認識這個世界，由於身體的身體感對於周遭他者的感知[3]，然在文學作品創作過程

---

[1] 沙特（Sartre, J. P.）著，陳宣良等譯：《存在與虛無（上）》（台北：桂冠，1990 年 1 月），頁 9。

[2] （法）莫里斯・梅洛－龐蒂著，姜志輝譯：《知覺現象學》（北京：商務，2005 年 7 月），頁 127。

[3] 龔卓軍說：「『身體感』可以說是身體經驗的種種模式變樣當中不變的身體感受模式。」例如視覺、聽覺、觸覺等等，都是身體感的身體經驗。參見龔

中，還包含回憶、預期和想像的呈現，這是存有在時間流中對於自我的確認與示現，與身體感僅有間接的關係，而主要是意識在運作，這是意識在時間中的部署[4]，存有意識到自我在時間流中的位置，存有決定當下意向到某物或想像到某物，藉著意向活動充實當下空乏的自己。

　　存有的意識是不斷地在時間流中部署他自己，為了澄明自我存有的戰略目標，它不斷去意向某物，並且透過符號表述某物，胡塞爾就指出：

　　　　表述的行為；例如，陳述就意味著對一個感知或想像的表述[5]。

意識部署在表述的行為，去對一個存有的感知或想像進行表述，表述是有意義的，那個「意義」指向存有自身，對存有產生意義，胡塞爾說：

　　　　我們從指示性的符號中劃分出有含義的符號，即表述[6]。

　　卓軍：《身體部署：梅洛龐蒂與現象學之後》（台北：心靈工坊，2006年），頁69-70。

[4]　龔卓軍說：「部署乃是依戰略目標發聲的配置影響，同時也是依此戰略目標而構成的雙重化的過程（double processus）。」見龔卓軍：〈導論：身體現象學及其陰影〉收錄於龔卓軍：《身體部署－梅洛龐蒂與現象學之後》（臺北：心靈工坊，2006年9月），頁16。

[5]　艾德蒙特・胡塞爾著，倪梁康譯：《邏輯研究・第二卷，第一部份　現象學與認識論研究》（台北：時報文化，1994年），頁38。

[6]　艾德蒙特・胡塞爾著，倪梁康譯：《邏輯研究・第二卷，第一部份　現象學與認識論研究》（臺北：時報文化，1999年），頁31。

人為什麼要表述？因為人是「空乏」的存有，在意向活動中充實自我，在意識的表述中對於自我進行再確認[7]。存有透過意向弧的意識活動，與周遭他者產生聯繫，產生意義；例如，我對某人產生了意向活動，那麼，這個人就對我產生了意義，我在這個人身上認識了自我，認識了我在他的什麼位置，說得更清楚一點，我認識了我的父親、母親，我意識到我是以兒子的位置存有在和他們的相對位置，我因為意向到他者，而認識到自我的存有，我感謝這樣的存有以及場域位置。

　　而我們在楊牧詩作中，以時間意識來進行討論，其時間意識又如何部署呢？在意向弧面對人世間種種可能的徵象，事實上，所有的徵象都能夠作為物我確認的時間參照物，生命短促如夏蟲，幾近永恆的山石水勢，都能夠參照出楊牧自我在時間流中的位置，澄明其生命的存有，因此，在時間確認的同時，意識是指向他者，透過意識投射到時間參照物中，楊牧表述他自己的時間內涵。

　　意識總是為了自我而投射出去，去意識某物，去使空乏的自身充實。因此意識總是部署在自我周遭，其部署是為了作為存有在時間、空間或意義上的確認。而意識也時時在表述它自己，表述也是意識之部署，部署在身體，透過身體動作、表情進行意識的示現，部署在聲音、語言、文字，達到表述「傳訴」的功能，我們可以說文學作品是奠基於作者存有的意識表述，作者以一般人的存有身

---

[7]　當然，表述是具有傳訴功能的，這時，「表述」建立在主體際性「空乏」的充實上，作為主體際性間的充實。

份被拋入世間而對自我以及周遭的「暈圍」產生意向活動[8]，並將意向活動所產生的意向體驗藉以文學作品表述出來，表述的目的就是「為我表述」，透過表述使表述本身因為我的存有而獲得意義充實（含義充實）。人在面臨死亡終結存有之前，人總是不間斷地將意識部署於某物，並轉化為表述意識呈現於自我的各種樣貌，文學作品就是意識表述的完成。所以這篇博論以「意識的表述」最為論述的開展，以楊牧詩作為中心，討論最原初的意識——時間意識的構成。

　　雖然「意識總是對某物的意識」，但為何不同的人對於相同的物會有不一樣的表述？在拙著〈差異的必然：文學作品中表述「特殊性」的現象學討論〉一文中[9]，將存有與表述活動分析為可固定和有差異的變化，請參見下表：

---

[8]　張雲鵬、胡藝珊指出：「保留與前展圍繞現在組成的時間邊緣域類似於我們的空間視野，在空間知覺中，我們清晰地看到某物某人或某一景色，但是在直觀上總是有一些清晰的或晦暗的、明顯的或不明顯的共同呈現的東西圍繞著它們，這是空間知覺的邊緣域，它構成了空間知覺的背景或可說是暈圍。」倪梁康更進一步說明「暈」是具有時間性，也有空間性的。見張雲鵬、胡藝珊著，《現象學方法與美學》（浙江：浙江大學出版社，2007 年），頁 84。見倪梁康著，《現象學及其效應：胡塞爾與當代德國哲學》（北京：三聯，1994 年），頁 263。

[9]　〈差異的必然：文學作品中表述「特殊性」的現象學討論〉，「承傳與創新——文化研究國際研討會」2010 年 12 月 18-19 日（星期六、日），北京師範大學香港浸會大學聯合國際學院、復旦大學、香港大學、明道大學、台中技術學院、佛光大學、北京大學、澳門大學、徐州師範大學、廈門大學和《文藝爭鳴》聯合主辦。

存有自身的位置		存有的意向行為	
存有被拋入「在世」的時間流	存有被拋入「在世」的空間	意向對象（意識對象）	包圍意向對象的界域（暈）
不可由意識變化，跟隨線性時間變化	可由意識移動意向主體的身體位置	可由意識選擇意向對象	因意識選擇意向對象而變化
固定	有限制的變化	自由變化	依據意識對象變化

從上表我們可以看到存有被拋入「在世」的意向活動的四個條件，存有奠基於自身的位置才去對意向對象進行意義充實的指涉，在存有自身位置的固定和有限制的變化場域中，存有的存有位置本身是具有特殊性的，因此文學作品所呈現「意識的表述」才有其差異與特殊性的可能，而豐富文學世界表述內容。而這四種條件的差異，主要就是「存有的際遇性」所構成，如史成芳說：

> 被拋狀態是人作為眾生之一的生存狀態。此在被拋而進入眾人之中，成為其中的一分子，在這裡，它與自己際遇（encounter），也與他人際遇。此在當他來到世界，他就進入被拋狀態。[10]

人成為「被拋於世」中的存有，本身就是際遇性，每個人有每個人不同的際遇，際遇是存有必然的象徵，陳榮華就指出：

---

[10] 史成芳：《詩學中的時間概念》（湖南：湖南教育出版社，2001 年 6 月），頁 110。

> 人的存有是有際遇性，故人總是有際遇的，不同的際遇讓他
> 有不同的感受……由於際遇性是人的存在的基本結構，因此
> 它是人的存在性徵。[11]

在存有的際遇性中，意識得以展開其部署，透過意向弧、意向活動
去認識自我的存有，並且表述自我的存有，因此「表述」也是際遇
性的，楊牧在論詩時，他亦說道：

> 不能否認的是，它（詩）也時時表達著人生際遇中貼切可理
> 解的悲歡，或僅僅是藝術的惆悵。[12]

詩在人生際遇中表現了意識主體的情感，那麼詩或文學作品也是際
遇性的嗎？或許我們可以說文學作品的構成是意識際遇性的累積，
它並不是先驗的，而是經驗的產物，而經驗就是存有在際遇中的體
驗，每個人在意向活動與表述活動中的具有「四個條件」的差異，
因為如此的際遇、經驗的累積，使楊牧成為楊牧，其他的詩人成為
其他的詩人，而我們成為我們自己。

我們成為我們自己，除了際遇性外，還有瞭解和言談，作為我
們存有的開顯性[13]，瞭解就是意識不斷地進行意向行為去建立物我

---

[11] 陳榮華：《海德格《存有與時間》闡釋》（台北：台大出版中心，2003 年），
頁 165。

[12] 楊牧：〈《禁忌的遊戲》後記：詩的自由與限制〉收錄於楊牧：《楊牧詩集
II》（台北：洪範，1995 年 9 月），頁 508。

[13] 參見陳榮華：《海德格《存有與時間》闡釋》（台北：台大出版中心，2003
年），頁 408。

的意指關係，言談則是以言談的方式確定我們自己、彰顯我們自己。在文學作品中難道不也是一種存有的開展？我們看見詩人在作品中表述去意識到詩中的某物並加以「言談」的詮說，而這一切可能就是際遇性的。

　　而這一篇博士論文的產生過程也是際遇性的，首先，我的生活是際遇的，在際遇中進入逢甲大學，際遇性地讀了某本書，際遇性地不讀某本書，際遇性有了某個想法，際遇性地與自我以外他者的相遇，布伯說：

　　　人觀照與他相遇者，相遇者向觀照者敞亮其存在，這就是認識[14]。

認識也是一種意識的意向活動，意識主體對於意向對象給予了意義[15]，我在父母支持、鼓勵下得以繼續研究學問，鄭慧如老師給予了從現象學研究詩文本的方向，此外還有許多人在時間流的際遇中，給我「認識」和「立義」的可能，充實「空乏」的存有[16]，也在際遇中，充實並顯現了博士論文的架構與內容，正如胡塞爾說：

[14] 布伯（Martin Buber）著，陳維剛譯：《我與你》（台北：久大，1991年），頁33。
[15] 倪梁康指出：「主體之間的互識必須通過意義解釋和意義製作來進行。一個主體及其行為要想被另一個主體認識，就必須進行賦予意義（製作意義）的活動。」參見倪梁康：《意識的向度：以胡塞爾為軸心的現象學問題研究》（北京：北京大學出版社，2007年），頁148。
[16] 胡塞爾指出主體的意識本身是空乏的，而向現象過渡。參見胡塞爾：〈感知中的自身給予〉收錄於倪梁康編：《胡塞爾選集（下）》（上海：上海三聯書局，1997年11月），頁700。

在每一段感知階段中都包含著一個完全空乏的外視域，它趨
向於得到充實，並且在向某個進展方向的過渡中以空乏前期
望的方式去達到充實。[17]

我在這段時間的際遇中從自身的「空乏」，感知到現象學以及其他，
在感知中達到可能的充實。在際遇的展開中亦是意識的部署，我選
擇了時間作為研究「表述」與「楊牧詩作」的主題，雖然單一作家
的研究文本數量可能有不足的地方，但希望這只是「未完成意識部
署」，在前人運用現象學所進行的文學研究成果上，繼續建構一種
現象意識的研究方法，從主體、主體際以及主客體間的意向活動，
意識的向度，作為一種「表述研究」的可能，作為我學術研究的奠
基，也希望開展文學研究的另一個方向。

　　現象學的「懸置」或「放入括號」，使研究進路得以從作品的
雜多性與符號歧異中澄清，正如 T・伊格頓所說：「現象學抓住了
我們通過體驗所能把握的東西，從而能為建立真正可靠的知識提供
基礎[18]。」透過「現象學式」的文學研究，可以使作者的表述意識
得以澄明，當然從主體經驗到文學作品的表述間仍具有巨大的空白
縫隙[19]，這可能需要歷來文學研究者不斷地去補充、去詮釋和理解

---

[17] 埃德蒙德・胡塞爾著，倪梁康、張廷國譯：《生活世界現象學》）（上海：
　　譯文出版，2002 年 6 月），頁 51-52。

[18] T・伊格頓（Terry Eagieton）著，鍾嘉文譯：《當代文學理論》（台北：南
　　方叢書出版社，1988 年 1 月），頁 75。

[19] 可參見張桃洲：《現代漢語的詩性空間——新詩話語研究》（北京：北京大
　　學出版社，2005 年 4 月），頁 11。

其間的過程，現象學的「意向研究」正提供了我們一個清楚的概念。或許一種方法的概念無法完全覆蓋我們所欲渴求的文學真理[20]，但在千百年的文學研究者總是不斷試圖地接近它，並且將這決心企圖傳承下去，這本書當然也希望是這千百年文學研究志業中的一小塊基石。

2011/4/24 寫

2011/10/14 修改

---

[20] 海德格指出：「現象學本身並不是一種學說或流派，而只是一種方法的概念，這樣的方法並不是要描述哲學研究對象的內容是什麼，而是讓我們明白對象的研究如何可能。」參見海德格著，王慶節、陳嘉映譯：《存在與時間》（台北：桂冠，1993 年），頁 51。

目次

第一章

緒論

第一節　研究動機：楊牧作品中對存有的意識與表述

一、存有的意向與表述行為

　　〈意識的表述：楊牧詩作中的生命時間意涵〉的研究動機，主要是想藉由揭明楊牧在詩作中所呈現生命時間意涵，釐清生命主體和語言表述在文學作品中的具體關係。文學作品是作者生命主體意識的表現，作者的生命主體在時間流中經驗時間、經驗生命，作者在「時」與「處」的體驗中將自我存有的現象表現出來，形成作者自我意識的表述[1]。

---

[1]　胡塞爾說：「意識本身是體驗的複和。」故作者意識的表述在本質上就是作者體驗的表述。見〔德〕艾德蒙特・胡塞爾（Edmund Husser）著，倪梁康

　　而表述的目的就是「為我表述」，透過表述使「表述」本身因
為我的存有而獲得意義充實（含義充實）[2]，使抽象的意識得以在表
述文本中獲得具體意義的徵象，換言之，文學作品創作的表述行為，
是由作者意向自我以及周遭物，獲得指涉的統一性，繼而透過自我
意識的意義示現而表述出來。這個過程可以以下圖來分析：

　　　（意向活動）　　　　　　　（表述活動）

意向物 ─────────────→ 存有 ─────────────→ 作品

（存有以及周遭的「暈圍」）　（作者）　　　　　　　（表述）

作品是作者意向活動的表述，但作品不是單純存有對這世界或世界
物的表達或再現，也就是說人的表達不僅是現實周遭物的再現，還
有意向主體的意識非現實的示現，因此表達包括非現實的表象和再
現，是意識的構成。文學作品的作者選擇意向對象，以及以某種文
學作品作為表述的方式，就已經有主體意識的參與，意向主體的
意識透過文學作品的語言表現出來，而「語言之本質乃是作為道示
的道說[3]。」故文學作品可以說是意向主體的「道示」，更精確地說，

　　譯：《邏輯研究》第二卷，第一部份　現象學與認識論研究（台北：時報文
　　化，1999 年），頁 400。

[2]　胡塞爾說：「一方面是那些對於表述來說本質性的行為，只要表述還是表述，
　　就是說，只要表述還是啟動意義的語音，這些行為對於表述來說就是本質性
　　的。我們將這些行為稱之賦予含義的行為，或者也稱之為含義意向。」也就
　　是表述是具有意義充實的意向行為。見〔德〕艾德蒙特・胡塞爾著，倪梁康
　　譯：《邏輯研究》第二卷，第一部份　現象學與認識論研究，頁 37。

[3]　同前註，頁 221。

文學作品作為意向主體的存有的道示，具有意向主體意識的示現，最終成為文學作品它自己的特質。

　　文學作品所呈現出來的是作者意識體驗的意向活動表述，對文學作品本身則是意涵的呈現，當我們閱讀文學作品時，我們在理解文學作品的意涵，同時也是理解到文學作品作者的表述意識。

二、意識表述的可能：以「詩」作為意識表述方式的討論

　　在文學作品中所呈現的意識表述，就是「道說」，所有的文學作品表述本質上都具有「道說」的功能。但從作品接受的觀點而言，如埃瑟（Wolfgang Iser）指出作品文本的意涵經常是讀者對文本的閱讀所致[4]，此說法就是強調作品是一獨立自主的文本，是讀者對作品意向活動中的「含義充實」[5]，然而這樣的強調將否定文字符號在「人－人」之間的溝通功能，單方面呈現「物（文本）－人」的聯繫，而造成意識無法確切透過語言文字表達的危機，晉朝陸機亦曾

---

[4]　Wolfgang Iser, "*Implied Reader*"（Baltimore: Johns Hopkins U. Press.1974），pp.278-280。轉引至許又方：《時間的影跡》（臺北：秀威資訊，2006 年），頁 14。

[5]　關於「含義充實」，倪梁康指出：「胡塞爾在《邏輯研究》中指明，每一個表述本質上都意指一個含義，因此，每一個表述都與一個對象之物發生關係。」在此意向表述的過程中，意識得以現時及現實化，使原本空乏的意識得以得到對象之物的「充實」，是一意義給予的意向活動，「對象」在作為「被給予的對象」而構造出自己，使對象在意識中得以呈現並表達出來。參見倪梁康：《胡塞爾現象學概念通釋（修訂版）》（北京：三聯書店，2007 年 8 月），頁 78。

提出如此擔憂：「恆患意不稱物，文不逮意[6]。」，陸機明確地指出，人無法精確掌握物象以及作品文本與作者意識的落差[7]。雖然胡塞爾提出了「直觀」的方法來掌握事物的本質[8]，但終究文學作品的作者並不是現象學家，不一定會以「直觀」來「回到實事本身」掌握物的本質，故有此「意不稱物」的憂慮，但就表述的本質上是存有意識的示現，是意識含義充實的行為，表述的「對象」，並不是現象上的重構，表述的對象在本質上是具有「為我所意向」、「為我所存」、「為我所表述」的意義，也就是意向對象的意義由「我」所充實，因此表述或文學作品中語言的表述，都不是為了達到「意稱物」的目標，而只是要達到語言的道示，作者意識的示現。

而陸機對「文不逮意」的擔憂呢？「文不逮意」的「意」是作者的意識，陸機擔憂文章或文字無法完全表述作者的意識。然而在現象上我們必須將「意」所代表的意涵，區分為「意識」與「表述意識」。德希達說：「表述是外在化的。它傳遞先在某內在發現的涵義給某外在。我們認為此外在與此內在是絕對原始的：外界既不是自然，也不是世界，也不是一個真的與意識發生的外在關係[9]。」

6　〔梁〕陸機：〈文賦〉，見蕭統編：《文選》（臺北：京漢文化，1983 年影印〔清〕胡克家覆宋淳熙本），卷 17，頁 239。

7　楊牧於《陸機文賦校釋》中指出此語是：「意謂作者使用的言辭，又不足以達（逮）自己的意。」可參見楊牧：《陸機文賦校釋》（臺北：洪範出版社，1985 年），頁 3。

8　〔德〕艾德蒙特‧胡塞爾著，李幼蒸譯：《純粹現象學通論》（臺北：桂冠書局，1994 年），頁 311。

9　〔法〕雅克‧德希達（Jacques Derrida）著，劉北成等譯：《言語與現象》（臺北：桂冠書局，1998 年），頁 79。

他指出表述只是傳達某個內在發現的含義使其外向，而這外向的過程並不是真正與「內在」的意識發生關係，也就是「意識」在外化傳達給某外在的「表述」過程中，必然有個「中介」，是「意識」外化的過程，也就是我們所區分出來的「表述意識」，如此一來我們可以將「某內在發現的涵義」視為作者主體意識欲表達的內容，而表述則是意識欲表達的內容的外在化。「意識－表述意識－表述」的結構是一個內容外在化的結構，表述的文本為「表述意識」外化的結果，如我們欲言說某物，所言說出來的必定是「我們所欲言說的」[10]，所以若「文與意」關係中的意是指「表述意識」，就能夠達到「文以逮意」的可能。

當確定了「意識」與文本的「表述」得以可能後，我們進一步思索「詩」與存有的表述關係，海德格說：「作為存有者之澄明和遮蔽，真理乃通過詩意創造而發生。凡藝術都是讓存有者本身之真理到達而發生，一切藝術本質上都是詩（Dichtung）[11]。」這段話表現出海德格是將「詩」與存有者本身之澄明和遮蔽，也就是存有本身「可見的和不可見的」，加以聯繫並開展出來，詩作為存有者的表達。海德格又指出「詩與思是近鄰」說：「近鄰，亦即在切近（Nähe）中居住，是從切近處獲得其規定性的。然而，詩與思乃是道說（Sagen）的有式，而且是道說的突出方式。如果道說的這兩種方式由於它們

---

[10] 但「我們的意識」不一定等於「我們欲表述的」，例如我們心裡想的話，不一定「欲」或「可」表達出來。

[11] 〔德〕馬丁‧海德格（Martin Heidegger）著，孫周興譯：《林中路》（臺北：時報文化，1994年），頁50。

的切近而應該是相鄰的，那麼，切近本身必定以道說（Sage）的方式運作。這樣，切近與道說（Nähe und Sage）就應該是同一的[12]。」「詩」和「思」它們有相近處，也有相異處，故曰是「近鄰」，然兩者都是對主體意識存有的真理的「道說」，故兩者有極相同處，海德格如此推崇「詩」，認為只有詩人和思者，是能夠表現出「道說」的有式，故「我們所尋找的東西就在所說的詩意因素（das Dichterische）之中[13]。」，然海德格在此所指的是藝術本質上的「詩」，是與主體意識的「思」為近鄰，而範圍更狹隘的純粹使用語言文字的詩能否更精準地掌握意識的「思」？杜夫海納說：「所有對象在一定意義上都是語言[14]。」指出了物在一定的意義上都是透過語言對我們示現，戴昭銘提出了：「我們的語言界限就是世界的界限。物質的世界存在於語言之中，以語言的面目呈現出來，而且非以語言面目出現就不能被人領悟，因此對於認知者來說，世界不僅具有物質性，更具有語言性[15]。」將我們所體驗的世界和語言劃上等號。語言是存有的「道說」，語言呈現「物」的所在，呈現存有的意向也就是呈現存有的意識，故「語言」必然能夠掌握意識的「思」，語言不只是單純的符號，而是在使用符號的主體之前，就先驗地在自身含義中具有代表或指稱世界的功能，因此不論是主體

---

[12] 〔德〕馬丁・海德格著，孫周興譯：《走向語言之途》，頁 172。
[13] 同前註，頁 8。
[14] 〔法〕米・杜夫海納（Mikel Dufrenne）著，韓樹站譯：《審美經驗現象學》（北京：文化藝術出版社，1996 年），頁 157。
[15] 戴昭銘：《文化語言學導論》（北京：語文出版社，1996 年），頁 13。

意識的呈現或主體對客體世界意向活動的指涉（摹本功能），都必須透過語言。

　　我們肯定了「語言」對意識之「思」表述的重要性，使用文字語言的詩則更進一步能表述主體意識的體驗（意向活動），這在詩的發生論中就已被確定，如《詩大序》：

> 詩者，志之所之也。在心為志，發言為詩。情動於中而形於言，言之不足，故嗟嘆之。嗟嘆之不足，故詠歌之，詠歌之不足，不知手之舞之，足之蹈之也。

此語點出「詩言志」的表述動機，指出主體使用文字語言的詩作為意識表述的功能。詩能夠以部分暗示全體，以片段情境喚起整個情境的意象和情趣，來表達意識情志的抽象內容[16]，楊牧更指出詩可以是領先思維的文字，一種他真正需要的、願意的、承認了的表達方式[17]，但詩如何領先抽象思維，將思維轉化為表達？楊牧是一種絕對的主觀，是一種「無中生有」，從激盪、提升、詮釋中創造出具體融入文字的意象[18]。而詩濃密的意象則能使其表述所呈現的意義突出、集中和鮮明[19]，換言之，意象凸顯了詩作為主體意識的表述功能，然詩的意象如何「以部分暗示全體」使表述的意義「突出、集中和鮮明」？現象學鮮少直接提及文學作品結構的本質問題，因

---

[16]　朱光潛：《詩論》（臺北：萬卷樓圖書有限公司，1993 年），頁 115。
[17]　楊牧：《方向歸零》（臺北：洪範出版社，1991 年），頁 95。
[18]　楊牧：《方向歸零》，頁 95。
[19]　楊義：《中國敘事學》（嘉義：南華管理學院，1998 年），頁 345。

此我們必須援引意象及隱喻的論述，意象可透過具體的呈現抽象的
情志，即意象可以透過「比喻」將詩人所欲表述的表述出來，簡政
珍就指出詩與意象的關係，提出意象是以比喻的型態出現，他說：
「詩是意象思維，而意象經常以隱喻或轉喻（換喻）的型態出現[20]。」
這段話說明了詩的表述是透過「意象」的「隱喻」型態呈現出來，
而只有透過意象的「比喻（隱喻）」才能使所欲表述的事物更加清
楚，余光中就說：「意象的基本出發點便是比較。詩人認為就事論
事，就物論物，很難說得清楚，乃不得不乞援於比較[21]。」此處的
「比較」就是「以此物比彼物（以此事比彼事）」的比喻，透過事
物的比喻，使所欲表述的事物更加澄明，因為隱喻本質上更能掌握
所欲表述的事物意涵，故充滿隱喻的詩可說是所有文類中最能夠將
主體的意識思維具體呈現出來，如藤守堯所言：「正因為比喻性的
語言能傳達出如此具體和真切的感受，所以善於用喻，是詩人的最
基本的能力。這也許就是《詩經》中說的『不學博依，不能言詩』
的道理[22]。」由以上論述可知，詩的意象隱喻確實使「詩言志」的
意識表述功能得以可能。

　　萊辛更進一步強調了詩的「隱喻」，他說「隱喻」提升了詩語
言符號的表述功能：

---

[20] 簡政珍：〈意象的「發現」與「發明」〉，《創世紀》138 期（2004 年 3 月），
頁 28。
[21] 余光中：〈論意象〉，《掌上雨》（臺北：大林出版社，1978 年），頁 10。
[22] 藤守堯：《審美心理描述》，（成都：四川人民出版社，2008 年），頁 247。

把它的人為的符號提高到自然符號的價值，那就是隱喻。
自然符號的力量在於它們和所指事物的類似，詩本來沒有
這種類似，它就用另一種類似，即所指示物和另一事物的
類似，這樣類似的概念可以比較容易地，也比較生動地表
達出來[23]。

萊辛認為「隱喻」將文字提升到更能指涉自然、客體的功能，我們
可以將萊辛所說「自然符號」聯想成意向客體，用意向客體來指涉
意向客體，也就是前文所說的「以此物比彼物（以此事比彼事）」，
讓文字得以透過「類似性」的隱喻，生動、具體的將「本來沒有這
種類似」的、難以敘述的事物或意識，具體的呈現出來。

　　據以上所論，主體意識透過意象的隱喻型態，將所指的抽象
事物用具體事物的比擬加以呈現，將所指的具象的事物用另一種方
式更清澄的呈現，而由於詩是充滿意象性的文類，故我們可以看見
「詩」在詩語言的表述文類中，是能更為接近存有本身主體意識的
「思」，「詩」的表述最接近存有者表述意識的「思」之真理，據
此本書將研究範圍限定為詩作的文本，透過「詩」的討論來釐清
生命主體意識的存有和語言表述在文學作品中的具體關係，並期待
能奠基在此基礎上，未來能繼續延伸討論「表述意識」與其他文類
的形成。

---

[23] 朱光潛譯（未標明作者，應為〔德〕萊辛（Lessing, G.E.））：《詩與畫的界
　　限》（板橋：駱駝出版社，無標明出版年），頁189。

第二節　研究範圍

一、「時間性」的意識對象作為意識表述的討論

　　主體意識的存有，是存有在「界域」之中的[24]，此處所言的「界域」是指包含空間在內存有的範圍，主體所意向到的並非只有我們身體存有的廣袤性空間而已，據蔡美麗整理胡塞爾所指稱的「意識對象」所存在的「界域」，即區分了出「時間性的界域」（Temporal Horizon）、「空間性的界域」（Spatial Horizon）以及「意義的網絡」（Context if Meaning）或者（意義界域）[25]。也就是說，在討論存有的主體意識之體驗與表述時，理應觸及到存有所體驗所存有的三種界域，然倪梁康

---

[24] 關於「界域」，陳天機認為關於「界域」的論述：「濫觴自康德，到了胡塞爾，乃有全面的討論。界域理論的精神，在於說明人類的每一認知活動雖有其焦點，但卻不會完全孤立於這一焦點上。相反地，每一認知焦點必或多或少地會牽涉及某些相關的「背景」（hintergrund）……在胡塞爾，界域可被視為意向主體的背景，或可用「暈圍」作為理解。見陳天機、許倬雲、關子尹主編：〈序〉，《系統視野與宇宙人生》（香港：商務印書館，1999 年），序頁 4。

[25] 蔡美麗：《胡塞爾》（臺北：東大圖書股份有限公司，2007 年），頁 78。所謂「意識對象」指「一系列變動不居的『識之所對者（Noemata）』環繞著一個作為中軸的『對象（Object）』而構成意識對象，意識對象卻又必須被包圍在一種稱為『界域（Horizon）』的存在之中。」也就是說，意識對象為體驗意識「識之所對者」（意向對象）所包圍而澄明，而意識對象（意向體驗的意識主體）並不是抽象虛無的存在，而是在「界域」之中，見蔡美麗：《胡塞爾》，頁 80。

就精闢地指出：「胡塞爾認為，時間意識是最基本的意識形式，所有其他的意識結構和形式都以它為前提[26]。」也就是存有的意向主體所意識、體驗到的三種界域，本質上都是奠基於時間背景的「時間性的界域」（Temporal Horizon），都是對於時間性的意識對象進行意識。

　　本書雖限定以存有在「時間」主題中意識的表述作為討論的範圍，但無可避免地會觸及到空間以及空間中之物作為「意識對象」，同時亦觸及到「意義的網絡」，如人事、情感、思想等某事或對某事的意義，都透過意識主體的表達而呈現出來，而存有對生命的意識也是一種意義的詮釋與表達。由於時間意識是最基本的意識形式，其餘的意識形式皆奠基於此，故本書以「時間」的意識對象作為討論範圍，旁及存有於「空間界域」的意識表述以及生命時間之「意義的網絡」的表述建構。

二、選定楊牧詩作討論

　　在選定「詩」與「時間」的作為本書研究的範圍後，本書繼而設定以楊牧的詩作作為討論對象，並定副標題為「楊牧詩作中的生命時間意涵」，主要考量是楊牧詩作具有成熟的個人風格，及楊牧長期經營詩的創作，作品的質量相當豐富，可以進行分析評論的資料相對充足，另一方面楊牧在文學創作上長期經營「生命時間意識」的表述，陳芳明即評論楊牧：「當他早年使用葉珊筆名時，就已經

---

[26] 倪梁康：《意識的向度：以胡塞爾為軸心的現象學問題研究》（北京：北京大學出版社，2007 年），頁 59。

朝向生命中的一個大象徵去追逐、去經營。這個大象徵容納了時間
的流動跌宕，情愛的起伏興衰，生命的美醜枯榮[27]。」而陳黎、張
芬齡、賴芳伶、陳怡菁等人的論文以及何雅雯、徐培晃的學位論文
亦指出了楊牧的詩作重視時間的思索、探討與時間意識的呈現[28]，
楊牧的詩作長期充滿了時間意識的表述，經常重視生命主體意識在
時間流中存有、活動的哲思與探論。

　　本書希望能闡明楊牧詩作中，其存有的意識與表述意涵之間的
關係。選定以時間為主題，蓋因時間較為抽象而且與存有關係密切，
人所意識到、表述到的事物都難免與時間相涉，而楊牧詩作長年經
營於時間的主軸，作品具一定數量及質量，且歷來眾多詩論可供參
考、印證，故本書即以楊牧詩作作為討論的文本，範圍界定為楊牧
已出版的詩集從《楊牧詩集 I》、《楊牧詩集 II》、《完整的寓言》、
《時光命題》、《涉事》到《介殼蟲》[29]，希望能藉由本書對時間
的討論，以闡明存有的意識與表述意涵呈現的關係。

---

[27] 陳芳明：《深山夜讀》（臺北：聯合文學出版社，2001 年），頁 171-172。

[28] 陳黎、張芬齡：〈楊牧詩藝備忘錄〉收入林明德編：《台灣現代詩經緯》（臺
北：聯合文學出版社，2001 年），頁 244；賴芳伶：《新詩典範的追求——
以陳黎、路寒袖、楊牧為中心》（臺北：大安出版社，2002 年），頁 228；
陳怡菁：《文化尋根與歷史定位——現代詩中的海洋文化軌跡》（臺北：文
津出版社，2006 年），頁 51-52；何雅雯：《創作實踐與主體追尋的融涉：
楊牧詩文研究》（臺北：臺灣大學中國文學研究所碩士論文，2001 年），
頁 80。徐培晃：《楊牧詩風的遞變過程》（臺中：逢甲大學中國文學所碩
士論文，2006 年），頁 153。

[29] 楊牧於本書寫作期間 2010 年出版《楊牧詩集Ⅲ》，然《楊牧詩集Ⅲ》為《完
整的寓言》、《時光命題》、《涉事》、《介殼蟲》等詩集的合集，沒有新
收錄的作品，故本書不納入《楊牧詩集Ⅲ》並不會影響整體論述。

第三節　文獻探討

　　本書擬採用部分現象學方法，對楊牧詩作中生命時間意涵進行
討論，如倪梁康所說：「純粹現象也可以理解為純粹的意識[30]。」
以現象學論述作為〈意識的表述〉的討論基礎，使意識與文學作品
表述的本質與聯繫能更加闡明。這方面研究方法的文獻以胡塞爾《邏
輯研究》、《純粹現象學通論》、《生活世界現象學》等幾部書討
論現象學反思與本質呈現的方法為中心[31]，作為我們對本書思考的
理路，並以華人對於現象學討論的著作作為理解胡塞爾現象學的中
介，如倪梁康、蔡錚雲、蔡美麗、汪文聖、沈清松、陳榮華等學者
對現象學皆有精闢的闡釋，及海德格《存在與時間》的存有觀[32]，
以確立表述的主體意識在時間、空間及意義界域中存有的位置，及
理解主體意識的存有對於認知他者、他物並表述的關係。
　　因為文學作品或詩的表述總是透過作者的存有視角，作者意識
主體的意向活動，而表述總是存有主體的表述，因此奠基於海德格

---

[30]　倪梁康：《意識的向度：以胡塞爾為軸心的現象學問題研究》，頁 58。
[31]　〔德〕艾德蒙特・胡塞爾著，倪梁康譯：《邏輯研究》第一卷，純粹邏輯學
　　導引（臺北：時報文化，1994 年）。〔德〕艾德蒙特・胡塞爾著，倪梁康
　　譯：《邏輯研究》第二卷，第一部份　現象學與認識論研究（臺北：時報文
　　化，1999 年）。〔德〕艾德蒙特・胡塞爾著，李幼蒸譯：《純粹現象學通
　　論》（臺北：桂冠書局，1994 年）。
[32]　〔德〕馬丁・海德格著，王慶節、陳嘉映譯：《存在與時間》（臺北：桂冠
　　書局，1994 年）。

以降主體論、存在主義哲學方面的論述，對充實本書的討論相當重要，本書以沙特《存在與虛無》為基礎，涉及存在主義的哲思[33]，如高宣揚《存在主義》中詮釋自海德格以來重要存在主義思想家的理論解釋得相當清晰[34]，可作為本書思考理路的參考，周伯乃選譯的《存在主義與現代文學》則可見存在主義哲學與文學的密切關係以及論述理路[35]。

　　而文學或詩的作者是透過身體而存有，創作的主體意識是透過身體的知覺對周遭有所意向並加以表述，因此身體現象學、及知覺的現象學的論著對本書亦有相當大的啟發，現象學者梅洛－龐蒂對於身體的現象學美學有深刻的論述，其著作《行為結構》、《知覺現象學》、《知覺的首要地位及其哲學結論》都是對於身體、知覺行為有深刻的描寫[36]，尤以《知覺現象學》中論述身體知覺對世界物的意向活動之釐清，對本書的論述有重大啟發，而梅洛－龐蒂的《符號》、《世界的散文》、《哲學讚詞》涉及到意識與表達的論述[37]，

---

[33] 〔法〕沙特（Sartre, J. P.）著，陳宣良等譯：《存在與虛無》（上）（臺北：桂冠書局，1990 年）；〔法〕沙特著，陳宣良等譯：《存在與虛無》（下）（臺北：桂冠書局，2002 年），頁 386。

[34] 高宣揚：《存在主義》（臺北：遠流出版社，1993 年）。

[35] 周伯乃編：《存在主義與現代文學》（臺北：立志書局，1970 年）。

[36] 〔法〕莫里斯・梅洛－龐蒂（Maurice Merleau-Ponty）著，楊大春等譯：《行為結構》（北京：商務印書館，2005 年）。〔法〕莫里斯・梅洛－龐蒂著，姜志輝譯：《知覺現象學》（北京：商務印書館，2005 年）。〔法〕莫里斯・梅洛－龐蒂著，王東亮譯：《知覺的首要地位及其哲學結論》（北京：三聯書店，2002 年）。

[37] 〔法〕莫里斯・梅洛－龐蒂著，姜志輝譯：《符號》（北京：商務印書館，2005 年）。〔法〕莫里斯・梅洛－龐蒂著，楊大春譯：《世界的散文》（北

以及其最後未完成的書寫《眼與心》這本小書敘述意識與知覺（以視覺為主的感知）關係[38]，都是理解現象學中意識與文學表述的重要文獻。而自胡塞爾〈藝術直觀與現象學直觀〉一文說明現象學與藝術、美學的關係以來[39]，現象學家羅曼・英加登的《論文學作品》、《對文學的藝術作品的認識》以及米・杜夫海納的《審美經驗現象學》都提供了現象學反思與文學藝術作品關聯性的思考理路[40]。近年來台灣與大陸的現象學者們的論著亦日漸豐富[41]。這些現象學者的論著都為本書所欲論述的方法提供了一個切實而可靠的進路，此外本書以〈意識的表述：楊牧詩作中的生命時間意涵〉為題目，必然涉及到「時間」與「楊牧詩作」兩個面向的討論文獻，以下分為三個部分討論。

京：商務印書館，2005 年）。〔法〕莫里斯・梅洛－龐蒂著，楊大春譯：《哲學贊詞》（北京：商務印書館，2000 年）。

[38] 〔法〕莫里斯・梅洛－龐蒂著，龔卓軍譯：《眼與心》（臺北：典藏藝術家庭股份有限公司，2007 年），頁 23。

[39] 〔德〕艾德蒙特・胡塞爾：〈藝術直觀與現象學直觀〉收入倪梁康編：《胡塞爾選集》（下）（上海：上海三聯書局，1997 年）。

[40] 〔波蘭〕羅曼・英加登（Ingarden, Roman）著，張振輝譯：《論文學作品》（開封：河南大學出版社，2008 年）。〔波蘭〕羅曼・英加登（Roman Ingarden）著，陳燕谷、曉未譯：《對文學的藝術作品的認識》（臺北：商鼎文化有限公司，1991 年）。〔法〕米・杜夫海納（Dufrenne, Mikel）著，韓樹站譯：《審美經驗現象學》（北京：文化藝術出版社，1996 年）。

[41] 兩岸現象學的推動以大陸學者倪梁康論著最豐，主要探討胡塞爾的思想，大陸學者孫周興則專注於海德格文本的討論，除此之外陳嘉映、鄧曉芒、方向紅等學者論著亦多，台灣現象學學者如吳汝鈞、汪文聖、陳榮華、蔡錚雲、王美麗、龔卓軍等人亦曾出版相關現象學論述。

一、以「時間」為論述主題的討論文獻

時間是一與人息息相關卻又抽象難以論述的議題，如聖奧斯定說：「什麼是時間；當別一人談時間，我們也同樣認識。那末，時間究竟是什麼？假使人家不問我，我像很明瞭；假使要我解釋起來，我就茫無頭緒[42]。」人人都能夠理解時間，但卻難以具體的描述時間、論述時間，只能透過具體的事物始末及變遷來描述，如《論語》：

> 子在川上曰：逝者如斯夫，不舍晝夜[43]。

用流水來敘述時間，或者如《莊子・齊物論》：

> 有始也者，有未始有始也者，有未始有夫未始有始也者[44]。

《莊子・齊物論》的文字敘述是以事物的始末變動來表述時間，而不論孔子或莊子對時間的認知，都是透過具體事物的隱喻而來，故郭善芳說：「時間是一個抽象概念，人類對時間的表徵、時空隱喻，扮演著不可或缺的角色[45]。」雖然時間是抽象的概念，但透過對「物

---

[42] 〔古羅馬〕聖奧斯定（Augustine St.）著，應楓譯：《懺悔錄》（臺中：光啟社，1976 年），頁 216。

[43] 〔魏〕何晏集解，〔宋〕邢昺疏，〔清〕阮元校勘，《論語注疏》（臺北：藝文印書館）（嘉慶二十年江西南昌府學開雕本），頁 80。

[44] 〔周〕莊子著，郭象注：《莊子》（臺北：藝文印書館，1990 年），頁 50。

[45] 郭善芳：〈時空隱喻的認知學分析〉，《貴州大學學報（社會科學版）》，第 25 卷第 5 期（2007 年 9 月），頁 81。

理運動變化」的隱喻，人仍然可以去意向到並充實自身的時間意識，而且進一步表述出來[46]，所以對於「時間」現象的掌握，確實可在現象上能夠透過現象學方法對意識的認知而呈現出來。

　　胡塞爾於《內在時間意識現象學》對「時間」已有深入的討論[47]，此論文中用「音樂」的變化來說明時間對人類的體驗來說是「流逝」、「綿延」的，精確地詮釋當下的時間是建構在「過去」、「未來」之間，然而此論仍只是形上的哲思，本書欲奠基於胡塞爾的時間理論澄明文學作品中，對於「當下」時間的感知與表述。在《存在與時間》裡，海德格則更具體從存有角度探及「在世」的時間以及死亡在生命時間中的現象，更深入地對人與時間的本質進行探討。此外，在《時間概念史導論》書中進一步對現象學的理論及發現有更精微的闡發[48]。我們可以從海德格的時間現象學哲學中，探討文學作品中對於存有的時間現象、死亡的生命時間陳述以及存有在歷史時間中的歷史時間意識。在「歷史時間」的討論並可佐以狄爾泰的歷史哲學思想參照論述，使抽象的時間哲學論述可以具體在文學作

---

[46] 倪梁康指出：「在胡塞爾的術語運用中，『意向』概念具有多層次的含義。最狹窄意義上的『意向』是指那種『構成一個行為之描述性屬特徵的意向關係』。」換言之，「意向」最基本的意義是指主體對客體「意向」之意識投射行為的認識與表達關係。參見倪梁康：《胡塞爾現象學概念通釋（修訂版）》，頁250。

[47] 胡塞爾提出：「（時間）這個形式始終是連續同一的，而它的內容則不斷變化。」並且藉由音樂來說明心理感知時間行為的延續和演替。見〔德〕艾德蒙特・胡塞爾：〈內在時間意識的現象學講座〉收入倪梁康編：《胡塞爾選集》（上）（上海：上海三聯書局，1997年），頁542-557。

[48] 〔德〕馬丁・海德格爾著，歐東明譯：《時間概念史導論》（北京：商務印書館，2009年）。

品意象的隱喻、象徵中澄明出來。法國現象學家梅洛龐蒂則從身體
存有的角度論述存有及意向活動，參照現象學中的時間論述，吾人可
以發現身體的時間性，如台灣學者龔卓軍曾以論文〈身體感與時間性〉
延續梅洛龐蒂的思想脈絡，從身體的時間性延伸出對時間的思索[49]，
本書亦欲從這角度繼續發展，討論文學作品中身體時間性的表述。

　　除此之外，在歷來的現象學家中，柏格森對時間提出了創新的
論述，於其著《時間與自由意志》、《物質與記憶》等書中舉出了
「綿延」的時間概念[50]，並以「綿延」來闡釋生命與心理的時間[51]，
使物質的時間與生命心理時間的統一能有更精確地論證。我們可以
據此發現從「心理」到「物」的時間現象都無不具有「綿延」的特
性，故柏格森的時間哲學也是本書切入文本思考的一個主要理路。

　　近來華人學者如吳國盛《時間的觀念》對於現象學時間以及人
類對時間的認識，則有更全面的論述[52]，雖因求周延廣遍而無法具

49　龔卓軍：〈身體感與時間性〉，《身體部署：梅洛龐蒂與現象學之後》（臺
　　北：心靈工坊文化事業股份有限公司，2006 年）。
50　〔法〕亨利・柏格森（Henri Bergson），吳士棟譯：《時間與自由意志》（北
　　京：商務印書館，2007 年）。〔法〕柏格森著，張君譯：《物質與記憶》
　　（臺北：先知出版社，1976 年）。
51　關於「綿延」的主題，中國有兩篇學位論文都曾經專題論述過，有王禮平：
　　《存在的吶喊──綿延與柏格森主義》（上海：復旦大學外國哲學博士論文，
　　2005 年）。夏天成：《柏格森綿延理論研究》（重慶：西南大學外國哲學
　　碩士論文，2007 年）。其中王禮平更將「綿延」的心理狀態指涉整個宇宙
　　都是在綿延之中，但具有程度上的差異，但這種差異並不代表它們的關係是
　　不相干的，它們是被同一在當下，見王禮平：《存在的吶喊──綿延與柏格
　　森主義》（上海：復旦大學外國哲學博士論文，2005 年），頁 180。
52　吳國盛：《時間的觀念》（北京：中國社會科學出版社，1996 年 12 月）。

體觀照時間現象精微處，但仍是一本對時間哲學重要的參考論著。此外，曾霄容《時空論》從哲學角度的思辯去論證時空的形上學[53]，汪祖華《時間的征服》探討物理時間以及哲學的時間為主[54]，都能夠與現象學中的時間哲學相互映證。

而在以「時間」為主題的學位論文方面，台灣有中正大學哲學所彭進寶的碩士論文〈意識與時間〉，從物理和哲學角度來論述時間[55]，並論述及量子時間，此外多數哲學方面的學位論文亦多以胡塞爾、海德格、梅洛龐蒂或高達美等人的時間意識思想作為論證考究的內容[56]，但內容多半整理詮釋哲學家的時間論述，沒有落實於意識的具體時間表述評析；在中國，相關的學位論文亦大多數以個別現象學家的時間意識思想作為論證的內容，比較特別的是陳慧平

[53] 曾霄容：《時空論》（臺北：青文出版社，1972 年 3 月）。

[54] 汪祖華：《時間的征服》（臺北：大眾書局，1992 年 3 月）。

[55] 彭進寶：《意識與時間》（嘉義：國立中正大學哲學研究所碩士論文，2001 年）。

[56] 如陳榮華：《胡塞爾自我學研究——從笛卡兒的「我思」到胡塞爾的意說》（臺北：輔仁大學哲學研究所博士論文，1983 年）、龔卓軍：《身體與想像的辯證：尼采、胡塞爾、梅洛龐蒂》（臺北：國立臺灣大學哲學研究所博士論文，1998 年）、林慧如：《海德格晚期沉思性反思之研究》（臺北：國立臺灣大學哲學研究所博士論文，2002 年）、劉亞蘭：《可見的與不可見的：梅洛龐蒂視覺哲學研究》（臺北：國立臺灣大學哲學研究所博士論文，2004 年）、宋維科：《高達美與傳統：哲學詮釋與修辭學關聯之研究》（臺北：國立臺灣大學外國語文研究所博士論文，2004 年）等，多闡述單獨哲學家的思想，或相互比較，凸顯出哲學家思想的差異性。

的〈時間之流與權力意志〉從主體的權力意志來討論主體對時間的
「在……中」[57]，凸顯出在時間流中的主體特性。

　　據所整理歷來以「時間」為主題的學位論文來看，我們看見在
大部分討論「時間」的哲學論述中多以現象學來詮釋，因為抽象的
時間是被意識而澄明的，而現象學方法正是討論意識的本質，因此
透過現象學存有的意向行為來討論時間被認知、被表述的進路應該
是一可行的方向。

二、以「時間」與「文學作品」為論述主題的討論文獻

　　人存在於時間界域中，時間意識是人最基本的意識形態，「時
間」作為詮釋存有意義的視域，經常為人所感知到、意向到，所
以時間的主題經常出現在文學作品中，然文學作品的作者對於抽
象的時間的描述，通常透過具體的空間事物去意向時間、表述時
間，例如王建元就曾以陳子昂〈登幽州臺歌〉為例，指出中國山
水詩人透過空間轉化為時間經驗的方式：「筆者認為從『天地』
而立即轉入『悠悠』是中國山水詩人的一個最基本、最自然的情操
表現。這是一個用時間觀念為詮釋空間經驗的指標[58]。」而晉朝羊
祜也同樣有具體的空間經驗轉化為時間意識的感慨：「自有宇宙，
便有此山。由來賢達勝士，登此遠望，如我與卿者多矣！皆湮滅

---

[57] 陳慧平：《時間之流與權力意志》（福建：廈門大學外國哲學碩士論文，2002
年）。

[58] 王建元：〈現象學的時間觀與中國山水詩〉收入鄭樹森編：《現象學與文學
批評》（臺北：三民書局，1984年），頁174。

無聞，使人悲傷。如百歲後有知，魂魄猶應登此也[59]。」以自然
山水的空間經驗，轉化為情感充實的生命時間意識。書寫「時間」
的作品經常是透過空間（或空間中之物）才能夠具體呈現的，換
言之，作品中空間或空間中之物所呈現的形式，經常是對時間的
指涉，因此歷來研究時間的學者經常將時間和空間一起討論，並
論究其表現形式，如黃永武《中國詩學·設計篇·詩的時空設計》
中，把詩歌描寫時空的手法，歸納出十五種不同類型，並同時討論
時空設計與抒情效果[60]；李元洛《詩美學》列舉出詩中時空意象
組合的藝術方式[61]；仇小屏《古典詩詞時空設計之研究》從詩詞
的章法結構研究時空的表現[62]；陳清俊《盛唐詩時空意識研究》
從唐詩中具體的時空意象分門別類地論述[63]，整合論述其表現的
情感現象，上述論著都是從時空的呈現形式來澄明時間的形式。
尤純純《重塑現代詩：羅門詩的時空觀》以現代詩作為討論的文
本，但亦只就形式上進行分類論述[64]。雖然陳清俊《盛唐詩時空意
識研究》涉及到「意識」的論述，但仍只是就純粹文本形式的論
述，未藉由理論更深入探討時間意識的構成以及時間意識與文本關

---

[59]　房玄齡：〈羊祜列傳〉，《晉書》（臺北：鼎文書局，1979 年），卷三十
　　　四，頁 1020。
[60]　黃永武：《中國詩學·設計篇》（臺北：巨流圖書公司，1982 年），頁 43-76。
[61]　李元洛：《詩美學》（臺北：東大圖書股份有限公司，2007 年），頁 188-197。
[62]　仇小屏：《古典詩詞時空設計之研究》（臺北：花木蘭文化出版社，2007
　　　年）。
[63]　陳清俊：《盛唐時空意識研究》，（臺北：花木蘭文化出版社，2007 年）。
[64]　尤純純：《重塑現代詩：羅門詩的時空觀》（臺北：文史哲出版社，2003
　　　年）。

係[65]。如夏婉雲所言，這些研究者的時空觀比較傳統，比較拘限，沒有加入時空的各種探索（包括廣渺的宇宙觀、有無觀、天文學闡述），加入的西洋哲學、西方心理學也很有限，更少研究者用現象學或意識心理學來細細研究[66]，但這些論著中對於時間形式的分類方式，仍可供本書作為借鏡。

而游喚〈時間與動作在詩中的作用〉則以強調動作的時間性來進行論述[67]，如《莊子‧齊物論》中肯定物的時間性般，游喚肯定動作的時間性，並認為動作充實了詩所表現的時間性，因此游喚表明了當詩人意識到並且表述「動作」時，本質上就是表現時間，是故游喚這篇論文雖然短，但對於本書的啟發相當大。

夏婉雲《童詩的時空設計》探討了歷來學者對於「時間」的不同定義，最後選擇現象學方法作為思索童詩「時空」敘述的進路，確定現象學的時間論述較能呈現「文本」與「主體意識」的關係，但其論著大部分篇幅仍僅於於討論形式的構成，未嘗將表述意識與文本形式作深刻的剖析。

上述所言如仇小屏、陳清俊、尤純純、夏婉雲的論著都是學位論文改編出版，基本上，可發現國內針對文學作品中時間意識的現

---

[65] 陳清俊以傳統古典文學論述的方式討論盛唐中有時空感發的作品，雖能深刻地體現作品中詩人的情志，但對時間與詩人主客體對照的表述關係，並不能清楚理出。

[66] 夏婉雲：《童詩的時空設計》（臺北：富春文化事業股份有限公司，2007年），頁13。

[67] 游喚：〈時間與動作在詩中的作用〉，《臺灣詩學季刊》第 9 期（1983 年 12 月），頁139。

象研究之學位論文，大多僅就表述的形式、意象的整理進行脈絡性的論述，而忽略到時間意識的本質。

　　在中國大陸方面，對於以「時間」主題研究文學作品的論文則以馬大康論述最豐。馬大康曾發表〈向死而生：悲劇的時間結構〉、〈論文學時間的獨特性〉及與葉世祥、孫鵬程合著的《文學的時間研究》[68]，對文學與時間研究極深，主要提出了文學時間是「異在世界的時間」、「屬己的時間」及文學形式中的時間與庸常時間的差異性，已觸及文學時間意識的哲學思考，可供本書從「表述意識」來討論文學作為參考。

　　另一方面，對岸對於文學作品中的時間意識也有從美學角度來論述的面向，例如班瀾〈論中國古代詩歌的時性時空〉、邱建國〈論詩的時空轉換及審美效應〉、尚永亮〈自然與時空——漫議中國古代時空觀與文學表現〉、楊雲香〈審美流變與時間〉都從藝術或審美角度來詮釋時間[69]，從文學形式的討論進一步到美學思想的建構，也能夠對本書對於意識轉化、呈現為文學形式過程的研究，提供不少啟發。

---

[68]　馬大康：〈向死而生：悲劇的時間結構〉，《學術月刊》，第 41 卷 5 月號（2009 年 5 月），頁 95-102。。馬大康：〈論文學時間的獨特性〉，《文藝理論研究》，1990 年第 5 期，頁 22-29。馬大康、葉世祥、孫鵬程：《文學時間研究》（北京：中國社會科學出版社，2008 年）。

[69]　班瀾：〈論中國古代詩歌的詩性時空〉，《內蒙古社會科學（漢文版）》，總 123 期，第 5 期（2000 年 9 月）。邱建國：〈論詩的時空轉換及審美效應〉，《韶關大學學報（社會科學版）》，第 15 卷第 1 期（1994 年 3 月）。尚永亮：〈自然與時空——漫議中國古代時空觀與文學表現〉，《荊州師範學院學報（社會科學版）》，2003 年第 1 期。楊雲香：〈審美流變與時間〉，《殷都學刊》，2000 年第 1 期。

　　而中國在現象學切入文學作品研究的論述中，也有如夏臘初〈論柏格森「心理時間」對意識流小說的關鍵性影響〉已運用柏格森「綿延」的概念來研究意識流小說[70]，用現象學來研究發源於現象學的意識流小說，更能深入發現其文體的本質[71]，使本書能參考其對「綿延」概念切入文本的方式，對於文本與時間表述之間的關係能有更深刻的認識。

　　相較於海峽對岸對於文學作品中時間意識的研究，能跳脫形式的研究，從哲學、文藝學或美學的角度進行研究，台灣在這方面的研究明顯侷限於傳統、表象、形式的時間意象探索，本書以現象學的角度及「表述意識」的分析出發，希望能對文學作品中的「時間主題」研究，獲致更多的突破。

三、以「楊牧詩作」為論述中心的討論文獻

　　本書以楊牧詩作為研究材料，故本書研究無可避免地必須奠基在前人對楊牧的研究基礎上，因此會參考到以楊牧為論述主題的論文。徐培晃指出：「楊牧對詩藝的辛勤耕耘，引起許多評論者的矚目，然而就期刊論文來說，大多是執其一端以發揮，未能有全面性

---

[70] 夏臘初：〈論柏格森「心理時間」對意識流小說的關鍵性影響〉，《雲南師範大學學報》，2005 年第 4 期。

[71] 法國學者米・杜夫海納的《審美經驗現象學》以及波蘭學者羅曼・英加登著《論文學作品》、《對文學的藝術作品的認識》二書，雖然都有從現象學切入對文學作品的論述，但其二人主要是將「作品」視為客體來進行意向行為，主要論述的是讀者的面向，與本書前所提及的夏婉雲論著或本書的討論目的不同。

的關照[72]。」徐培晃並將以楊牧作品為論述主題的期刊論文區分為宏觀、以特定詩集與詩篇為討論對象兩部分，前者受限於篇幅，行文論述往往淺嚐輒止，後者約束取材的範疇，集中焦點[73]，大多數研究楊牧的期刊論文都就作品形式、表象及意象所示現的情感氛圍作論述而有獨到見解，如張芬齡、陳黎〈楊牧詩藝備忘錄〉從形式上整理出楊牧詩藝九大特色[74]，賴芳伶〈楊牧山水詩的深邃美——以〈俯視——立霧溪一九八三〉和〈仰望——木瓜山一九九五〉為例〉從自然空間的意象中探究其詩人歸鄉的情緒[75]。在另一面，也有以探討楊牧詩作中表現的思想為主之論文。另外如石計生〈布爾喬亞詩學評楊牧〉批判楊牧詩作與現實的距離[76]，曾珍珍〈從神話構思到歷史銘刻〉從神話學和西方文學思想來評論楊牧詩作中的思想[77]，

---

[72] 徐培晃：《楊牧詩風的遞變過程》（臺中：逢甲大學中國文學所碩士論文，2005 年），頁 2。

[73] 同前註，頁 2-3。

[74] 張芬齡、陳黎：〈楊牧詩藝備忘錄〉收入林明德編《台灣現代詩經緯》（臺北：聯合文學出版社，2001 年）。

[75] 賴芳伶：〈楊牧山水詩的深邃美——以〈俯視——立霧溪一九八三〉和〈仰望——木瓜山一九九五〉為例〉收入《現代詩的語言與教學》（彰化：國立彰化師範大學國文系，2001 年 11 月）。賴芳伶近年對於楊牧詩文研究甚深，但多僅針對楊牧作品中的美善等形上哲思作思索。如其著作《新詩典範的追求——以陳黎、路寒袖、楊牧為中心》以大半篇幅討論《時光命題》、《涉事》中楊牧的美學思索。見賴芳伶：《新詩典範的追求——以陳黎、路寒袖、楊牧為中心》（臺北：大安出版社，2002 年）。

[76] 石計生：〈布爾喬亞詩學論楊牧〉收入《當代台灣文學批評大系・新詩評論卷》（臺北：正中書局，1998 年）。

[77] 曾珍珍此文僅專就楊牧〈俯視〉一詩作討論。參見曾珍珍：〈從神話構思到歷史銘刻〉收入《第二屆花蓮文學研討會論文集》（花蓮：花蓮縣文化局，1990 年）。

黃麗明〈何遠之有？楊牧詩中的本土與世界〉、〈台灣、中國，以及楊牧的另類民族敘事〉則以跨文化、跨國或民族角度論述楊牧詩作中的傳統國族、台灣島嶼及殖民等種種思想[78]，而奚密〈楊牧斥候：戍守藝術的前線，尋找普世的抽象性——二〇〇二年奚密訪談楊牧〉中[79]，奚密確切地切入楊牧詩作文本與思想的訪談，能使我們更加理解楊牧創作理念。但此類論文受限於篇幅及行文觀點限制，無法整全地呈現楊牧詩作所呈現的整體意識樣貌。

　　至於學位論文方面，討論楊牧詩作的論文亦多從形式或形式上的藝術技巧來論證，如簡文志〈楊牧詩研究〉分冊及主題來論述其藝術特色[80]，雖似能看出時間性的遞變，但太過僵硬，林婉瑜〈楊牧《時光命題》語言風格研究〉從詩作形式上的語言風格作論述[81]、孫偉迪〈楊牧詩的音樂性研究〉從形式上的音樂表現作分析[82]，都僅就形式作分析。李秀容〈楊牧詩介入與疏離研究〉則從形式上注

---

[78] 參見黃麗明：〈何遠之有？楊牧詩中的本土與世界〉收錄於《中外文學》（2003年1月第31卷第8期），頁133。黃麗明著，施俊州譯：〈台灣、中國，以及楊牧的另類民族敘事〉收錄於《新地文學》（2009年第10期），頁350。

[79] 葉佳怡譯：〈楊牧斥候：戍守藝術的前線，尋找普世的抽象性——二〇〇二年奚密訪談楊牧〉，《新地文學》，2009年第10期，頁278。英文訪談稿刊登於2003年由夏威夷大學出版的 *Manoa: Pacfic Journal of Inernational Writing, Vol. 15, No,1.*該期為引介台灣新詩特闢專號，取名為 *Mercury Rising:Poetry From Taiwan*，由美國華裔詩人施家彰和旅美學者奚密主編。

[80] 簡文志：《楊牧詩研究》（臺北：私立東吳大學中國文學研究所碩士論文，2000年）。

[81] 林婉瑜：《楊牧《時光命題》語言風格研究》（臺北：東吳大學中國文學研究所碩士論文，2003年）。

[82] 孫偉迪：《楊牧詩的音樂性研究》（臺南：國立成功大學中國文學系碩士論文，2007年）。

意到思想內容[83]，但就「介入」與「疏離」的二分法，太過簡略無法呈現意識主體複雜的意向活動，而何雅雯〈創作實踐與主體追尋的融攝：楊牧詩文研究〉企圖相當龐大[84]，她試圖理出楊牧詩文中的藝術、抒情及哲思的脈絡，但也因此無法觸及文本精微處深入楊牧詩文創作意識的底層，徐培晃〈楊牧詩風的遞變過程〉注意到創作主體意識於創作表述的時間性[85]，並深入楊牧創作主體的意識哲思進行探究，但由於論述主題的緣故，在注重時間性討論的同時，仍留下對於創作主體「際遇性」意向活動的空白。

　　因此，本書擬在既有楊牧詩作研究的成果上，以現象學的方法進行更深入且整體的分析，從文本形式進入到文本內容所承載的意識表述，而透過最基本的意識：「時間意識」主題的探究，以楊牧詩作為例，釐清存有的生命時間意識與作品表述間所產生的生命時間意涵。

第四節　研究方法與章節架構

　　前文提及擬採用部分現象學方法，對楊牧詩作中生命時間意涵進行討論，而現象學本身並不是一種學說或流派，只是一種方法的

---

[83]　李秀容：《楊牧詩介入與疏離研究》（臺南：國立臺南大學國語文學系中國文學碩士在職專班碩士論文，2009 年）。

[84]　何雅雯：《創作實踐與主體追尋的融攝：楊牧詩文研究》（臺北：國立臺灣大學中國文學系碩士論文，2001 年）。

[85]　徐培晃：《楊牧詩風的遞變過程》（臺中：逢甲大學中國文學所碩士論文，2006 年）。

概念[86]。現象學方法是從主體對客體現象的意識活動產生的立義過程進行理解與詮釋，並將不相關的事物加以「懸擱」或「存而不論」，使現象在某意識主體的意向活動中澄明出來。換言之，現象學提供了一個可以詮釋主體、感覺與想像之意識活動的認識方法，而且是一個能有系統分析、有依據的嚴格思想體系。

　　本書即以現象學對意識活動分析的理路，來釐清文學作品中「意識的表述」脈絡，也就是作者對「被表述對象」的客體經驗轉化為意識、表述意識而付諸於文本作品，類似深受現象學影響的「日內瓦學派」的批評態度——「意識批評」。更深入地說，日內瓦學派是對作品文本所表露的作者經驗意識進行批評，從文本中發掘出作者為何如此表述的意識，所以日內瓦學派的主張就是：「文學為意識的經驗[87]。」也就是說文學作品所表述出來的，是作者經驗視域中被意向到，而且被給予了意義的世界物[88]，在文學作品的語言，是作者所經驗並意義充實的存有，其實就是作者意欲示現於讀者的「側面」，拉瓦爾就指出日內瓦學派的主要態度是：「文學為意識的經驗[89]。」文學作品就是意識的體驗透過語言表述出來，因此從現象學出發的日內瓦學派學者們所從事的文

---

[86]　〔德〕馬丁・海德格著，王慶節、陳嘉映譯：《存在與時間》，頁 51。

[87]　拉瓦爾：〈「意識批評家」導論〉，拉瓦爾（Sarah N. Lawall）、馬伯樂（Robert R. Magliola）著：《意識批評家：日內瓦學派文學批評導論》，（臺北：金楓出版社，1987 年），頁 11。

[88]　就是現象學中所謂的「立義」或「含義充實」。

[89]　拉瓦爾：〈「意識批評家」導論〉收錄於拉瓦爾、馬伯樂著，李正治譯：《意識批評家：日內瓦學派文學批評導論》，頁 11。

學批評工作就是「意識批評」。拉瓦爾又說：「意識批評是作者
的經驗傳達於作品文本的批評，也是創作時作者之主動意識（active
consciousness）的批評[90]。」本書的研究方法即是延續日內瓦學派的
意識批評，從詩的表述語言中認知作者經驗的傳達，以達到和作者
意識的「視域融合」所進行的評論分析，如蔡美麗指出日內瓦學派
的工作內容：

> 首先，通過作品中表現出來的象徵、意象、不同情節、人物
> 個性詮釋等等，批評家們可以洞察把握得住作者所意欲表達
> 出來的他的「生活經驗的宇宙」。其次，瞭解這個「生活經
> 驗的宇宙」之後，批評家可以藉賴對作者這個「生活經驗的
> 宇宙」的整體性的了解，來細目性地分析作者在各個文學作
> 品中所展現出來的生活經驗的樣態、範式[91]。

本書參考「日內瓦學派」的意識批評工作，而使用在與「思」是近
鄰的詩文本，並且從作品所示現的象徵、意向和情節等等對主題的
詮釋，藉此考察作者楊牧的表述意識，並認識其表述中體驗的經驗，
再依細目性地分析作者楊牧在各篇詩作中所呈現的「側面」，分析
其樣態與範式，本書以〈表述的意識：楊牧詩作中的生命時間意涵〉
為題，重點在存有的生命時間意識在詩作中的表述。故本書除了緒
論外，另分六章。

---

[90] 同前註，頁 14。
[91] 蔡美麗：《胡塞爾》，頁 180。

　　第二章討論生命主體意識對「身體」的時間意識觀察，身體是存有在世的奠基，生命主體在時間流中的存有，在現象上其實是身體在時間流中的存有，因此「身體」不但具有空間性，也具有時間性，身體具有時間性的徵象，同時身體的活動也具有時間性的表徵，故對身體進行表述時，除了空間意涵外亦有充滿複雜、豐富的生命時間指涉意涵。

　　第三章以「當下時間的感知」分析楊牧詩作在感受的瞬間所進行的表述，存有所能真正感知到的時間，其實只有當下時間而已，也就是胡塞爾所說的「原印象」（原始印象）[92]，而這個「原印象」是在當下不斷地被建構，如同約翰・柏格所說：「我們注視的從來不只是事物本身；我們注視的永遠是事物與我們之間的關係。我們的視線不斷搜尋、不斷移動，不斷在它的周圍抓住些什麼，不斷建構出當下呈現在我們眼前的景象[93]。」存有的生命主體意識在當下時間流中，不斷感知建構當下呈現在我們眼前的視域，同時在感知與表述中，不斷建構自己的存有意識，當下「感受的瞬間」是具有時間性的「原印象」，但並不是每個當下的「原印象」都具有強烈的時間性，由於植物的生長週期短，生命時間徵象明顯，容易作為時間意識表述的徵象，而天體如太陽或星星的運行，歷來就是

---

[92] 「胡塞爾稱當下之觀察為『原始現象』（Urompression）或『原始感覺；元感』（Urempfindung），它產生為『飾變之感覺』（Modifizierte Empfindung）的『回顧』與『前瞻』」。見汪文聖：《胡塞爾與海德格》（臺北：遠流出版社，1995年），頁89。

[93] 〔美〕約翰・柏格（John Berger）著，吳莉君譯：《觀看的方式》（臺北：麥田出版社，2005年），頁11。

人類參照時間的計量單位。在楊牧的詩作中，我們也能注意到此鮮明的特徵，故本章以對「植物」、「天體運行」的原印象表述的作品來進行論述。

　　第四章以「跳躍的時間表述：詠史與虛構」為題，主要論述生命主體意識跳脫身體當下存有的時間流，去對「歷史時間」進行意向活動並進行表述。本書歸納出透過歷史時間來表述自身存有本質上有三種意義，一是「以我觀史」，以存有的位置表述出存有所感知的歷史現象，透過「歷史參照物」以闡明出存有的意識；二是「以我入史」，將自己的存有從當下時空抽離出來，虛擬置入「歷史時間」，使自我的存有虛擬為「歷史參照物」的存有，自我的表述同時也是「歷史時間」中歷史的表述，可說是以「歷史時間」為自我位置的「擬我表述」；三是存有受限於「當下時間」的線性和單一特性，無法完整表述當下自我的意識活動，故存有透過「所意向」到的歷史，透過歷史的想像來充實自身，因此較「以我觀史」更具主觀性，相較於「以我入史」則更具有自我主體與當下時空的表述意義。楊牧此類型的詩相當豐富，可以看見他在詩作中對於歷史的感慨，多半出於自身生命主體的存有是無庸置疑的。

　　第五章討論存有面對死亡懸臨的時間性。生命的存有本身是有時間性的，而這種時間性是對死亡開放的，也就是生命向死亡存有，當存有確認生命被拋入到「在世」的當下時，我們開始面對死亡，但我們沒辦法直接面對死亡表述，而只能夠透過想像和他人的死亡來認知死亡本身，而楊牧善於在詩中融入他的哲學思想，在他面對

死亡懸臨的時間流中所表述出來的詩作，總是充滿了生命意涵的哲思，這些充滿隱喻的哲思可以與生命現象、死亡現象和時間現象相互參照，充實了被表述出來的生命時間意涵。

第六章訂名為「屬內在時間意識表述」，時間是抽象無法捉摸的，當我們描述純粹時間就只能夠使用比喻來表述，但時間也可以用來隱喻其他抽象的事物，楊牧長期在文學中對時間主題關注，因此對時間的特性、隱喻和指涉相當準確精微、充滿生命哲思，本章分為「純粹時間意識表述」、「時間的想像與指涉」，分別探討隱喻的時間表述與被時間隱喻的表述指涉。

第七章為結論，歸納出楊牧在詩作中所呈現的生命時間意涵如何被表述出來，和存有、時間意識以及表述之間的關係，希望能夠釐清楊牧詩中存有在時間流裡，透過表述所澄明的生命時間意涵。

第二章

時間流中的「倖存之軀」：
在世覺知的身體時間意識

　　以胡塞爾現象學的角度來看，自我在時間流中，是透過先驗自我持存在世界上的[1]，而這個先驗自我如何凸顯持存，胡塞爾說：「純粹自我在一特殊意義上，完完全全地生存於每一實顯的我思中，但是一切背景體驗也屬於它，它同樣也屬於這些背景體驗；它們全體都屬於為自我所有的一個體驗流，必定能轉變為實顯的我思過程，或以內在方式被納入其中[2]。」意識的自我如何實顯出來？即透過「身體」作為圖式而呈現，所以龔卓軍說：「胡塞爾對先驗主體形構出『世界視域』、通向『他者』的描述，是從對『他者』身體的感知為起點，也就是從身體知覺與動覺，從身體空間的差異經驗為描述的起始點[3]。」

---

[1]　關於「先驗自我」，是指在意識行為中基礎的自我，這個自我意識投向到世界和世界中之物去，而「先驗」代表主體的超越性。

[2]　胡塞爾著，李幼蒸譯：《純粹現象學通論》（台北：桂冠，1994 年），頁172-173。

[3]　龔卓軍：〈身體與想像的辯證：尼采，胡塞爾，梅洛龐蒂（五）〉，《文明探索》，2003 年 1 月第 32 期，頁 139。

簡單的說，由於我們的身體總是感覺著自身，總是當下地『在此』
向我給出，因而我的身體成了理解他人的一個軸心參考空間[4]。」身
體是意識主體在世界中的奠基，是存有作為自我時空位置的確認，
讓自我與當下的時空形構出一個內在性的關係[5]，因此身體圖式或身
體感的確認，使自我在時間流中的位置更加鮮明，正如梅洛龐蒂說：
「我通過身體圖式得知我的每一條肢體的位置，因為我的全部肢體
都包含在身體圖式中[6]。」身體圖式將自我身體的概念以及身體在時
間流中的位置呈現出來。

　　楊牧在其詩作中會注意到身體的存有，並且善用身體所構成的
身體圖式，顯現自我在時間流中的關係，藉以呈現生命時間的哲思。
如楊牧〈俯視〉這首詩，即透過詩中我的身體與意向物「立霧溪」
作為物我相對的關係，形構出此詩的表述世界，並賦予其生命時間
的意義。然而我們在楊牧詩中發現，他所敘述的「身體」不僅是佔
有空間而具有空間性，同時身體作為「物」也具有綿延的特徵，最

---

[4]　龔卓軍：〈身體與想像的辯證：尼采，胡塞爾，梅洛龐蒂（五）〉，《文明
　　探索》，2003 年 1 月第 32 期，頁 139-140。

[5]　關於楊牧在詩中身體與當下空間的表述而形構出一內在意識的關係，可參考
　　鄭金川說：「人存在世上，『身體』的空間性，就是『情境』的空間性。這
　　個情境，也正指出人與世界的關係，是一個『動態的辯證』關係，故在這個
　　『動態的辯證』裡，『身體』具有主動的『創新性』，使得『身體－主體』
　　不斷的與現存的世界，形構為具有一個內在性的關係，進而使『空間是存在
　　的，存在是空間的』。」在鄭金川看來，因為「身體」的空間性，使人與現
　　存的世界能形構出一個可為內在意識所聯繫的關係。參見鄭金川：《梅洛
　　──龐蒂的美學》（臺北：遠流出版社，1993 年），頁 34。

[6]　梅洛龐蒂著，姜志輝譯：《知覺現象學》（北京：商務，2001 年），頁 114。

　　明顯的就是其成長、衰老的變化，如〈無端〉這首詩，透過頭髮、皮膚所產生的時間徵象，闡發出對生命時間意識的哲思。

　　楊牧詩中對於「身體」的生命時間意識之表述，除了以自我身體為出發，作為「自我」或「物我」的時空結構觀照外，楊牧也會注意到他人的身體活動與身體徵象，將他人的身體活動作為詩中意象的感發客體，從中延伸出楊牧所意識到的生命時間思維。故本章將楊牧以「身體」作為主題書寫的作品依照意向表述的對象差異，區分為「自我體察的身體時間」與「人間事物：身體活動與他者的時間秩序」兩節論述之。

第一節　自我體察的身體時間

　　梅洛龐蒂說：「在每一個注視運動中，我的身體把一個現在，一個過去和一個將來連接在一起，我的身體分泌時間，更確切地說，成了這樣的自然場所，在那裏，事件第一次把過去和將來的雙重界域投射在現在周圍和得到一種歷史方向，而不是爭先恐後地擠進存在[7]。」在主體對自我身體的觀察中，是把現在與過去、將來聯繫起來的，梅洛龐蒂指出「身體分泌時間」，事實上，是身體在時間流中的現象變化使時間得以在當下具象化，楊牧很早就注意到身體與時間的關係，並能作緊密結合的敘述，在〈雷池〉這首詩的首段：

---

[7]　梅洛龐蒂著，姜志輝譯：《知覺現象學》（北京：商務，2001 年），頁 306。

又遇見的時候彷彿並不是……
時間停止在傍水的楓林上
我想伸手掌握墜落的歲月；
一條黃金分割線。瞑目之際
決心摸索[8]

這一段以「彷彿並不是……」宣示了時間若有似無的美感，透過「傍水的楓林」烘托出時間情境，然而這樣的時間情境仍是客觀與意識主體互不相關，直到「我想伸手掌握墜落的歲月」才將身體與時間情境建立關聯，梅洛龐蒂說：「我的身體只不過是其穩定的結構，物體是在我的身體對它的把握中形成的，物體首先不是在知性看來的一種意義，而是一種能被身體檢查理解的一種結構，如果我們想描述在知覺體驗中呈現給我們的實在事物，那麼我們將發現實在事物帶著人類學斷言[9]。」在此段詩句的表述中，楊牧凸顯出「傍水的楓林上」的時間性作為被身體所檢查的「物」，帶出時間的具體美感，而身體部位「手」的敘述建立起意識主體與時間的關係，使時間成為「能被身體檢查理解的一種結構」，或許在現實上，時間難以為身體所檢查，但透過詩意的呈現，使身體主體能夠理解時間，然而在此小段五行中，楊牧不僅寫出主體具象身體與抽象時間的關係，並以「瞑目之際，決心摸索」展現思維意志對於理解、經驗時間的想法，看出對於抽象時間經營、構思的詩藝呈現。

---

[8] 楊牧：〈雷池〉，《楊牧詩集 II》（臺北：洪範書店，1995 年），頁 406-410。
[9] 梅洛龐蒂著，姜志輝譯：《知覺現象學》（北京：商務，2001 年），頁 405。

　　楊牧的詩作中很擅長運用「物」之「能被身體檢查理解的一種結構」，來呈現主體的身體時間感，使時間充滿生命意涵，〈過踏荷湖〉這首詩的第三段，可看見更緊密的身體與時間意象結合：

> 我髮膚猶帶著隔宵的露水
> 我口袋疊盛著西海岸，我蒼老
> 如昨日，如明日，如執劍的行者
> 如山岩經霜，在回響裏流著
> 疲倦的瀑布，佛塔的磚[10]

此段詩句揭露楊牧對於身體空間所呈現的時間接受，「隔宵的露水」無疑將空間的時間性帶出來，而前兩句提及「我髮膚……」、「我口袋……」不斷以詩中我主體的身體動作來揭示對時間的知覺，如同梅洛龐蒂於《知覺的首要地位及其哲學結論》中所提出的，從具體活動中可形成理解知覺的首要地位[11]，楊牧如何透過身體的主體性敘述時間呢？即透過詩中身體的動作，透過身體的意向性活動，可產生對時間知覺的認識[12]，楊牧深刻理解時間可透過身體活動來感知，並將時間與生命聯結起來而言「我蒼老……如昨日，如明

---

[10] 楊牧：〈過踏荷湖〉，《楊牧詩集 I》（臺北：洪範書店，1978 年），頁 349。
[11] 可參見（法）梅洛龐蒂：《知覺的首要地位及其哲學結論》（上海：三聯書店，2002 年）。
[12] 所謂「意向性」是胡塞爾現象學不可缺少的概念。胡塞爾指出意識是具有投射作用的，意識都是投射到某物的意識，而這種意識的意指行為的指向性，即是意向性。在本書此處所指的「身體意向性活動」是指主體透過身體活動的意指行為，感知到時間。

日……」，將身體、生命的時間性顯現出來，正如題目〈過踏荷湖〉本身就是動作的過程，如游喚說：「若有時間，動作即為時間之存在[13]。」透過身體的動作能使時間性呈現出來，可呈現過去的動作以及當下共有的動作，如〈搜索者〉、〈冰涼的小手〉：

> 他以無形的腳一一涉過
> 當落雪之後
> 長長的影子遺落在水中
> 湖塘為他四佈
>
> 你感覺到嗎？你已走入森林了
> 憔悴已爬上你的鬍鬚了
> 深深的腳印宛若踐踏在我的胸膛上[14]
>
> ——〈搜索者〉第一、第二段
>
> 去年的秋季尚殘留在我的鬢上
> 我們曾共有那溫暖的流星河
> 袖上遺著你的指印
> 讓我輕握你兩手薔薇
> 我是那寒夜的篝火[15]
>
> ——〈冰涼的小手〉第二段

---

13 游喚：〈時間與動作在詩中的作用〉收錄於《台灣詩學季刊》第 9 期，民83 年 12 月，頁 139。
14 楊牧：〈搜索者〉，《楊牧詩集 I》，頁 99。
15 楊牧：〈冰涼的小手〉，《楊牧詩集 I》，頁 115。

在〈搜索者〉此詩一開始，楊牧以抽象之「無形的腳」來表現具象的身體空間移動，楊牧擅長以抽象來敘述具象，他曾自言：「我的詩嘗試將人世間一切抽象的和具體的加以抽象化，訴諸文字[16]。」透過抽象的意象得以將個殊的身體經驗，轉化為普遍的生命時間經驗，而這樣普遍的生命時間經驗在詩中是透過身體與空間的美感呈現出來；身體行動在楊牧詩中對於時間的感知無疑是重要的，楊牧透過主體的行動「無形的腳」、「你已走入森林」呈現出被感知的時間性，正如龔卓軍所說：「由於『身體』匯集出了混沌世界的一個基本脈絡，因此『事物』的本質絕對無法脫離主體而客觀獨存，尼采據此主張，不同層次的隱喻都是『身體』對世界詮釋的觀點成果[17]。」龔卓軍指出身體是世界存在的根本，使世界得以匯集被感知存在，因此「事」與「物」的本身都需要身體行動的感知，楊牧將時間以「無形的腳」的身體徵象呈現出來，且另一方面時間可以是當下的經驗如「你感覺到嗎？你已走入森林了」，有時可以是一種身體的遺痕所代表的時間經驗，例如〈冰涼的小手〉中的「我們曾共有那溫暖的流星河／袖上遺著你的指印」就是透過指印的遺留來證明生命在過去時間的持留，楊牧於〈搜索者〉中更以「深深的腳印宛若踐踏在我的胸膛上」來揭示身體的時間性，透過身體形象的具體描述「腳印」、「胸膛」，將身體對時間的「實際認識」呈

---

[16] 楊牧：〈後記〉，《完整的寓言》（台北：洪範，1991 年），頁 155。
[17] 龔卓軍：〈身體與想像的辯證：尼采，胡塞爾，梅洛龐蒂（二）〉，《文明探索》，2002 年 4 月第 29 期，頁 69。

現出來[18]，然而在這兩首詩當中，楊牧也注意到身體本身，也注意到身體的時間特徵，正如哈維‧弗格森所說：「身體首要的特徵是，它是一個區域化領域。正是既定的時空參照點，建立了空間及對象之間的相互關係[19]。」身體在空間中存在，必然可以當成空間的參照點，而身體本身具有的時間徵象，如髮鬢就是一個相當明確的時間參照，楊牧很早就注意到身體的時間徵象，並且賦予生命情緒的關懷，如〈搜索者〉中的「你已走入森林了／憔悴已爬上你的鬍髭了」，將時間性添加了情感、複和了身體的時間參照，使詩中的時間不僅只是客觀的物理時間，不拘泥於詩人對於時間的文字描述，而「表明這個藝術的世界原本是活的世界，是生活的世界，組成世界的時間和空間不是計量的工具，而是生活的過程[20]。」使生命主體在時間流中逐漸「憔悴」的情感現象在詩中「鮮活」呈現，而〈你冰涼的小手〉：「去年的秋季尚殘留在我的鬢上」相較之下，僅是表現詩中兩人過去共有的時間經驗，在詩中我的身體上遺留，藉此烘托出兩人在時間流中的情感關係，然而我們在創作於一九六〇年的〈搜索者〉、〈你冰涼的小手〉已經發現楊牧注意到身體髮鬢所表示的時間徵象，而楊牧於一九八四年所寫的〈俯視〉，因為年紀

---

[18] 身體的運動不是一個單一特別的經驗，而是對世界或世界之物的實際認識。可參見梅洛龐蒂著，姜志輝譯：《知覺現象學》（北京：商務，2001年），頁186。

[19] （英）哈維‧弗格森著，劉聰慧、郭支天、張琦譯：《現象學社會學》（北京：北京大學出版社，2010年9月），頁58。

[20] 葉秀山：《思‧史‧詩：現象學和存在哲學研究》（北京：人民出版社，2010年），頁294。

更長，髮鬚所象徵的時間徵象更明顯，參照景物的永恆情況下，使
楊牧所感知到的生命時間意涵更顯焦慮：

> 我的頭髮在許多風雨和霜雪以後──
> 不像高處的草木由繁榮渡向枯槁
> 已舉向歲月再生的團圓
> ──我的兩鬢已殘，即使不比前世
> 邂逅分離那時刻斑白。你認識我
> 嚴峻之臉是為了掩飾羞澀
> 這樣俯視著山河凝聚的因緣
> 浮雲是飛散的衣裳，泉水滑落成潤

此詩的副標題是「立霧溪一九八三」，而我們從這首詩的其中一部
份，可以看見楊牧透過對於「立霧溪」以及自身的「視覺思維」，
正如梅洛龐蒂說：「視覺思維依據的是身體，而非視覺思維本身，
在把身體與視覺思維統合在一起的自然協約之中，同時也規定了空
間、外部的距離[21]。」此詩透過身體的形象位置，以視覺呈現「立
霧溪」和「我」的關係，而兩者的關係並非只是意向活動中主客體
的關係[22]，而是透過「移情」將「立霧溪」擬人化，與詩中「我」
建立起超越時間的深厚情誼。換言之，透過移情的擬人，是使詩中

---

[21] 梅洛龐蒂著，龔卓軍譯：《眼與心》（台北：典藏藝術家庭，2007 年 10 月），
頁 81。
[22] 此處「意向活動」是現象學的用法，指主體對客體的意識投射，由主體賦予
客體意義的詮釋，也就是「立義」或「意義充實」。

「我」的身體與「立霧溪」的「身體」建立起「互為主體」的想像空間，賴芳伶就曾經說過：「楊牧的作品常與宇宙大自然互為主體，共鳴之、共勉之，此一生命情懷當與他的人文素養密切相關[23]。」楊牧的生命情懷極容易在詩中想像自然為一獨立主體，與自我生命主體相互交流、想像，烘托出其情致結構。朱光潛說：「從移情作用我們可以看出內在的情趣和外來的意象相融合而互相影響[24]。」楊牧充分利用移情的想像，將外部的身體象徵「我的頭髮在許多風雨和霜雪以後──／不像高處的草木由繁榮渡向枯槁」詩句中白髮的象徵與立霧溪「身體」之「高處的草木」相互襯托、融合，比較出兩者在時間中綿延的差異，藉由兩者的空間使時間意象在視覺感知中被表述出來，楊牧充分利用兩者視覺的空間特色，以及身體所形成的時間差異，呈現自我生命主體對於時間意識的書寫，然而在〈俯視〉一詩之後，楊牧更加注意身體所呈現時間與肉體衰老的現象，如一九九一年所作收錄在《完整的寓言》裡的〈無端〉以及之後收錄在《時光命題》的〈時光命題〉兩首詩，且先看〈無端〉此詩：

> 無端
> 就這樣憂慮起來了
> 坐在乾燥的蟬蛻裏
> 過去現在未來
> 未來？

---

[23] 賴芳伶：《新詩典範的追求》（台北：大安，2002 年 7 月），頁 140。
[24] 朱光潛：《詩論》（台北：正中書局，1993 年），頁 57。

鬢髮越洗越淡
肌膚因愛呈半透明[25]

——〈無端〉首段

此詩呈現以一個「我的身體」為中心的知覺場，這個知覺場同時就是
時間場域。「坐在乾燥的蟬蛻裏」隱喻著身體在時間流中的變化，以
這個「蟬蛻」隱喻的身體為中心，然後敘述身體的時間徵象：「鬢髮
越洗越淡」、「肌膚因愛呈半透明」，楊牧在此詩中呈現一個自我觀
照的生命抒情時間觀，正如同奚密評論楊牧所說：「詩的結構來自詩
人自我關照的世界。抒情一向是楊牧的主調，自我是他的主題[26]。」〈無
端〉此詩的結構即顯現出楊牧對於自我生命時間的觀照情境，楊牧將
身體視為一「意向對象」的客體物，觀察並表述在時間流中身體的
綿延，關於「綿延」一詞，柏格森指出：「我們存在的形式──綿延[27]。」
也就是說我們自我是在時間流持續著的體驗，而這樣時間性的體驗在
身體也留下了綿延的徵象，如同魯道爾夫・歐肯說：「自然領域中
的認識，是各別印象的結合（亦即聯想）。這些印象的綿延與累積會
產生某種意義的組織與一種經驗，但其間有各種程度的差異[28]。」

---

[25] 楊牧：〈無端〉，《完整的寓言》（臺北：洪範出版社，1991 年），頁 12。

[26] 奚密：〈抒情的雙簧管：讀楊牧近作《涉事》〉收錄於《中外文學》，第
31 卷，第 8 期，2003 年 1 月，頁 210。

[27] 柏格森著，諾貝爾文學獎全集編譯委員會譯：〈創化論〉收錄於《柏格森》
（台北：書華，1981 年），頁 50。

[28] （德）魯道爾夫・歐肯（Rudolf Eucken）著，李斯等譯：〈人生的意義與價
值〉收錄於歐肯、柏格森著，李斯等譯：《諾貝爾獎文集》（北京：時代文
藝，2006 年 10 月），頁 19。

也就是說對事物印象的認識以及對於不同事物對象的聯想，這些在
時間流中所認識或聯想的印象，會因時間綿延的差異程度而產生具
有差異的時間差，在〈無端〉中即是透過身體差異程度的綿延，揭
示出主體的時間感受，藉由時間感的聯想，引發對小時候種種鮮豔
色彩的想像：

> 不看它，想到小時候
> 驚喜的海紅，孔雀
> 藍，紫蘇，黃牡丹
> 剪刀和手腕
> 碰撞木器的聲音[29]

藉由回憶活動中色彩紛呈的顏色，將過去時間呈現於當下，正如史
成芳整理胡塞爾對於時間的觀察說道：「我們對事件的理解總是通
過回憶進行的，回憶使對象當下化，使過去經驗的時間重新回到當
下……如果我們對顏色和聲音的感知就是使它當下化，使它擺脫了
過去時間的束縛，回到當下時間，從而成為意識的對象[30]。」楊牧
以回憶活動中小時候顏色經驗的感知，來表述過去時間經驗呼應了
當下對主體身體的時間感知，使鮮明的顏色與身體綿延的徵象相互
呼應，形成詩中雜多性的時間意涵，豐富了詩中對於主體生命時間
的詮釋，相較之下〈時光命題〉和〈無端〉有著相同的書寫策略，

---

[29] 楊牧：〈無端〉，《完整的寓言》（臺北：洪範出版社，1991 年），頁 13。
[30] 史成芳：《詩學中的時間概念》，長沙：湖南教育出版社，2001 年 6 月，
頁 2。

以身體的時間徵象建構詩中的時間經驗，但〈時光命題〉更複和了
人間的情感：

> 燈下細看我一頭白髮：
> 去年風雪是不是特別大？
> 半夜也曾獨坐飄搖的天地
> 我說，撫著胸口想你
>
> 可能是為天上的星星憂慮
> 有些開春將要從摩羯宮除名
> 但每次對鏡我都認得她們
> 許久以來歸宿在我兩鬢[31]

這首詩雖然在角度上與〈無端〉都是從身體的時間徵象出發，但這
首詩注意到主體際間「我－你」的情感[32]，楊牧以「燈下細看」仔
細地描寫出身體的時間徵象「白髮」特徵，喚起對過去時間的聯想，
使時間和主體身體之間能在想像中有更緊密地、更具美感的結合，
而這樣結合所產生的生命時間意涵是要呼應主體際間「我－你」的
情感，從身體感覺自身時間到對他者「你」的感知，可以說是一「身
體感」的敘述，正如龔卓軍所說：「由於我們的身體總是感覺著自
身，總是當下地『在此』向我給出，因而我的身體成了理解他人的

---

[31] 楊牧：〈時光命題〉，《時光命題》（台北：洪範，1997 年），頁 46。
[32] 主體際可以說是由不同的自我所構成的關係，而每個人就是一個自我。可參
考蔡錚雲：〈現象學總論（上篇）〉收錄於《鵝湖月刊》，第 1 卷第 4 期，
1975 年 10 月，頁 47。

一個軸心參考空間。這個可運動、保持對自身感受、對外在空間感受的軸心參考空間，是我們對『他者』想像的出發點。[33]」龔卓軍此處所說的身體感，僅將身體當成「軸心參考空間」，然楊牧此段詩句：「去年也曾獨坐飄搖的天地／我說，撫著胸口想你」除了將詩中我和你相隔的空間距離帶出來外，也將身體空間分隔的時間距離書寫出來，將身體空間視為了詩中主體的空間與時間的參考座標，所以梅洛龐蒂指出身體不僅有空間性，亦具有時間性，能將過去、現在、未來連接起來的自然場所[34]，在楊牧詩中，我們看見了主體意識奠基於身體空間現象，對時間的感知以及主體間情感的抒發。

　　我們從上文論述可見楊牧詩作中對於自身身體時間徵象的注意以及表述是相當豐富、多元且深邃的，他不僅止於對身體片面的觀察，而是根據身體徵象的聯想將過去、未來聯繫起來，並且透過身體的聯想，抒發自我與他者的空間、時間距離，而楊牧透過身體的空間位置所產生「空間與時間的參考座標」，不僅於對人物的他者「你」進行在時間距離中的情感表述，也會將事物他者作為身體與時間參照的對象，例如〈俯視〉與〈仰望〉二詩：

　　　假如這一次悉以你的觀點為準
　　　深沉的太虛幻象在千尺下反光

---

[33] 龔卓軍：〈身體感：胡塞爾對身體的形構分析〉，《應用心理研究》，2006年3月第29期，頁172。
[34] 梅洛龐蒂著，姜志輝譯：《知覺現象學》（北京：商務，2001年），頁306。

輕忽我的名字：仰望

你必然看到我正傾斜

我倖存之軀，前額因感動

泛發著微汗，兩臂因平衡和理性的

堅持。你是認識我的

雖然和高處的草木一樣

我的頭髮在許多風雨和霜雪以後──

不像高處的草木由繁榮渡向枯槁

已舉向歲月再生的團圓

──我的兩鬢已殘，即使不比前世

邂逅分離那時刻斑白。你認識我

嚴峻之臉是為了掩飾羞澀[35]

──〈俯視〉前幾行

此刻我侷促於時間循環

今昔相對終於複沓上的一點

山勢縱橫不曾稍改，復以

偉大的靜止撩撥我悠悠動盪的心，我聽到波浪一樣的

---

[35] 如陳芳明：〈永恆的鄉愁──楊牧文學的花蓮情節〉收錄於陳芳明：《後殖民台灣──文學史論及其周邊》，台北：麥田，2002 年，頁 228-229。賴芳伶：〈楊牧山水詩中的深邃美〉收錄於收錄於國立彰化師範大學現代詩研討會編輯委員主編：《現代詩語言與教學》，國立彰化師範大學國文系，2001年 11 月，頁 359。賴芳伶：〈楊牧山水詩中的深邃美〉收錄於收錄於國立彰化師範大學現代詩研討會編輯委員主編：《現代詩語言與教學》，國立彰化師範大學國文系，2001 年 11 月，頁 363。皆有討論此詩。

　　　回聲，當我這樣靠著記憶深坐

　　　無限安詳和等量的懊悔，仰首

　　　看永恆，大寂之青靄次第漫衍

　　　密密充色於我們與天地之間——[36]

　　　　　　　　——〈仰望——木瓜山一九九五〉後半部幾行

〈俯視〉成詩於一九八四年，〈仰望——木瓜山一九九五〉成詩於
一九九五，兩首詩相差十一年，然兩首詩可說皆是透過自我與他者
（立霧溪或木瓜山）的外在形象而呈現出過去、當下或未來永恆的
時間感受，卡西勒說：「在藝術中，我們並不使世界概念化，而是
使它感知化。[37]」在楊牧這兩首詩中，我們可以看見楊牧將自然山
水世界透過主體意識的感知，使之成為「詩中我」的感知敘述，與
詩中自我相對，參照出自然山水空間的永恆，以及自我身體位置在
重新回歸故鄉後[38]，所發現今昔相較的時間意義，然而我們仔細比
較這兩首詩的引文，可發現楊牧在較早的〈俯視〉中較重視自我的
身體時間徵象。在這兩首詩的引詩中，我們看見楊牧用身體徵象或
身體位置去感知空間物的時間特質，身體在時間流中具有「綿延」

36　楊牧：〈仰望——木瓜山一九九五〉，《楊牧詩集Ⅱ》，頁 121。

37　卡西勒（Ernst Cassirer）著，羅興漢譯：《符號‧神話‧文化》（台北：結
　　構群，1980 年 4 月），頁 145。

38　張蕙菁說：「返回故鄉花蓮對楊牧似乎有著滌蕩的意義，藉以檢證自己一路
　　走來的軌跡，是不是曾經迷失。這樣的滌蕩陸續出現在〈花蓮〉、〈俯視〉、
　　〈仰望〉等返鄉詩裏。在這些返鄉詩中往往可見今昔的對照，同時也是新生
　　的渴望——他的新生必須從旅程的原點開始，回歸是最徹底的出發。」參見
　　張蕙菁：《楊牧》（臺北：聯合文學，2002 年），頁 134。

的特質，而身體在時間流中的續存，亦使楊牧感知到身體時間與外在物客觀時間的差異，正如梅洛龐蒂說：「物體是我的身體的關聯物，更一般地說，我的存在的關聯物——我的身體只不過是其穩定的結構，物體是在我的身體對它的把握中形成的[39]。」身體在楊牧此二詩中，充分地顯現出自我存在的關聯結構，透過身體的徵象或位置，掌握到「自然山水」空間物的時間性，而綜觀此二詩，山水形象充分顯示出楊牧對於山水時間永恆的認知，楊牧於其散文著作《山風海雨》中提到：「山的形象不變，除了雲霧濃淡以外，山永遠是不變的，俯視著我，並且自動凝然向南北兩個方向蜿蜒突兀。我是聽得見山的語言的，遠遠地，高高地，對我一個人述說著亙古的神話，和一些沒有人知道的秘密[40]。」可從其散文與詩相互對照，在楊牧的認知中，山的永恆形象是非常清楚透徹，正如同散文將「山」擬人化且具有語言，此二詩中亦將山水移情擬人，使「自然空間」與「詩中我」的時間差異透過主體際的比較呈現永恆和當下最大的差異性，然而〈俯視〉與〈仰望——木瓜山一九九五〉最大的差異在於楊牧詩藝創作日趨抽象、哲理化，因此收錄於《時光命題》的〈仰望——木瓜山一九九五〉相較於〈俯視〉中的時間敘述更加抽象，如「偉大的靜止撩撥我悠悠／動盪的心」、「我這樣靠著記憶深坐／無限安詳和等量的懊悔」、「仰首／看永恆」，楊牧將具象的山形抽象為「靜止」、「永恆」，自我身體的時間位置則

---

[39] 梅洛龐蒂著，姜志輝譯：《知覺現象學》（北京：商務，2001 年），頁 405。

[40] 楊牧：〈接近了秀姑巒〉，《山風海雨》（臺北：洪範，1998 年 10 月），頁 25。

以「悠悠／動盪的心」、「無限安詳和等量的懊悔」從自身情感意
識來表現身體「仰首」，感知木瓜山永恆山形的現象，而這種身體
及外在客觀形象的抽象化、哲理化，也是楊牧詩作內涵日趨深邃、
豐富的緣故。

第二節　人間事物：自我與他者身體活動所表現的時間秩序

　　我們在上一節中討論楊牧透過身體的時間徵象，表述他對自我
於時間流中位置的確認及生命時間意識的感發。然而上一節所看到
的詩作，都是以「詩中我」的身體（或身體時間徵象）為主軸，繼
而對自我或對其他外在可供參照對映的「時間參照物」進行時間確
認與情志感發，然而從另一方面，除了自我的身體外，也可以從他
人的身體以及身體活動來感知生命時間的現象，正如同胡塞爾說：
「每一個另外的軀體，即他人的軀體，則以在那裡的方式被給予[41]。」
換言之，他人的身體在表象上被視為意向對象，而被意向主體（意
識主體）的意識所充實[42]，這種對他者身體意識活動，主要呈現自

---

[41]　（德）埃德蒙德‧胡塞爾著：〈文本 B 笛卡爾的沉思──一個現象學的導論〉
　　收錄於其著，張憲譯：《笛卡爾沉思與巴黎演講》（胡塞爾文集）（北京：
　　人民出版社，2008 年 4 月），頁 153。

[42]　關於「充實」，在現象學上，透過意向活動的直觀，使意向對象被給予了意
　　向主體所意識到的意識，稱為意義充實。

我與他者的身體差異，而澄明出「自我」的本質[43]、自我對於他者
身體活動的認識，皆屬於當下「共在」的感知，我們可從楊牧詩作
中看見其對於當下時間流中不同主體的活動與身體現象，有其深刻
的生命時間哲思。

　　由於楊牧於詩作中經營對個體及抽象思維的興趣大於對他者片
面的關懷，因此對於他者身體關懷而產生生命時間感知的詩作份
量，遠不如對自我身體感知的詩作，但我們可以從〈在學童當中〉、
〈學院之樹〉、〈午后的公園〉、〈介殼蟲〉等詩中看見楊牧對他
者身體及他者身體活動的敘述，藉此作為自我生命時間的定位，如
〈在學童當中〉第二部分：

> 然而我們，我們
> 在學童當中——
> 不是陌生，也不
> 熟悉——今早遊戲的
> 圓圈比蓮花的
> 水池寬闊，歌聲
> 比噴泉生動，雖然
> 我不能盡知，不能盡知
> 那飛升的如何變化為

---

[43] 孫小玲指出，依照胡塞爾的說法，對他者身體的認識是一種類比化的意向活
動。請參照孫小玲：《從絕對自我到絕對他者——胡塞爾與列維納斯哲學中
的主體際性問題》（上海：上海人民出版社，2009 年 3 月），頁 114。

墜落的水點，雖然

那四散的形象

可能意識著一種

破碎而我也相信過破碎

如同那白髮的愛爾蘭人

在學童當中，我也

分辨。他們在拍手

長大成人，那掌聲破碎

可能遺失在今早的

草地上，他們也可能回來

尋覓。啊尋覓

也可能只是失望的

慰藉。噴泉回落池中

那歸來的水點破碎

乃匯入植養蓮花的世界——

幾時才能輪到它，你說

再度升起[44]？

楊牧自言：「……（一九七五年）這一年在臺大教書，使我有機會
和幾乎脫節的昔日生活連結起來，對於我讀書和寫作都有許多好
處。〈在學童當中〉所要表現的也有這點意思，但我所指的學童，

---

[44] 楊牧：〈在學童當中〉，《楊牧詩集II》，頁43-44。

真是有一天我在榮星花園碰到的一群小學生；後來我班上的大學生
以為詩中的學童是他們，我笑而不答，有意將錯就錯。外文系三年
級的學生應當知道詩至少有七種『多義性』（ambiguity）[45]。」可
見楊牧此詩是他難得將詩的抽象思維與現實生活他者聯繫在一起的
詩作，而我們可以看見上引詩中有幾個主體「我們」、「學童」、
「我」、「那白髮的愛爾蘭人」、「他們」，楊牧於詩中繁複地指
涉、敘述自我與他者的主體，而「白髮的愛爾蘭人」雖然可能指葉
慈（W.B. Yeats），但楊牧為了刻意顯現在時間流中，每個人都有光
榮、華麗與平凡的可能，故遮蔽掉愛爾蘭人的名字，而特以「白髮」
顯現愛爾蘭人為「我們」、「在學童當中」的生命時間先行者，在
眾多繁複的主體間，楊牧不直接表述具象的身體表徵或抽象的主體
思維，他採取了簡單的隱喻，運用噴泉的水點噴出和回落破碎，來
比喻人類主體生命在時間中共同的經歷，運用噴泉水點高度差異來
象徵生命時間的最初、昇華及高點到最後「歸來的水點破碎」，楊
牧在此段詩句中，充分運用文字掌握了眾多他者與自我的生命時間
特性，以噴泉水點的歷程掌握生命時間的美學以及眾多主體在時間
流中的位置，在他文字的駕馭中，我們充分發現了楊牧對於生命時
間的想像與指涉。

　　雖然在此詩中，詩中「我」對「學童」的注視，表象上只是讓
他者的身體呈現在「我」的視域中，但經過想像和虛構的統一，在
楊牧表述的隱喻當中，他意欲透過三者的生命隱喻建構一從年幼到

---

[45]　楊牧：〈《北斗行》後記〉，《楊牧詩集II》，頁 505。

成熟的生命時間秩序。在此，「學童」不再只是視域中可見的身體，而是被意義充實的隱喻符號[46]，並且被想像、虛構出「你」和「我們」等的存有，使整個時間場域中的生命時間秩序得以完整。

我們在〈在學童當中〉看見楊牧用噴泉隱喻詩中自我與他者（群）的身體以及眾多繁複的生命時間，從抽象的意象來敘述生命情境在時間流的變化，而我們在〈午后的公園〉中則是看到具體他者的身體動作表述出詩中主體所意識到的當下時間，請看此詩末段：

> 再抬頭只見你又站在滑梯頂上
> 背後是陽光暈黃羞澀地映上了教堂的長窗
> 我眼睛來不及分辨那相關高度，你已經向前
> 臥倒，頭下腳上朝我驚詫的方向滑來
> 雙手飛揚，小腹摩擦著金屬並且
> 自如地控制著速度，這時停頓
> 固定在梯心，兩隻燕子閃過草地，瞬息
> 你已放鬆了全身的肌肉正慢慢地滑下
> 我再轉身看燕子然而燕子已經不見了
> 蹤跡，舉手抹去額頭的微汗
> 彈落一勁白髮翻跌於午后的公園
> 緣著風[47]

---

[46] 「學童」被放置在時間場域中被詩中的「我」所注視並給予意義，「學童」的生命體形成對生命時間的指涉及隱喻，並據此延伸出與「你」、「我」相對的場域位置來表述時間秩序。

[47] 楊牧：〈午后的公園〉，《完整的寓言》，頁96-97。

此詩寫於一九八六年，楊牧的獨子王常名於一九八〇年出生[48]，是時王常名六歲，正是具有活動力但又需要父母照顧的年紀，而這首詩雖沒有直接指明詩中的「你」是王常名，但仍可以看見楊牧在詩中彷彿以一個父親的視角，透過視線去追蹤、關注孩子的身體在當下時間中活動與位置變化，繼而凸顯關切的情感。

　　楊牧經常在其文章中自言他的詩是化具象為抽象[49]，然而我們可以在此詩中看見楊牧具體而微地描寫對孩子在公園玩耍的觀察。楊牧充分利用視覺的敘述，將詩中孩子的位置、動作呈現出來，楊牧在詩中言「我眼睛來不及分辨那相關高度」，以視覺來呈現詩中自我對他者的感知，正如龔卓軍說：「胡塞爾對先驗主體形構出『世界視域』、通向『他者』的描述，是從對『他者』身體的感知為起點，也就是從身體知覺與動覺，從身體空間的差異經驗為描述的起始點[50]。」楊牧在〈午后的公園〉中，充分利用視覺來呈現對孩子此一形象的「他者」進行視覺與動覺的感知，描寫孩子的身體在公園或溜滑梯空間的位移差異經驗，並佐以「他者」燕子的身體經驗來呈現孩子位置移動的時間感，楊牧細微地描寫孩子的動作「臥倒，頭下腳上朝我驚詫的方向滑來」、「雙手飛揚，小腹摩擦著金屬……」

---

[48] 參見張蕙菁：《楊牧》，頁175。

[49] 楊牧：「我們化具象為抽象，因為具象有它的限制，而抽象普遍──我們追求的是詩的普遍真理。」參見楊牧：〈詩與真實〉《一首詩的完成》（台北：洪範，1989年2月），頁211-212。楊牧於《完整的寓言》〈後記〉亦有類似說法，參見楊牧：〈後記〉收錄於楊牧：《完整的寓言》（台北：洪範，1991年），頁154。

[50] 龔卓軍：〈身體想像的辯證：尼采，胡塞爾，梅洛龐蒂（五）第四章：身體想像與他者／胡塞爾之二〉《文明探索叢刊》，2003年1月第32期，頁139。

如此具體的身體動作敘述，在楊牧詩作中實屬少見。然這樣細微而具體地描寫，正是呈現「詩中我」關切「你」的情狀，而最後「詩中我」透過身體圖式「舉手抹去額頭的微汗」顯現出「詩中我」對於孩子的關切操心，楊牧〈午后的公園〉透過具體詳細的身體經驗與動作的寫實，烘托出一成年男子關懷孩子活動經驗，從驚詫到放鬆的當下時間經過，我們可以看見楊牧深切地將情感寓託於詩作的意境當中，而不直接描述出來，我們可知意境的本質就是具有呼喚性的意象結構，具有象徵性、暗示性、含蓄性等一系列美學特徵[51]，顯然楊牧利用身體經驗、位置將當下時間感知與情感的象徵、暗示融合地相當巧妙。

　　而「他者的身體」不僅僅是人物對象而已，我們在〈學院之樹〉、〈介殼蟲〉都可以看到楊牧對於昆蟲的軀體進行意向感知，進而表述生命與時間的意涵，如〈學院之樹〉的中間部分：

> 「彩色蝴蝶，」一個小女孩輕聲
> 驚呼道。我回頭看見她
> 戀慕地（肯定是教授的女兒）
> 瞪著身邊一扇半開的窗說：
> 「我想要這隻彩色的蝴蝶—」
> 我們趨近那憩息的三色菫
> 兩翅疊合在夢裡：「我想

---

[51] 參見蔣寅：《古典詩學的現代詮釋》（北京：中華書局，2003 年 3 月），頁 25。

> 把它捉到，我想然後我想
> 輕輕將它夾在書裡。不疼的」
>
> 不疼，可是它會死
> 留下失去靈魂的一襲乾燥的彩衣
> 在書頁的擁抱裡，緊靠著文字
> 不見得就活在我們追求的
> 同情和智慧裏[52]。

楊牧此詩敘述了一個小女孩想捕捉蝴蝶夾在書裡，透過這樣的想法，敘述出「在學院中」所應該追求的主題：「同情與智慧」。上引詩中，前段的文字主題在於小女孩、彩色的蝴蝶、三色堇，以小女孩為中心，透過彩色蝴蝶與三色堇的鮮豔色彩，烘托出一青春的生命情境，正如喬治・森塔亞納說：「人類的內在感覺是複雜的、多變的、難以言說的，藝術家們常通過各種媒質來表現之，多半是用烘托的方法來間接表現的[53]。」楊牧於詩中所敘述當下「他者」如小女孩、蝴蝶的生命時間情境是複雜、難以言說的，但楊牧在詩中透過三者相互烘托，間接表現一個當下生命美好的感受，而小女孩意欲將蝴蝶夾入書本引發楊牧對於生命時間的思索。換言之，楊牧於詩中透過「蝴蝶」可能在小女孩意欲下瀕臨死亡的軀體，領會到生命在時間流中的追求，身體是我們欲望以及朝向有意義的生活

---

[52] 楊牧：〈學院之樹〉，《楊牧詩集 II》，頁 346-347。
[53] 喬治・森塔亞納著，王濟昌譯：《森塔亞納美學箋注》，台北：金楓，1987年 4 月，頁 243。

的動力來源[54]，是對生命價值追求的奠基，但「他者」蝴蝶的軀體若僅形式在「書頁的擁抱裏」，並不是牠本身的欲望及有價值的追求，在辯證「會死」、「留下失去靈魂的一襲乾燥的彩衣」過程中，我們看見楊牧表述出其生命時間中所追求的是「同情與智慧」，呼應此詩最後一段：

> 這時我們都是老人了——
> 失去了乾燥的彩衣，只有甦醒的靈魂
> 在書頁裏擁抱，緊靠著文字並且
> 活在我們所追求的同情和智慧裡[55]

楊牧從對「他者」蝴蝶軀體的意向轉化為對自我生命情境的觀照，乾燥的彩衣被隱喻為自我青春的生命，當年華老去，生命是透過身體呈現對審美的實踐[56]，而楊牧於此詩中所追求的審美實踐與價值，正是學院中「書頁裏擁抱，緊靠著文字並且／活在我們所追求的同情和智慧裡」，楊牧藉此說明了其生命時間裡所追求的最高價值。

正如楊牧自言其文字擅長將具象的轉換抽象的思考，〈學院之樹〉將蝴蝶「乾燥的彩衣」轉換為生命中對「同情和智慧」的追求，〈介殼蟲〉這首詩透過對「他者」之介殼蟲的觀察，轉化為對科學與人文的述說，見〈介殼蟲〉末段：

---

[54] 沈清松著，莊佳珣譯：〈從內在超越到界域跨越——隱喻、敘事與存在〉《哲學與文化》，2006 年 10 月第 389 期，頁 23。

[55] 楊牧：〈學院之樹〉，《楊牧詩集II》，頁 346-347。

[56] 王曉華：《西方生命美學侷限研究》（哈爾濱：黑龍江人民出版社，2005年 1 月），頁 25。

> 偉大的發現理應在猶豫
> 多難的世界初率先完成，我
> 轉身俯首，無心機的觀察參與
> 且檢驗科學與人文徵兆於微風
> 當所有眼睛焦點這樣集中，看到
> 地上一隻雌性蘇鐵白輪盾介殼蟲[57]

這首詩是楊牧在臺北南港和一群孩子們觀察介殼蟲時有所感觸，楊牧自言：「在這樣一個暖冬的午後，發現一具介殼蟲的屍體和發現雜染色體或幹細胞之類，對我來說，意義大概都一樣，也許可以說都是沒有意義的。惟有這看見的過程，這些引導我去發現它的外在環境如此……這情節如果有甚麼重要性，不外乎就是它證明我的好奇心還不曾完全消滅，而童年閃亮的記憶仍然發光，值得把我的直覺拿去和兒童的天真率性推擠，互相發明，如此而已[58]。」也就是說，這首詩是楊牧對當下「他者」介殼蟲軀體的感知，然這種感知並非純粹片面的敘述「他者」的軀體，楊牧將對外在他者軀體的觀察，轉化為對內在身體時間性的思考，辯證自我當下與孩子們的好奇心是一致的，自我當下與過去童年的記憶、直覺、天真率性依舊，他者的身體形成而且只可形成一個「外在的符號」供自我來詮釋[59]，楊牧即透過「介殼蟲」身體的符號，指涉了自我的好奇、與當下孩

---

[57] 楊牧：〈介殼蟲〉，《介殼蟲》（臺北：洪範書店，2006年4月），頁79。
[58] 楊牧：〈後序〉，《介殼蟲》，頁151-152。
[59] 可參考舒茲（A. Schutz）著，盧嵐蘭譯：《社會世界的現象學》（台北：桂冠，1991年），頁118。

童相較的童年記憶。我們在此詩最末段看見，楊牧將如此好奇的觀察、驅力，指向一「偉大的發現」、「檢驗科學與人文的徵兆於微風」，換言之，楊牧將當下對於「他者」介殼蟲的軀體擴大為「偉大發現」，從過去與當下好奇心的驅力，變化為詩中對未來人文與科學發展的期許，在〈介殼蟲〉此詩具體細微的觀察與表述中，我們看見楊牧對於自我好奇心的肯定以及人類生命與文明時間的發展有深刻期許。而末段最後兩句，敘述眾人視線聚焦於介殼蟲，也使讀者所感知到的意象聚集於此軀體符號，形成一輻輳式意象[60]，將全詩的重心聚集在此詩最末句：「地上一隻雌性蘇鐵白輪盾介殼蟲」，成就了最終全詩高潮的張力美學。

第三節　小結：楊牧詩中身體活動的時間印象

　　楊牧詩作中對身體時間徵象的表述，不僅止於單純的時間敘述與感發。於此章第一節中，我們看見楊牧〈雷池〉中注意到身體與時間並作了緊密的結合與表述，楊牧不但能將抽象的時間轉化為與自我身體存有的具體形容，還能藉身體的時間徵象呼應外在時間的改變，並進一步利用身體的活動、位移表達時間感，例如〈搜索者〉、〈冰涼的小手〉這兩首詩，透過身體的動作襯托出時間流逝的感受。

---

[60] 關於「輻輳式意象」，可參見吳晟：《中國意象詩探源》（廣州：中山大學出版社，2000 年 4 月），頁 153。

　　然楊牧寫〈俯視〉此詩時，年紀漸長，身體髮鬚的年老特色愈加鮮明，他表述從自我身體時間特色，去意向並表述身體及立霧溪的時間性，在反覆敘述、辯證的過程中，不但確認了身體的時間徵象，也透過立霧溪此一時間參照物，確定自己於時間流中的位置。相較之下，〈無端〉這首詩的結構比較簡單，是以身體為中心，藉著外物時間性的烘托，回憶過去、想像未來的身體舒展活動狀態，表述了自我、時間與身體三者的關係。〈時光命題〉則奠基於身體的時間感知，進而追索時間流中的美善。即使只是對於「自我」身體的書寫，楊牧對時間、生命的敏銳以及文學素養，使他能從這三種不同的面向，藉由身體書寫，表述出生命主體的時間意涵，澄明生命主體在時間流中的時間性。

　　此章第二節中，我們看見楊牧〈在學童當中〉從對他人身體活動與現象進行敘述，從中發現其生命與時間的意象。雖然楊牧自言此詩最初只是描寫他偶然所見的學童[61]，但楊牧擅長於在詩中將所見的現實轉化為對生命時間的哲思，所以我們在此詩發現楊牧將學童的身體、「我」與「你」的身體，轉化為對時間流中生命成熟的意義指涉，透過「學童」、「我」和「你」的反覆論述，我們發現楊牧所意識到的生命時間意涵，其實是普遍共通的生命價值。

　　〈午后的公園〉呈現出一具體長輩對孩子在當下活動中的生命情境與關切情感，〈學院之樹〉與〈介殼蟲〉由「他者」昆蟲的軀體作為符號想像的中心，建構出楊牧於生命時間中的反省與思

---

[61]　參見《楊牧詩集II》，頁505。

考，表現出楊牧於其深邃詩藝中對生命、對時間主題精細幽微的
特色。

　　雖然檢索楊牧詩作，發現楊牧以身體徵象或身體活動徵象來表
述生命時間意涵的詩作，實際上在目前楊牧詩作中的數量並不多，
但是我們透過此章的整理與論述，仍然能看見楊牧的表述意識如何
透過身體與活動的奠基，去表述出他所意識到在時間流中開展的生
命時間意涵，展現其個人特有的生命關懷與生命價值。

第三章

變動景物的時間印象

　　時間意識首先是奠基於生命主體的存有，而這個存有是奠基在身體為「在場」，在場指主體在當下瞬間與他物相連結而獲得的「在場性」[1]，而身體當下的感知與作為「在場」的位置參照，使「時間」在在場狀態中被說了出來，海德格就說：「時間——一個事情，也許是思的根本事情，只要在作為在場狀態的存在中說出了諸如時間這樣的東西[2]。」也就是說，主體在當下存在並與他物產生「連結」的在場狀態，使時間呈現出來。

　　然而時間如何呈現呢？

　　時間意識在本質上是生命主體對在世的時間結構開放所構成的[3]，也就是說我們的生命向時間開放的，生命主體理解時間流的方

---

[1]　可參考倪梁康：《意識的向度：以胡塞爾為軸心的現象學問題研究》（北京：北京大學出版社，2007 年），頁 60。

[2]　（德）海德格爾著，陳小文、孫周興譯：《面向思的事情》（北京：商務印書館，2007 年），頁 5。

[3]　「原印象」是主體於現實性的客體時間流中當下的體驗，這個體驗的點在「前攝」的未來與「滯留」印象的過去之間，可參考張堯均：〈時間性與主體的命運——從時間維度看主體的嬗變〉，《江蘇社會科學》，2004 年第 1 期，頁 94-95。

式就是透過當下的「原印象」感知時間，並且不斷地透過「滯留」和「前攝」的感知意識，構造出主體對時間的認識。由於生命具有時間性，生命對時間開放，故主體對時間的構造，是透過本身的生命或「他者」的生命現象理解時間。明確地說，我們對時間的理解是奠基於己身的生命與「他者」的生命，或時間形式相比較的，然而我們人類和動物、植物都經歷相同的宇宙客體時間，而時間在流逝，正如柏格森所說：「我現在看到的景象，已經不同於剛才所有的，即使僅只有一瞬間，景象比剛才又老了些。記憶的作用，無非是把過去的事物傳遞入現在。我的心靈狀態，在時間之流中進行時，持續不斷地充滿於其所盈積的『綿延』中[4]。」柏格森將心靈所感受到時間流逝的「過去－當下」現象稱之為「綿延」，而這種「綿延」是具有運動、改變的特性[5]，也就是說時間的「綿延」從「過去－當下」在現象上具有變動的差異，在變動的差異中產生時間，但在世間所有的景物所表現出來的時間形式或時間徵象卻是不一樣的，如「夏蟲不可以語於冰者，篤於時也[6]。」此語中「夏蟲」的生命形式或生命現象，是因其生命時間短暫，使其經歷「綿延」的律動與對時間的感受與我們人類不同[7]，所以「他者」對於時間形式表現的差

---

[4]　柏格森著，諾貝爾文學獎全集編譯委員會譯：〈創化論〉收錄於《柏格森》（台北：書華，1981 年），頁 42。

[5]　可參見（法）柏格森著，吳士棟譯：《時間與自由意志》（北京：商務印書館，2007 年 11 月），頁 84。

[6]　〔清〕王謙先：《莊子集解・秋水》（北京：中華書局，1987 年），頁 138。

[7]　如王禮平說：「無論是物質、動植物還是我們人自身，都是宇宙時間整體之一部分，它們的時間性之表現形式的差異是綿延程度本身的差異。但是，這種差異並不表示它們各自為政，因為它們同時又是參與到宇宙時間整體運動

異，得以作為己身生命時間的計量，或時間感受抒發的奠基。本章
即以楊牧於其詩作中所感知並表述「變動他者」的景物為討論重點，
發現楊牧如何在感知景物的綿延過程中，表述其生命時間意識。檢
索楊牧詩作中對於當下景物變化所產生時間感知的敘述，本章共分
三個子題討論，分別以「植物」、「季節」、「天體」變動的主題
來進行論述。

第一節　「主體－植物」的時間感知

我們以楊牧的詩作為觀察文本，他的詩作無疑充滿對植物意象
的生命時間感知，其詩中的植物意象豐富繁複，且楊牧生長於花蓮，
大量後山美麗的自然景色意象充斥楊牧的詩作散文中。因為楊牧身
在花蓮的自然空間，各種豐富的自然景物在楊牧的意識裡展開[8]。藉
此，我們可知詩人通常透過「注視」的感知，對植物進行意向活動，
使植物的生命徵象對詩人成為「有意義」的結構，由於這是主客體
都具有生命的本質，所形成的結構是「生命－生命」的結構，這種

中的運動。它們在宇宙時間中相通為一體。」，物本身都會有時間表現形式
差異與本質綿延程度的差異，但這種時間的差異性一樣被結構在宇宙的綿延
時間系統內，因此我們當下能發現「他者」與己身不同的生命時間本質的差
異與時間形式表現差異。見王禮平：《存在的吶喊──綿延與柏格森主義》
（上海：復旦大學外國哲學博士論文，2005 年），頁 180。

[8] 這其中部分原因當然出自於楊牧個人對自然景物意象的偏好，這可以從生命
主體經驗的時間性來討論，但在此暫且存而不論。

認知結構總是指向主體時間及生命時間，而且使詩人主體透過此一結構的奠基性，延伸出對未來或過去時間的意識活動，就是「前瞻」與「回顧」，因而使詩人與植物的「主體－客體」（生命－生命）結構不單只是純粹的認知結構，而是使時間意識充實（意義充實）的認知結構。如何使單一認知結構得到時間意識充實，就是透過聯想與回憶使「不在場的」世界再現於「在場」，也就是未來時間、過去時間的當下化，這就是現象學中「滯留－原印象－前攝」的時間建構，讓詩人主體的時間意識得到充實，我們則可在楊牧表述的文字中觀察到這一點。

　　楊牧選擇「詩」作為自我時間表述的同時，他就有自覺地選擇了視域中「在場」的自然景色，作為意識主要意向的客體：

> 自從接觸了詩以後，這世界似乎充實了許多，一片葉子在陽光下閃爍，一朵花在風聲裏搖擺，一條小河，一陣海浪，一座山，甚至一個沒有星星的夜晚，都充滿感情，都具有他們實在的意義[9]。

從楊牧自析對外在客體，也就是被注視的自然景物進行「意義充實」意向性思考順序，就隱約可知他的詩所意向的對象以植物等自然景觀為優先[10]，將文學創作的焦點注視在植物等自然景物上，透過「我」

9　楊牧：〈花季後序〉，《楊牧詩集I》（臺北：洪範出版社，1995年9月），頁607。

10　但楊牧的意向行為並非完全地客體化指涉，因為他又說：「我堅持這世界仍然是有秩序的，誰來安排這秩序呢？是我們自己的心靈，這種追求真和美的心靈在安排這個世界。」因此楊牧以為這世界仍是純粹意識賦予客體意向性

的體驗，給予了自然景物「注視物」實在的意義。而這「實在的意義」本質上是「被給予」的，是楊牧自為主體「生命意識」的給予，因此楊牧對自然景物的注視，總是充滿了「生命意識」。細究之，此「生命意識」就是「生命時間意識」或「生命時空意識」，是楊牧文學創作的意識特徵，也形成其明顯的作品徵象，賴芳伶亦指出：「楊牧的作品常與宇宙大自然互為主體，共鳴之，共勉之，此一生命情懷當與他的人文素養密切相關。[11]」曾珍珍更指出這些對自然生態景觀的作品徵象，在楊牧作品中反覆出現已經成了特定的象徵，成為楊牧作品時空中不可或缺的結構之一[12]。然楊牧認為詩中對於這些自然景物求真和美的心靈是有秩序的，這秩序正是客體世界完整的生命時空結構，存有最終對彼此開放，以真及美、善的時空架構，從此論點延伸，楊牧詩作的特質就是追求美、真的「生命時間意識」次序，就是經營生命意識所給予「物我認知」的美善表述，是「生命時間意識」的表述，而在種種自然生態中，植物的生命週期短暫，使其本身的生命時間徵象鮮明，故植物成為楊牧文學作品中「生命時間意識」表述的主要意向物，而楊牧主要「主體－植物」的認知時間表述，也充滿了生命感。

的意義所建構，而非純粹客體結構的世界。見楊牧：〈花季後序〉，《楊牧詩集 I》，頁 607。

[11] 賴芳伶：《新詩典範的追求》，頁 140。

[12] 曾珍珍說：「楊牧喜歡以生態意象入詩，而隨其創造生命的成長，一些他情有獨鍾反覆使用的生態意象逐漸發展並衍生出特定的寓喻象徵，成為他具有高度原創性之詩歌世界不可或缺的構成因子。」見曾珍珍：〈生態楊牧——析論生態意象在楊牧詩歌中的運用〉，《中外文學》，第 31 卷，第 8 期（2003年 1 月），頁 161。

一、擬人際的意向活動——對植物「移情」的時間意識

　　楊牧於詩作中透過感知的意向弧[13]，表述出他對植物時間徵象的感知，然而楊牧為了進一步將意識投射在植物對象上，使詩中意識主體與意識對象之「植物」能有更緊密的連結，以「移情」的寫作方式呈現出詩的美感以及更深切的時間意識。據趙天儀指出：「所謂移情同感，並不是特殊的一種美學理論，它是心理學的原理之一，根據其意義的根源，提供美感經驗。所有有意義的經驗都是一種移情作用，沒有某些種類跟某些程度的內容底參與，則經驗是沒有意義的[14]。」趙天儀說明移情是一種心理現象，事實上，所有的認識都可以說具有某部分的移情，類似現象學的意識投射，但「移情」則更進一步透過想像，將自我情感經驗投射到對象經驗上，增添了對象的內涵。

　　楊牧為了更深刻表述植物所呈現的時間徵象，常會藉由「移情」的敘述，建立起「擬人際」的意向活動，換言之就是將植物視為一個人物「他者」，將自己的生命時間經驗移情參照到植物身上，而呈現出人際間的生命時間美感。

　　我們可以從楊牧很早期的作品〈不知名的落葉喬木〉看見楊牧對植物的擬人化描寫：

---

[13] 「意向弧」梅洛龐蒂將多重感官的統一性稱為「意向弧」，「意向弧」是主體對周遭他者意識活動的範圍，可參照梅洛龐蒂著，姜志輝譯：《知覺現象學》（北京：商務，2001 年），頁 181。

[14] 趙天儀：《美學與語言》（台北：三民，1986 年 2 月），頁 44。

　　僅在近午時分才聽人說：啊！這就是了，

　　　　　　　　　　　　　　　這是秋風。

把視線南移四十五度，咳！

所有的喬木丟眼色與我，

敲得我窗子叮噹作響了。

秋風是比較溫順些了，自從它們旅行過後，

雖然總是在那麼一個季節

驀然幌近，

但至多也只偷去一些哈利路亞合唱罷了，

因北來有日，怕有些聖誕要過哩！

現在只有那樹了，那樹

頻頻丟眼色予我，

也要求一譜[15]。

這是楊牧早於一九五七年所寫的詩，所以其表述結構相當簡明，這
首詩中先透過他者言說的烘托，告訴詩中「我」：「這是秋風」，
揭示詩中我在此世界的當下時間定位[16]。而詩中我意向到時間的當

[15] 楊牧：〈不知名的落葉喬木〉，《楊牧詩集I》，頁 53-54。

[16] 夏昭炎說：「語言揭示了世界，語言是我們遭遇世界的方式。語言對於我們
　　 意味著，它所給予的對象不僅僅是這個事物與另一個事物，而且是整個世
　　 界、整個存在。同時它給予人一種對世界特有的態度和世界觀。」此詩則透
　　 過他者以語言對「我」作揭示，揭示了世界的存有物「秋風」，確定了存有
　　 在當下的時間定位，秋天。見夏昭炎：《意境概說──中國文藝美學範疇研
　　 究》（北京：北京廣播學院出版社，2003 年），頁 244。

下，試圖對時間進行再次的意向活動，第一次意向到時間是透過他者
的言說「聲音」進行的，第二次意向到時間則是透過注視的植物進行，
從「空間」體驗中進行的[17]，精確一點說是從空間植物的生命形式中
感受到生命時間的綿延變化，透過落葉喬木葉子的變化表現其生命
時間，而詩中我主體則透過植物的生命形式，發現到當下「秋」的時
間徵象。楊牧在以當下落葉喬木的時間徵象為感知點，進而對未來時
間進行預期，預期屬於未來時間的聖誕即將成為當下：「但至多也只
偷去一些哈利路亞合唱罷了，／因北來有日，怕有些聖誕要過哩！」，
但這種對未來的聯想只有短暫的片刻，楊牧在此詩的表述仍以當下
「不知名的落葉喬木」為客體：「現在只有那樹了，那樹／頻頻丟眼
色予我，／也要求一譜。」，詩中「我」在移情的感知中，將植物客
體擬人化，而「要求一譜」，如同「秋風因有聖誕要過而偷一些哈利
路亞合唱」，兩者都透過音樂的鋪陳向未來時間開放，而「聖誕」
或「音樂」都是人類生活的一部份，詩中「我」透過聯想，將「不知
名的落葉喬木」擬人化，使「不知名的落葉喬木」被給予了人類所意
識的時間，強化了「不知名的落葉喬木」所揭示的生命時間意識。

　　楊牧透過移情，將詩中的「落葉喬木」給予了兩種當下與前瞻
的「生命時間意識」表述，而這種時間意識的表述可以「原印象－
前攝－原印象」來表示[18]。透過原印象的感知意識，確定「不知名

---

[17] 在此，我們可以把第一次的時間表述，作為第二次時間表述的序言，由第一
　　次時間表述引出楊牧所真正欲表述的「生命時間意識」。

[18] 胡塞爾指出：「感知意識在原初的構造時間的意識中是原印象。」見〔德〕
　　艾德蒙特・胡塞爾著，倪梁康、張廷國譯：《生活世界現象學》（上海：上
　　海譯文出版社，2002 年），頁 142。

的落葉喬木」在當下的客觀時間存有，並預期「秋風」將在未來時間持續存有直至「有些聖誕要過」，並回到當下對「落葉喬木」的注視，以確認「我」在「秋風－落葉喬木－我」的認知結構中，同樣是當下時間的體驗[19]；此詩表現出楊牧透過植物來表述時間，實際上並不僅於植物的生命徵象變化的表述，而是在植物客體上，加上被給予的「人類時間意識」的表述，使植物所表現的時間意象，能為人類的意識主體所通感。換言之，楊牧正是透過詩中「我」與植物「不知名落葉喬木」的對望，建構出此「擬人際」現象的時間結構，使植物所展現的時間意象並不單純僅於生命週期的表象，而具有人類主體意識可感通的時間意涵。

楊牧早期透過移情的感通，都會給植物鮮明的人物意象，而植物所產生鮮明的人物意象，多半用來指涉秋天，除了〈不知名的落葉喬木〉外，〈楓的感覺〉也是透過移情，將人類情感經驗轉移到植物對象上，凸顯出時間性，請看此詩第二段：

> 已過了落霜的節令
> 楓樹累了，懶懶地垂著
> 像在思考，像在期待甚麼
> 和著波濤，驚懼，美學
> 和故事的甜蜜——

---

[19] 「頻頻丟眼色予我，／也要求一譜」則表現出詩中人所意向到落葉喬木對未來的前瞻。

　　星埋湖畔
　　煙起林際[20]

這段文字與〈不知名的落葉喬木〉相似，都先點出了時間點，而此處的文字更加精簡，精簡敘述出楓樹擬人的特性：「楓樹累了，懶懶地垂著／像在思考，像在期待甚麼」，此詩題目「楓的感覺」，然而楓的感覺正是作者對詩中楓樹移情的結果，此詩雖然精簡但充滿移情想像的創造，正如陳昌明說：「藝術感通是經由感通者創造的移情，以及意識深處的想像，貫通意識層，投射在感官知覺或語言的層次上，而『想像』，正是溝通意識深層、文化思維、生活經驗，以及感官描述的橋樑[21]。」詩作中的移情，透過意識深處的想像，將自我意識投射到他者「植物」對象身上，透過移情的想像，建立起意識主體與他者「植物」連結的橋樑，同時使植物的時間徵象產生了人的形象，更多元豐富了詩中對時間感受的敘述，因此此段最末幾句，我們可以看見楊牧從對楓樹的時間感知延伸到情感的驚懼、美學與故事的敘事，楊牧很擅長透過移情的擬人手法，使植物的時間徵象更充滿豐富的生命時間意涵，而楊牧日後對詩藝經營、時間思維更深，我們可以看見楊牧在詩中透過「我」與植物「你」的擬人際性對話或想像更加深邃，例如〈樹〉的其中幾句：

[20]　楊牧：〈不知名的落葉喬木〉，《楊牧詩集I》，頁53-54。
[21]　陳昌明：〈「感覺性」與新詩語言析論〉收錄於國立彰化師範大學現代詩研討會編輯委員主編：《現代詩語言與教學》，國立彰化師範大學國文系，2001年11月，頁228-229。

是有甚麼在夢裏生長

一綠色的纖維樹

我知道你正在年輪的漩渦

解衣，扭動，沒頂迅速

沈沒狂歡和疼痛的磁場

⋯⋯（中略）

最好是黎明前無心攤開的

全部，波動於清潔的大氣

於空間和時間偶然交會的

一點定位並且加以佔領[22]

楊牧在此段文字中，將樹的形象抽象化並且加以擬人，敘述樹的形象彷彿人的形象如此在時間中示現，而身體的形象或動作與時間息息相關，如前段敘述的「解衣，扭動⋯⋯」就顯現出纖維樹的時間性，次段則以時間和空間對於樹的生命經歷作定位，楊牧詩作文字總是充滿了對具體形象的抽象思維，此詩亦是對樹原本具體的形象加以抽象敘述，抽離出原本現實的植物形象，予以擬人化、抽象化，而成為楊牧對時間的思維指涉。

　　我們在楊牧擬人際性而對植物「移情」所產生的時間意識表述詩作中，可以看見楊牧透過移情的想像豐富了原本表面、片段的植物時間徵象，正如葉維廉說：「當詩人處在一種『出神』的狀

---

[22] 楊牧：〈樹〉，《楊牧詩集Ⅱ》，頁 401-402。

態時，他與自然事物間的對話，用的是一種特別的語姿，其語姿往往非一般觀者的語姿所能達到，因為他所依從的不是外在事物因果的承續，而是事物內在的活動融入了他的神思裡，是每一刻的內在蛻變的形態[23]。」楊牧透過一種接近「出神」的移情狀態，將自我意識投射到植物對象上，對植物對象的活動擬人並且融入其神思當中，進而使植物原本表面的植物徵象具有多元及豐富的生命時間意涵。

二、多元植物象徵所共構的客體時間情境

楊牧在文學創作生涯中總是在追尋、經營時間的大象徵，在作品中所經營的意象總充滿楊牧個人的意識思維與人文關懷，並在植物所呈現時間徵象中給予自我時間意識所充實的意涵。前文已經述及意識主體可依據「他者」的變化參照、感知到時間流的現象，將單一植物視為意向對象並且進行「移情」的想像，可以豐富植物時間徵象的內涵，表述出楊牧自身更深邃精微的時間感受。然而在詩作中透過多元植物象徵所共構一個客體的時間情境，則能夠使讀者感受到一個更確定、立體且外在意涵豐富的時間敘述。在楊牧早期的作品中常會看見其在詩中點明客體的時間，或者用多樣植物共同烘托出客體時間的時間意象，而不是在意象之上增加哲理的思辯，藉以澄明生命主體的時間意識，如〈沉默〉：

---

[23] 葉維廉：《秩序的生長》，台北：志文，1971 年 6 月，頁 204-205。

四月自樹梢飄落

飄下這小小的山頭

山頭罩著煙霧

一騎懶懶踏過，在路上點著淺淺的梅花

假如夜深了，夜深此刻

那少年兀自坐著，在山神廟階上坐著

四月飄下了這小小的山頭

小黃花自樹梢飄落[24]

在這首楊牧早期寫的詩當中，第一句就點明了作者表述的時間，但楊牧繼而用「樹梢」烘托四月的時間情境。換言之，此詩最初的時間意識結構，是來自於植物徵象對時間的建構，可說是「四月－樹梢」的時間結構，詩中透過樹梢的樣貌揭示了四月的客體時間，從此觀察到周遭山頭的客體時間性，並且再用落在地上的梅花來烘托客體時間情境：「一騎懶懶踏過，在路上點著淺淺的梅花」，在地上的落梅象徵春天的季節，也就呼應了第一句詩對四月的表述，而詩中的植物的時間徵象由上方的「樹梢」到路上的「梅花」，構成一個立體的客體時間情境，而「一騎懶懶踏過」顯示了以人為主體在「樹梢」及地上「梅花」的時間情境中活動，象徵人在時間流中的活動。

---

[24] 楊牧：〈沉默〉，《楊牧詩集I》，頁184。

　　這首短詩在第二段重複了「四月」自樹梢飄落山頭，然四月是時間的名詞，無法捉摸，最後此詩才點出了自然客體空間的樣貌：「小黃花自樹梢飄落」，明確點出詩中最初是表述小黃花飄落的植物徵象所形成的時間情境「四月」來意識到時間。但楊牧在此詩中卻並不直接帶出「小黃花＝四月」的表述結構，先是僅提及樹梢，繼而以路上落梅的植物意象來烘托出四月的時空意境：「一騎懶懶踏過，在路上點著淺淺的梅花」，接著才以路上梅花的時間徵象引出原來「小黃花＝四月」的時間表述結構，使植物意象「黃花」、「梅花」所展現的生長秩序，多重地指向「四月」的時間點，使詩中所指涉的時間意象立體、鮮明起來；楊牧標題特意訂為「沉默」，以一少年「安置」於「在山神廟階上坐著」，在沉默無聲的空間表述出植物生長的時間秩序都有主體「人類」的參與與體驗：「在路上點著淺淺的梅花」、「小黃花自樹梢飄落」都是在人類的意識下被意向到的、被表述到的。而人類意識到「樹梢」、「落梅」、「小黃花」等多樣植物樣貌，在時間流中以及空間位置建構起一個當下時間情境，讓「一少年」所代表的人類主體意識於「沈默」中，能更深刻地感覺到生命時間的綿延、時間的確定與生命時間的豐富性。

　　在〈沉默〉這首詩中，楊牧所意欲表述的是一個透過多種植物樣貌情態，揭示當下客體時間情境的呈現。楊牧相當善於觀察自然多元景物來作為時間感知的呈現，並烘托出自我的情緒，如《山風海雨》中對自然及植物的觀察：「夏天它為我圍起一片陰涼的小天地，秋風起便陸續將闊葉一片一片擲落，積在院子裏。我穿木屐去踢那些落葉，喜歡那粗糙的聲音，並且帶著一種情緒，彷彿大提琴

在寂寞的午後發出的裝飾音，傾訴著一種情緒[25]。」我們在楊牧於
一九六三年寫的〈夏天的草莓場〉這首詩中，即可看到楊牧透過更
多樣的植物樣貌情態呈現當下時間情境的立體感，以及進一步思索
時間流逝以及對過去時間的愁緒：

> 挖地的工人棲息樹下
>
> 樹影逐漸偏東
>
> 尋找蝴蝶蘭的人正在攀爬
>
> 一片雪白的斷崖。遠方的森林
>
> 像生長在前一個世紀
>
> 小鳥吵著，像瀑布一樣
>
> 沒有季節觀念的瀑布
>
> 我坐在小屋裡，看守
>
> 幾英畝的草莓場
>
> 那是幾英畝的甜蜜哩！
>
> 夏日的戀情凝結，凝結成
>
> 滿谷多汁的紅
>
> 而陽光也越來越白了
>
> 蟬聲也越來越惱人了
>
> 四處響著回音，回音裡

---

[25] 楊牧：〈戰火在天外燃燒〉，《山風海雨》（臺北：洪範，1998 年 10 月），
頁 4-5。

　　有幾分原始的愁緒

　　只是滿山滿谷多汁的紅

　　已不再是我們昔日的草莓了[26]

相較於〈沉默〉僅描寫當下時間，〈夏天的草莓場〉描寫了一個較長的時間片段。楊牧在此詩中欲寫草莓場，但其不先寫草莓場，反而以「挖地的工人棲息樹下」、「樹影漸漸偏東」、「尋找蝴蝶蘭的人」、「遠方的森林」、「小鳥吵著」的意象並列，透過並置的事物景象，建構出草莓場周邊豐富的時空環境，如陳植鍔所言，兩兩視覺意象可構成一個視覺和弦，它們結合而暗示一個嶄新面貌的意象，而在「挖地的工人」、「尋找蝴蝶蘭的人」、「小鳥」則宣示在「樹」、「蝴蝶蘭」、「森林」等多樣植物所建構的當下時空情境中，有人及動物參與其中，其正體驗植物所構成的當下時間情境。然而「樹影漸漸偏東」寫出了時間的流動感；「遠方的森林／像生長在前一個世紀」、「小鳥吵著，像瀑布一樣／沒有季節觀念的瀑布」則隱喻著時間恆久綿延的特性，如此豐富的意象並列，建構了此詩中夏天的草莓場充滿豐富動態的時間情境。

　　我們可見樹影的植物意象如日晷表現出當下時間流動的計量，蝴蝶蘭在這首詩中形成人類活動所追尋的徵象，一個被追尋的未來，而此詩形容遠方的森林「像生長在前一個世紀」，將森林賦予了幾近「永恆」的意義，在這種時間徵象多元共構的「場域」中，可以見到幾近永恆的、當下的、未來的種種指涉，而詩中我所在意

---

[26] 楊牧：〈夏天的草莓場〉，《楊牧詩集I》，頁 245-246。

的「我看守的草莓場」則因草莓「已不再是我們昔日的草莓了」確定時間的流逝感。

在這樣多元的植物意象的排列中不僅豐富、立體了詩中的時間情境，顯現出時間視角可呈現的雜多性，存有可從不同視角來觀察時間、體驗時間不同樣貌，同時詩中所出現的植物意象也呈現了多種時間意涵，從時間流動的計量、人類活動的徵象到永恆，藉此烘托出此詩主題「草莓場」的時間經過。而詩中「我」顯然在這「草莓場」與戀人發生戀情，故詩中將戀情複合在草莓本身生命形式的甜蜜徵象上，並且歌頌當下時間為「滿谷多汁的紅」，然當下時間是不斷流逝為過去時間，未來時間則不斷轉換為當下時間，楊牧以「陽光越來越白／蟬聲也越來越惱人了」來表述詩中「我」所認知的時間流逝現象，前者是視覺現象，後者是聲音現象，透過視覺與聲音現象逐漸更迭，告知我們時間的變化，這種「現象」逐漸改變是時間的綿延[27]，最終楊牧宣告：「只是滿山滿谷多汁的紅／已不再是我們昔日的草莓了」，以植物的視覺意象告知當下時間的體驗已非過去時間的回憶，此詩的重點即在透過「夏天的草莓場」周遭視域的變化，以及草莓場本身植物生長現象，使詩中人得以珍惜當下感知的時間，並對過去時間滯留的印象感到惋惜，透過多種類植物意象所建構的時間情境，以及豐富的視域和聲音描述，使詩中的時空描述呈現繁雜豐富的效果。

---

[27] 因為我們可以感知到過去的滯留和當下的原印象，因此我們可以感知到「陽光越來越白／蟬聲也越來越惱人了」的現象，這是胡塞爾所說「滯留－原印象」的結構。

　　楊牧收錄於《時光命題》的〈劍蘭的午後〉完成於一九九三年，
經過長時間的創作生涯，楊牧詩藝自然遠比早期精煉，對於自然的
觀察與表述更準確，請看此詩其中幾句：

> 沒有人聲，我斜靠記憶坐
> 或者人在院子裏收拾茇葺的工具
> 偶爾風鈴響，打斷
> 倚北牆上淡漠的鐘
> 葡萄藤應該已經延伸到
> 長蘚苔的石階那一邊了
> 也就是赤虬松那邊……[28]

楊牧這首詩主要就是描寫一段以對劍蘭為主題的午後時間，而這段
時間是已經過的回憶，楊牧言「我斜靠記憶坐」，將回憶自抽象轉
為具象，正如柏格森說：「記憶的作用，無非是把過去的事物傳遞
入現在[29]。」楊牧將過去關於「劍蘭」的時間記憶接入了當下詩中
的時間情境，透過有人、無人及風鈴響的辯證，確定自我存在於當
下時間中，而楊牧利用葡萄藤的生長情況搭配長蘚苔的石階、赤虬
松烘托當下的時間。

　　在「葡萄藤」、「蘚苔」、「赤虬松」的交互組織下，使當下
的時空顯現出來，葡萄藤的生長寫出了時間，「蘚苔」、「赤虬松」

---

[28] 楊牧：〈劍蘭的午後〉，《時光命題》，頁 30。
[29] 柏格森著，諾貝爾文學獎全集編譯委員會譯：〈創化論〉收錄於《柏格森》
　　（台北：書華，1981 年），頁 42。

則是呈現空間，楊牧巧妙用植物來呈現他所感知的空間感，使空間不再是冰冷死硬的場所，而是具有生命力、時間感的場域。然而當下的時間並不是楊牧所敘述的主題，楊牧在此詩首句就言：「我想我是懷念著那種時刻／劍蘭的午後」，是以楊牧藉由當下時間的烘托，去追憶過去「劍蘭的午後」，透過植物的時間描寫，來回憶過去的植物時間徵象，使時間充滿了生命意涵的情思，不再是過去純粹以植物的時間徵象做為時間現象的描寫而已。

三、當下「植物」的時間延伸：未來及永恆

聖奧斯定說：「因為永遠是整個的現在。它也會覺得：將來逐過去，將來跟過去，將來過去，都是永遠產生的[30]。」在當下時間點的感知，有時會延伸到對於未來、過去以及時間感永恆的想像。楊牧由當下植物的生命現象、時間徵象的感發，也常會引發他對於永恆、未來的想像，尤其於楊牧中年以後，對於時間主題思慮及經營漸深，更習慣以當下時間思慮未來、永恆的課題，我們可從收錄於《涉事》的〈野薑花〉及收錄於《介殼蟲》的〈池南老溪一〉、〈池南老溪二〉中，看見楊牧如何從當下感知並表述的植物中延伸出對於永恆、未來的抽象哲思，請先看〈野薑花〉其中一部份：

---

[30] 聖奧斯定著，應楓譯：《懺悔錄》（台中：光啟，1976年7月），頁214。

......

容許我呼喚走避的神
和意志。至上的美麗
是草原傾斜向水處浮現
一叢嚮往的野薑，啊無限
蔓延的憂鬱，當它曾經
被發現，接近，然後示意疏離
如暮靄蓄勢落下，黑暗
威脅將遮去我們尋覓的眼
甚至看不見白鳥如淚
在那邊盤旋

6
我斜靠著搖椅看山
太陽光顯著游移到相反的
方向了，晚霞色的雲層
已經解凍退冰如我的胸襟
而所有關於美麗和
憂鬱的辯證，衝突
都在漸合的宇宙大幕裏化為
虛無。花開在草原向水處[31]

---

[31] 楊牧：〈野薑花〉，《涉事》，頁 43-44。

楊牧此段詩句透過對野薑花的觀察，辯證出生命的美與憂鬱的主題，然而野薑花在此的生命時間徵象被楊牧所遮蔽忽略，只留下抽象的美與憂鬱。然而在此詩中楊牧以天色、陽光的變化來展現時間對於象徵生命的野薑花之影響，我們在第六小節看見楊牧以晚霞呈現時間流逝，在時間流逝過程中，「美麗和憂鬱的辯證，衝突都在漸合的宇宙大幕裏化為虛無」說明了抽象的思維最終可能消失於時間中，而「花開在草原向水處」以植物在草原存在的姿態對讀者說明了，當一切都消失的同時，生命依舊以其姿態存有，如此「至上的美麗」跟隨著野薑花的生命姿態續存在「宇宙大幕裏」。此段文字展現了楊牧對於生命在時間中消長及永恆的想像，如尤純純說：「永恆時間是以生命的超越轉化，與道合一而觸及的時間觀念，它以無窮為其本相，與生命心量之無窮相應。人類對生命的態度和它們的時間觀念有很密切的關係，時間可以改變一切，人們為了尋求征服和控制時間，便想像或幻想有一個擺脫時間的理想世界[32]。」在楊牧這首〈野薑花〉的詩中，我們看見他在詩中架構一個被時間所規定的世界，時間可以改變抽象的和具象的一切現象，但唯有「野薑花」留了下來，在詩的想像中，野薑花至上的美麗與象徵擺脫了時間，而成為一永恆美好的存在。

　　在《介殼蟲》中的〈池南荖溪〉組詩中，我們可以看見楊牧確切地將植物的生命意象作為未來永恆的象徵，請看〈池南荖溪一〉的最後一段：

---

[32]　尤純純：《重塑現代詩：羅門詩的時空觀》，台北：文史哲，2003年，頁41。

> 方向偏南
>
> 午後最明亮的水生木筆
>
> 稀落的圖象兀立，等候
>
> 日光在我心跳動靜的過程裏
>
> 轉暗淡而留下一隻黃雀領先
>
> 穿越無數折斷的倒影飛臨
>
> 遂降落在特定而更多羽類隨後
>
> 亦復集止各據木柵一桿圍水呼應
>
> 的痕跡，而我雙槳起落若有歌
>
> 而聚焦的霞光遲遲照在背上
>
> 溫暖，未來之歸屬
>
> 反射的永恆的追逐[33]

楊牧以植物水生木筆象徵當下時間的「圖像」，用日光、黃雀的變化（動作）揭示時間「圖像」的時間性，最後藉此帶出「我」的主體意識對時間的意向，由當下視域中「水生木筆」轉向對「未來之歸屬／反射的永恆的追逐」的未來及永恆前瞻的指涉。

綜觀這首詩，此詩透過植物、水、黃雀三種意象建構起當下「我」所處的時間情境，此詩前三句：「再來的時候蘆花裏有黃雀出沒／的痕跡，穿越時空在湖水表面／輕聲撞擊如昔──」以「再來的時候」揭示詩中「我們」對「池南苿溪」此一空間的體驗認知結構，是從過去時間綿延而來，楊牧省略了對「過去」的時間意識表述，

---

[33] 同前註，頁 110-115。

直接以「再來的時候」表示當下延續自過去的表述，造成了讀者對過去時間充滿想像透視的視角[34]；另一方面我們看見楊牧認知蘆花裡黃雀「穿越時空」在湖水表面輕聲撞擊如昔，讓我們看見生命形式在時間裡從過去到當下時間的綿延。古人如孔子以流水感嘆逝去的時間已成為文學中的典型象徵，而楊牧於此基礎上，添加了「蘆花裡有黃雀出沒的痕跡」，當下體驗生命形式在時間綿延裡的徵象，在此三句之後，楊牧表述：

> 那是自我反射，追逐的
> 意志，稍縱即逝，其餘留下
> 將永遠迴旋於震撼的心底

楊牧透過主體意識的感知，在詩中呈現對生命永恆的指涉，體現對生命事物深邃的美感。然而正如陳清俊說：「青山以其靜定而顯其恆常性，流水與明月則透過持續不絕與循環不已而接近永恆。其中，流水滔滔不絕、一去不返的特色，最易於讓人感受到時間的本質[35]。」楊牧不以「山」來呈現永恆，卻以植物生長、黃雀活動與流水變化交互掩映出一個自我意識的永恆追逐，其實正

---

[34] 蘇宏斌說：「如果說在創作活動中作者意識的時間特徵促成了作品結構中的空白之處的出現，那麼在欣賞活動中，讀者意識的時間特徵則促成了理解中的時間透視現象。」，楊牧雖意識到當下與「池南著溪」的關係源自於過去，但作品截斷了過去的時間特徵，僅保留當下至未來，形成了作品開頭前時間的空白，使我們在理解這首詩時，對此詩所存有的「過去時間」產生特殊的透視審美現象，也就是對詩中過去時間現象的聯想。見蘇宏斌：《現象學美學導論》（北京：商務印書館，2005年），頁147。

[35] 陳清俊：《盛唐時空意識研究》，台北：花木蘭，2007年3月，頁87。

顯現出詩作中欲以有限的生命解脫時間限制、追逐永恆不朽的意識思維。

　　而〈池南荖溪二〉以結構來說似乎是〈池南荖溪〉的改寫，結構、句法大致相似，但篇幅更短，若說〈池南荖溪〉主要是對當下時空的探索與領會，〈池南荖溪二〉精簡的篇幅裡則更重視當下時間對未來的奠基：

> 再來的時候蘆花裏有黃雀出沒
> 的痕跡，穿越時空在湖水表面
> 輕聲撞擊，彷彿從來未曾具象成形
> 維持一種永恆的虛構，我們懷抱的
> 未知，如露水凝聚孤懸的葉尖
> 期待子夜陰氣上升以接近幽黯的魂靈
> 飄向月光褪色的水域——乍醒的花萼
> 復活的草子，毛茛滲流
> 少量毒液將你催眠，超越
> 神志且以拔高看見我的小船雙槳
> 在野生蓮葉間簸盪，雲雨隨風打落
> 閃電倏忽喧豗如蜈蚣的手勢
> 鐘口震顫，車轂顛覆——看見
> 有明亮發光的植物佈在水裏
> 黃雀領先穿越折斷的倒影飛臨
> 遂降落一格而更多羽類

> 也隨後集止圍水相呼：蘆花
> 過去那邊輕聲撞擊著船底
> 是未來正虛構著
> 現在的痕跡[36]

在〈池南莕溪〉中，蘆花只被作為過去時間綿延至當下，以及生命時間意象的安排，但在〈池南莕溪二〉楊牧賦予「蘆花－黃雀－水域」更鮮明的時間意象：「彷彿從未具象成形／維持一種永恆的虛構」，表述出詩中「我」認為眼前所見的「過去－當下」的時空是一「未完成」的結構，因為時間永遠是正在進行、正在演替，永遠是正在對未來開放，而不是永遠已達到未來，永遠已完成的時間，因此時空總是「維持一種永恆的虛構」來構成自己。

楊牧指稱：

> 彷彿從來未曾具象成形
> 維持一種永恆的虛構，我們懷抱的
> 未知，

說明他所意識到的當下時間是面對未來而開放，也就是當下的時間印象不斷為未來的時間印象所演替，因為我們當下所面對的未來「永恆」的是一種「未來」，而未來相對於當下而言，總是「虛構」的，故楊牧從動植物的生命時間形式衍生表述出「維持一種永恆的

---

[36] 楊牧：〈池南莕溪一〉，《介殼蟲》，頁 110-115。

虛構」的意向表述；而當下時間意識對未來時間的期待轉化為對
「物」的指涉，楊牧表述：

> 期待子夜陰氣上升以接近幽黯的魂靈
>
> 飄向月光褪色的水域——乍醒的花萼
>
> 復活的草子，毛茛滲流
>
> 少量毒液將你催眠，

讓讀者從文字的表述中領略到楊牧對植物生命時間意涵的體驗，此
體驗是當下的原印象直至對未來的前瞻，從此「原印象－前攝」的
時間意識中，我們看見的是當下時空中的意識主體與植物生命客體
的「物我相對」關係，而植物的生命週期短且具體的生命時間徵象
成為意識主體，由當下時間前瞻到對未來及永恆的指涉。

第二節　季節變動的時間感知

　　正如《文化與時間》一書中所指出：「在古代農耕文化中，
時間概念是與更為具體多樣的「季節」概念結合在一起的。在中國
各地，一年分為四季，四季的定義是異常穩定的，通過「季節」，
可以輕易地獲致紀元、時期和時代的概念[37]。」因此中國文學傳統
中，季節是一個相當明確的時間概念，因為四季透過植物的徵象，

---

[37] 路易‧加迪等著，鄭樂平、胡建平譯：《文化與時間》（浙江：浙江人民出
　　版社，1988 年 7 月），頁 33。

明確地表現出時間性，而使人們能夠鮮明地感受到時間。且季節的
徵象就在我們四周中，季節的變化隨時影響到我們對時間的感知。
如余碧平說：「時間性就是通過我們己身的在世之在（總是在其每
一動作中投射到自身之外）和世界在我們身體之中的在世之在的開
放[38]。」通過對於外在周遭的意向感知，感知到季節的時間變化，
正如胡塞爾說：「物作為時間物（res temporalis），以時間的必然『形
式』呈現在其觀念的本質中[39]。」周遭的景物是以季節的形式變化
在主體的意識中所開展。

　　而季節的時間徵象鮮明且具體，在楊牧早期詩作中經常出現由
季節更迭變化所產生的時間感發，其中以秋、冬兩季最多，楊牧作
品中最早描寫秋天的作品是〈路於秋天〉，整首詩充滿了少年對秋
的情懷與想像，同時也注意到存有透過文學作品的表述，得以隔絕、
超越時間的可能：

　　　　對著那疏疏落落的遺失
　　　　倘若這路只是孩子們的，孩子們的愁
　　　　孩子們的愁是甚麼呢？

　　　　指過去，那短短的柵欄
　　　　像是圍在心裏的，至於你的投影

---

[38] 余碧平：《梅羅龐蒂歷史現象學研究》（上海：復旦大學出版社），2007
　　年3月，頁118。
[39] 胡塞爾著，李幼蒸譯：《純粹現象學通論》（台北：桂冠，1994 年），頁
　　400。

那麼輕。那麼———

路是孩子們的頭髮，那小小的大姊

已知道祈禱，祈禱是不該拉起裙裾的

十月在樹梢，紅的是楓

怎麼樹影們蓋不到低低的十一月和十二月？

但路是有人走的

靜靜的秋天也是有人走的

最深的影子裏有我

我已沉睡太久了，腳步聲像嘆息

聽她們敲來敲去[40]

這首詩一開始不斷透過意象的連鎖，鋪陳出詩的主要敘述第一行原先揭露的「疏疏落落的遺失」指第二行被表述出來的「這路」，而從「路」引發出「孩子們的愁」，然後又帶出「過去」的時間意象。而「疏疏落落的遺失」、「過去」與「路」、「柵欄」分別為抽象及具象的敘述，楊牧用「抽象」和「具象」相間的描述，建構出一幅情景交融的道路的意境，來顯示「被遺失的過去時間記憶」以及在「過去時間被圍困的心裡，呼應前面的『愁』」。因為時間流是從過去到現在，我們對於時間的感覺如同主體順延著「時間之路」前進，「抽象」和「具象」描述的相互使用烘托出如此「時間之路」的形象，而在時間流中體驗的主體，就是詩中的「孩子們」

---

[40] 楊牧：〈路於秋天〉，《楊牧詩集I》，頁 607。

和「你」，楊牧意識到人的存有在時間的變動不居中並不能特意留
下什麼，故言「你的投影／那麼輕」，「路是孩子們的頭髮，那小
小的大姊……」則表述出楊牧觀察到孩子在時間流中表現出來的時
間性，就是成長。

　　「十月在樹梢，紅的是楓」具體地闡明了當下的時間點，楊牧
透過「楓紅」和「十月」兩個時間意象，感知當下的時間並且表述
了他對未來的前瞻：「怎麼樹影們蓋不到低低的十一月和十二
月？」，描寫少年對於未來時間充滿著急的期待，而「路是有人走
的」則預示了時間流的變動，人的主體必定會依循「時間之路」前
進，最末段顯然楊牧表述自我在此詩的時間流中抽離出來，觀察人
類在「時間之路」行走的「腳步聲像嘆息」，表述楊牧認知人類在
時間流中注定的悲哀。

　　綜觀此詩，楊牧用「秋、孩子、路、柵欄」等記號建構了一個
當下時間的感知情境，表述了一個「過去－現在－未來」時間流的
「滯留－原印象－前攝」時間體驗的時間表述，最後以「嘆息」來
評價人類在變動不居的時間流無能為力的困境和悲涼感。

　　楊牧早期對於秋天的季節變化總是充滿悲涼的感覺，如〈風之
掠過〉、〈秋霜〉及〈夢寐梧桐〉，其中〈風之掠過〉完成最早，
寫成於一九五八年，因此內容較為簡單，且充滿年少的愁：

　　　　路上揚起一片哀愁，風之掠過，

　　　　走過石橋的人把淚

　　　　遺忘在那四海的侯門啦！

> 他不能僅捏著這沒有 S 沒有 N 的地圖啊！
>
> 隱瞞住金鈴子，隱瞞住滿園秋色，
>
> 但隱瞞不住，隱瞞不住，啊！那
>
> 風之掠過[41]。

這段文字，我們看見除了無形的風之外，具體描寫景色的僅有「石橋」、「隱瞞住金鈴子，隱瞞住滿園秋色」，全詩以「風之掠過」及「愁」的情緒帶過，可見對於年少的楊牧而言，秋天這時間帶來的是讓他敏銳早熟的心智感傷的愁緒，對這時候的楊牧而言，描寫秋天所帶給他的情懷，遠比描寫秋天景色更來得重要。就現象學而言，楊牧表述了他所意向到的秋天，並將自我「愁」的意識附加於秋天的景色之上，而呈現出濃濃愁緒的秋天敘述。

而〈秋霜〉與〈夢寐梧桐〉這兩首詩同樣在書寫秋天，但較不一樣的是〈夢寐梧桐〉是以秋天的背景來書寫愛情，〈秋霜〉完成於一九六二年六月，距離〈風之掠過〉已有四年之久，對於年少的詩人而言，四年的時間在詩藝、風格上足以有很大的改變。在〈秋霜〉沒有直接使用「愁」這樣的字，但當中烘托悲涼的氛圍相較於〈風之掠過〉厚重許多，把詩人「悲秋」的情緒表露無遺，請看此詩前幾句：

> 跳過時間的淺瀨，進入悲涼
>
> 一片葉落下，為風景而落下

41　楊牧：〈風之掠過〉，《楊牧詩集 I》，頁 90。

此岸的遐思模糊了

彼岸的蘆花漸白，靜默如同秋霜

石橋？我願是那斑剝的裂痕

在夕照裏溶著時間的悲涼

……[42]

在〈秋霜〉此詩中，楊牧首句就言「跳過時間的淺瀨，進入悲涼」，將季節的更迭具體隱喻為淺瀨，而楊牧直指進入秋季就是「進入悲涼」，把秋季的悲涼感帶出來，時間季節的更迭變動，連帶景物也跟著變化，楊牧先言了抽象的「悲涼」情緒，並以具體的風景變化來呼應抽象的情緒：「一片葉落下，為風景落下」，將可感知到時間景象的具體變化，以及時間景象具體變化產生的流動感所帶來的情緒感受。如陳世驤說：「詩中的時間感是最能動人的，但其動人的力量，在於時間暗示的流動；又因為時間可說是藏在人生一切事物的背後而推動的，所以在詩中也可說越是蘊蓄在事物之中越好。流動和含蓄，可以說是時間在詩中示意作用的兩個根本條件[43]。」詩中的時間總是具有時間暗示的流動，敘述事物的變化以及表現在事物時間變化過程中的情感，這種情感透過象徵「時間」事物的隱喻呈現得越含蓄，所呈現詩藝美感就越豐富動人。並且這種詩藝的呈現是超乎「意向主體－意向對象」意向行為的，它的獨特性就是

---

[42] 楊牧：〈秋霜〉，《楊牧詩集Ⅰ》，頁 205。

[43] 陳世驤：〈時間和律度在中國詩中之示意作用〉收錄於《陳世驤文存》，（瀋陽：遼寧教育出版社，1998 年）（臺北：志文，1972 年 7 月），頁 95。

主體意識本身不斷隱喻、不斷想像所產生的意涵，正如胡塞爾說表達的產生性，它的意向對象的活動，都窮盡於表達行為和隨其出現的概念形式中[44]。楊牧透過〈秋霜〉此詩的表達，讓我們看見他自季節時間流動、景色變化到石橋隱喻，產生並表述了他對秋季時間的悲涼感受，從詩語言中豐富了原本僅為時間變化的秋季現象。

　　楊牧早期對秋季的描寫除了「悲涼」的情緒感發外，他於收錄在《有人》中〈秋探〉則更細微地寫出了秋天景色變化的時間現象。楊牧以聽覺為主，複和視覺的感通，也就是從早期明快的敘述節奏轉為複和聽覺、視覺與意識活動的繁複敘述，由此繁複敘述建構出主體在「秋」豐富具體的時間情境中對於外物時間性的感知：

> 我聽到焦急的剪刀在窗外碰撞
> 銳利那聲音快意在風中交擊
> 晨光灑滿草木高和低。我
> 撞頭外望，從茶杯裏分心
> 尋覓，牆上是掩映的日影顏色似凍頂
> 是剪刀輕率通過短籬或者小樹的聲音
> 持續地，一種慈和的殺戮追蹤在進行
> 持續地進行。我探身去看，聽到
> 那聲音遽爾加強，充滿了四鄰
> 卻又看不見園丁的影

---

[44] 胡塞爾著，李幼蒸譯：《純粹現象學通論》（台北：桂冠，1994 年 8 月），頁 335。

山毛欅結滿血紅的樹子

老青楓飄然有了落葉的姿勢

蒼苔小徑後是成熟的葡萄架

兩綑枯枝堆放著，在松下

大半菊花已經含了苞

我走進院子尋見，牆裏牆外不見園丁的

影，只有晨風閃亮吹過如涼去了一杯茶

那碰撞的剪刀原來是他手上的器械，是他

他是季節的神在試探我以一樣的鋒芒和耐性[45]

這一首詩以「我聽到……」為最初的表述，是以聽覺帶出窗外的空間，這種書寫模式是常見的一種「無中心散漫式」感知方式[46]，也就是以「被聽到」的客體為主的感知行為，空間客體的徵象與存有意義都透過聽覺的表述而彰顯出來，且聲音的存有除了因傳播於空間而具有空間性外，聲音本身流逝的特性亦能表現出空間的時間性[47]，因此通過聽覺的意向，可以使人的感知除了空間性外，相較於視覺更加具有時間性的認識，而〈秋探〉這首詩正是表述詩中「我」的主體對於秋季的時間性在窗外空間所產生的徵象，楊牧特別使用

---

[45] 楊牧：〈秋探〉，《楊牧詩集 II》（臺北：洪範出版社，1995 年），頁 354。

[46] 呂怡菁指出先引聲音再寫空間，是「無中心散漫式」感知方式常見的一種模式。見呂怡菁：《流動與靜止——從空間感知方式論「神韻」詩朦朧間隔的審美特質》（臺北：花木蘭文化出版社，2007 年），頁 73。

[47] 呂怡菁說：「連續的聲音在本質上應該是在時間之中流逝的，是必須在時間之中被感知的。」呂怡菁：《流動與靜止——從空間感知方式論「神韻」詩朦朧間隔的審美特質》，頁 73。

聽覺來顯示空間中秋天的時間性，而聽覺除了可闡明感知空間的時間性外，亦是增加原先視覺感知的意向弧所無法意向到的空間[48]，也就是增加意向活動的對象區域，大大擴大了感知的空間。綜言之，這首詩是透過視覺和聽覺的交互運用，表述出被感知的空間裡的時間性，也就是空間中的秋天徵象。

　　此詩先以聽覺「我聽到焦急的剪刀在窗外碰撞／銳利那聲音快意在風中交擊」使詩中「我」的主體意向到「我」以外的窗外空間，繼而以視覺「晨光灑滿草木高和低。」表示「我」所意識的空間是充滿時間性的，整首詩充滿了生命主體的「我」、空間、時間三者的交互辯證，「擡頭外望，從茶杯裏分心」確立了「我」的生命主體從象徵自我觀照的茶杯意象裡抽離出來，進而去感知周遭外在的空間，雖然楊牧表面上所寫的「是剪刀輕率通過短籬或者小樹的聲音」──園丁修剪花木的聲音，但本質上是寫植物在秋季時間中所展現的生命姿態：

> 山毛櫸結滿血紅的樹子
>
> 老青楓飄然有了落葉的姿勢
>
> 蒼苔小徑後是成熟的葡萄架

---

[48] 梅洛龐蒂指我們生活就像探照燈一樣地意向四周：「這種『意向弧』把我們投向四周，並把我們置於我們的世界之中，呈現我們的過去、現在、將來，呈現我們人類和非人類的處境，我們的物質處境，意識形態處境，道德處境等等，從而使我們的意識生活及自我成為可能。簡而言之，它表明由於有了這種『意向弧』，我們能夠擁有一個不斷發展著的意義之線。這種意義之線把我們生活的各種時刻連結成一個我們個人經歷的聯合體，或者像大家所知的那樣聯結成我們個人的身份。」見〔美〕丹尼爾·托馬斯·普里莫茲克（Gravesen Thomas）著，關群德譯：《梅洛－龐蒂》（北京：中華書局，2003 年），頁 20。

> 兩綑枯枝堆放著，在松下
> 大半菊花已經含了苞[49]

楊牧這首詩先以聽覺感知主體以外的空間，再注視秋季在植物的生命姿態上所產生的時間徵象，表述出主體對於時間的認知，而「我走進院子尋覓」除了以視覺進行意向活動外，是更進一步地以「移動」來確認空間感，最終發現：「他是季節的神在試探我以一樣的鋒芒和耐性」，從自我的觀照感知到秋季時間也在自我的生命情態上產生了時間感受，以聽覺、視覺使主體生命感知到秋季；綜觀全詩，楊牧表述出自我對秋天時間的感知，而這種時間感知是透過主體生命以及客體植物生命的意向活動。

　　此詩以「聽覺感知」、「視覺確認」、「身體移動確認」三個階段不同的意向活動的感知，去意向秋季的時間性，使秋季的時間性得以闡明、具象化。然而〈秋探〉一詩不單單只是對秋季時間的表述，此詩是由「我」出發，表述自我去意向空間的時間性的意向行為，最終「他是季節的神在試探我以一樣的鋒芒和耐性」回到自我的時間觀照，確認主體「我」所存在的空間是秋季時間的時間性，「我」的存在是對秋季開放，而表述「我」當下的時間性，從另一個角度來說，代表秋季的時間性的「季節之神」亦是對詩中「我」以及所有空間、所有植物開放，也就是楊牧詩中所言的「試探」，使秋天的時間性存有於「我」及所有的空間物之中，從中表現出「物、我、時間」三者的時間結構出來。

---

[49] 楊牧：〈秋探〉，《楊牧詩集 II》，頁 354。

　　相較於〈路於秋天〉或〈秋探〉，〈秋歌〉的出現揭示楊牧對於天體運行與人類、時間的大結構時間關係的意向與表述，楊牧直接確立並表述了天體運行的時間性：

> 大半的星座都已經如期回到
> 規定的位置，並且各自佔領了
> 一段可以掌握潮的時間，隨意見證———[50]

透過客觀事物的運動，我們能夠理解時間的延續性[51]，而星座、天體的運動是人類最根源對時間的觀察和表述的基礎[52]，因為對天體、星座運動的體驗幾乎是人類普遍共通的經驗，因此楊牧用星座移動來隱喻時間。然而，楊牧並非主要是寫星座，只是用星座的隱喻來指涉時間的變化，接下來的詩句更說明了星座的隱喻是指涉人類活動的時間：

> 在此後比較黑暗的日子裏於我們祖先選擇了的
> 這地球上當大半的星座都已經完成了它們的遷移
> ———人間將喧騰一些情緒，在逐漸冷卻的
> 氣流中互相依偎，愛著，埋怨，猜忌著
> 在歌和淚的抒情風格裏懷疑對方的誠意
> 然後各自離開道別的場地，將觀點交給

---

[50]　楊牧：〈秋歌〉，《楊牧詩集 II》，頁 379。
[51]　邱建國：〈論詩的時空轉換及審美效應〉，《韶關大學學報（社會科學版）》第 15 卷第 1 期（1994 年 3 月），頁 65。
[52]　楊義：《中國敘事學》，頁 129。

　　海水詮釋，以蘆花裝飾快速的歸途

　　一隻鳥在籠裏

　　鏡子在臉上[53]

　　從這首詩的題目「秋歌」看來，所謂星座到達規定的位置應指星座到達秋天的位置，所以秋天之後，每一日白晝的時間越短，如詩中所言的秋天以後的時間是「比較黑暗的日子」，但詩中卻言「這地球上當大半的星座都已經完成了它們的遷移」是說詩中「星座」的指涉是屬於地球上的，從前後文觀察，可感受到「星座」意象指涉地球上具有人類活動徵象的時間，也就是人類依季節活動的時間徵象。天上星座依循季節的規律移動，地上人類同樣也在季節流轉的時間中有其「遷移」的活動規律，而在「比較黑暗的」秋季，表述人類一年間的活動已接近完成。楊牧用「星座」比喻人類在一年中的秋季活動，然而楊牧在「星座」的秋季時間隱喻之後又強調「在逐漸冷卻的氣流」、「各自離開道別的場地」，塑造一個高潮後逐漸冷清的情境，而這情境就像秋天的本質，從燠熱的夏天逐漸溫涼之變化，楊牧將「愛著」、「埋怨」、「猜忌」等這些時間流中展開的人類活動作為對時間的指涉，使星座對人類的時間隱喻更加闡明，同時楊牧以「將觀點交給海水詮釋」沖淡了對時間單純的表述[54]，

---

[53] 楊牧：〈秋歌〉，《楊牧詩集 II》，頁 379-380。

[54] 陳芳明指出楊牧詩作：「往往以不相干的場景帶進詩中，而達到淡化、稀釋的效果。」楊牧擅長以不相干的場景複和出意象，以進行繁複深邃的象徵敘述。但此詩的「海水」雖與主題不甚相關仍具有漲潮、退潮的時間特性。見陳芳明：〈楊牧現代抒情的詩藝〉收入國立彰化師範大學國文系編：《台灣前行代詩家論》（臺北：萬卷樓圖書有限公司，2003 年），頁 132。

而「蘆花裝飾快速的歸途」又回到對秋天時間的指涉，最後突兀地「一隻鳥在籠裏／鏡子在臉上」揭示人的主體如鳥被困在籠子裡一樣，受困在時間流中的日常人類活動，「鏡子在臉上」則揭示了「人」在時間流中沒有表情，純粹反映著外在事物的變化。

〈秋歌〉中共分四段，每一段一開始都是「大半的星座……」作為起始，繼而敘述人事物的時間秩序，可見楊牧在此詩意圖以「星座」的時間性，隱喻在世的人事物的時間性。更精確地說，楊牧意圖表現秋季與在世的人事物的時間關聯性，表述一個巨大的時間結構，在這時間結構下的所有人事物都依循其受限的時間性而開展。但楊牧的企圖不僅於此，它於最後一段表述出秋季時間的特殊性，其言：

> 像文旦和香瓜一樣疊架在變化的溫差和急遽
> 溶解的濕度上，並且散發著稻田轉作的氣味
> 覆在電視節目的天線上並橫加掃描，且
> 各別佔領了一段廣告時間，以永恆的圖案在
> 此刻這已經相當黑暗的日子裏於我們重新肯定的
> 這地球上當大半的星座都已經完全成熟
> 人們從農地和林班，從遠洋的拖網漁場
> 回歸那都市如水果落到風乾繃緊的鼓上
> 所有的鳥都在籠外唱歌
> 臉微笑在鏡子裏[55]

---

[55] 楊牧：〈秋歌〉，《楊牧詩集 II》，頁 382。

透過植物「文旦和香瓜」將秋季的時間性呈現出來，植物的成熟被
隱喻為一年當中時間的成熟，在此段又言：「這地球上當大半的星
座都已經完全成熟」來隱喻秋季時間的特徵，植物的成熟，並以漁
業的收穫烘托出農作的成熟與人類收穫的喜悅，塑造一個屬於秋季
時間歡樂的氛圍，一個屬於整體人類歡樂的秋季時間，是故詩末言：
「所有的鳥都在籠外唱歌／臉微笑在鏡子裏」，人類將自己的情感
從「被海水詮釋」的時間流本身中暫時脫離出來而歡樂歌唱，而且
能彼此反映秋季收穫、歡樂的情感，在全詩繁複的時間象徵和隱喻
中，最終烘托出喜悅的「秋歌」主題。綜觀此詩，楊牧連續三段以
「星座」的天體運動隱喻的大時間結構下，表述秋季時間的特色，
所有人事物的時間秩序從高潮到冷清、沈寂，繼而突顯出在秋季中
生命的特殊時間現象。楊牧的〈秋歌〉書寫天體的時間計量以下的
種種生命時間秩序，使秋季時間特徵在農漁收穫的人類活動中清澄
闡明，〈秋歌〉不但寫明了秋天的時間結構與時間秩序，也揭示生
命在此時間結構的活動與表象，可以說將「天體、秋季、生命事物」
三者描寫至龐大且精微細緻的地步。

　　除了秋季之外，楊牧詩作中常出現的時間季節書寫就是冬季，
但篇數遠遠少於秋季主題的詩作，如〈冬至〉、〈籬子外〉和〈異
鄉〉等，其中〈籬子外〉主要仍是寫秋冬變化的過程，暫可不談，
而從〈冬至〉和〈異鄉〉這兩首詩中，我們可以看到楊牧對於冬季
時間的想像就是懷念家鄉或某些情事的想像：

　　　　我怕了，我說：家鄉的河凍了，
　　　　你的船呢？大哥，開不到渡口。

夢裡，還是馬槽，

但多了一條河，從天上

垂下，細細地

抹過窗口[56]。

——〈冬至〉後半部

冬天到了，雲霧盤著升旗的竹竿

那童子在樹下懷念著

紅牆在苔蘚下懷念著

這已經不是弓箭的時代了

香菸燃著，成為灰而燃著[57]

——〈異鄉〉第四段最末

〈冬至〉此詩寫於一九五七年，〈異鄉〉則完成一九六二年，在楊牧寫〈冬至〉時事實上尚未離家，而且楊牧是長子，並沒有詩中所言「我」的「大哥」，可見楊牧虛構了一個冬天的時空情境，並且透過「家鄉的河凍了」來表現懷鄉而不得歸的情懷，家鄉的地域空間是意識主體最關切的空間，我們可以看見楊牧在季節流動的時間感，尤其在冬季的寒冷想像中，更發現家鄉的可貴。Mike Crang 以海德格的「煩」（care）來談論空間，認為我們的意識始於、奠基於地方，地方是我們「操煩」的核心[58]。不論我們遠離家鄉或者就

---

56 楊牧：〈冬至〉，《楊牧詩集Ⅰ》，頁 15-16。

57 楊牧：〈異鄉〉，《楊牧詩集Ⅰ》，頁 175。

58 Mike Crang 著，王志弘、余佳玲、方淑惠譯：《文化地理學》（台北：巨流圖書，2004 年 2 月），頁 145。

在家鄉，總有部分的意識渴望透過表述來呈現家鄉對於意識主體的重要，楊牧在兩首詩中想像刻畫著冬天寒冷的時間情境，用異鄉的寒冷來懷念過去時間或家鄉的地方空間。據此，我們不但可以看見懷鄉的情境是可以建構在虛構的空間地方想像，例如楊牧在創作〈冬至〉此詩時並未離家，純粹想像一個虛構的空間情境，並且透過時間轉移流逝的特殊性，如冬季的寒冷或如〈異鄉〉此詩除了冬季的時間點外，還加上了對過去時間的懷想，可知中國詩裡的情（例如懷鄉的情感），往往高度複雜而縱橫鉤貫於時空中，藉著自然時空的推移而忽隱忽現[59]，時間對於情感的表述或呈現，其價值不言可知。

第三節　天體變動的時間感知

　　《尚書》言：「乃命羲和，欽若昊天，歷象日月星辰，敬授人時[60]。」說明了中國古代最早的時間經驗是來自於觀察日月星辰，楊義也說：「人類對時間和空間的體驗不是從抽象的哲學原理開始的，而是從他們的日常起居作息，以及對日月星辰的觀察開始的[61]。」也就是說，例如日光、日影的移動，是人類日常生活中最初對時間

---

[59] 黃永武：《中國詩學－設計篇》（台北：巨流，1989 年 11 月），頁 43。
[60] （清）阮元編：〈虞書·堯典〉《尚書·十三經注疏》（台灣：商務印書館，南昌府學刻本），頁 19。
[61] 楊義：《中國敘事學》，頁 129。

的體驗，如古人說：「日出而作，日落而息」就是最直接對於日光
的時間活動體驗，透過天體變動運行來觀察時間、體驗時間，是一
相當直接的時間經驗，此天體變動的時間觀察包含太陽、月亮及星
星，但在楊牧詩作中對於天體變動的時間觀察多半主要在於太陽，
少述及月亮及星星，楊牧甚早亦注意到太陽主題的時間感發，在《花
季》中所收錄的〈當晚霞滿天〉是一首針對日光的純粹時間秩序進
行描寫，寫出楊牧以生命為主體的時間意識表述：

> 當晚霞滿天
> 你駐足，塔影自裙前撤去
> 山麓一片紅暈
> 你走過的小路，是一條
> 微醉的斑紋蛇
>
> 參商各據
> 你將憂愁，只為欄外欄外
> 那少年踱著
> 在你的水之湄踱著
> 當晚霞滿天，啊當晚霞滿天
> 過去和未來在此相會
> 只為交換一個眼色？
> 或為傳遞剎那間的心跳[62]？

---

[62] 楊牧：〈當晚霞滿天〉，《楊牧詩集I》，頁 101-102。

此詩第一句「當晚霞滿天」中「晚霞」就是一個時間性相當鮮明的「日光」名詞，楊牧一開始就以日光的「晚霞」宣示了此詩的時間點。事實上，日光的晚霞不但宣示時間，且也建構出空間，所以楊牧繼續表述「山麓一片紅暈」進一步烘托出周遭環境的時間性，將整個空間作時間的轉化，換言之，也就是「空間」具有「日光」時間性的色彩，使「空間」時間化，故「山麓一片紅暈」雖是言說空間，卻是表述時間。

此詩確切地將全詩統攝於「日光」的時間性下，如我們繼而看到楊牧將「走過的小路」形容成「微醉的斑紋蛇」，「微醉」將晚霞的顏色如酒色，強調「日光」的時間，而晚霞穿過樹葉形成斑紋蜿蜒的樣子如斑紋蛇，使「路」的空間因為「晚霞」而具有時間指涉的意涵，而將小路因日光「晚霞」而產生的時間現象隱喻出來。

楊牧不斷鋪陳「日光」的時間性以及「晚霞」的特徵，就是為了揭示「晚霞」在一天時間點的特殊位置，所以我們看見第二段寫「參商各據」，表面上寫星體，實際上寫「白晝的過去」與「夜晚的未來」在一天的時間點中各佔據一方，「日光」的移動代表時間的移動，「晚霞」象徵當下，「白晝的過去」與「夜晚的未來」於當下交會，讓楊牧體驗到當下日與夜的距離，過去與未來的距離，故楊牧才會指出：「過去和未來在此相會／只為交換一個眼色？或為傳遞剎那間的心跳？」

此詩從「日光」的時間敘述出發，寫出「當下」時間點由「過去」與「未來」交會的特殊性，並且巧妙地將「你」、「少年」的人類生命活動敘述，融入於對「過去和未來」的時間比喻。然「只

為交換一個眼色？或為傳遞剎那間的心跳？」表現出當下瞬間中時間的生命化、時間的人類化，不但論述由「日光」隱喻的時間結構，也敘述了一個屬於人類「在世存有」的時間意義，透過人類情感的觀點來注視時間、詮釋時間，使詩中從當下日光的「晚霞」意象所感受到的時間充滿了人類活動的情感以及生命情懷，若說人的本質具有「時間性」，那麼從此詩當中，我們可以看到從「日光」出發，對人類開放的具體時間，在本質上可以說時間具有「人類性」。

在寫於一九六〇年的〈當晚霞滿天〉這首詩，透過晚霞的日光現象烘托愛情的瞬間，楊牧寫於一九九二年的〈樓上暮〉同樣寫晚霞這個時間點，但因為相隔三十餘年，楊牧的心境和想法都不同了，同樣的日光時間現象給楊牧不同的感觸。〈樓上暮〉這首詩利用日光運行的時間徵象，辯證時間與空間的「動」與「不動」，更延伸至對世界社會的悲觀，才回到自身的自我觀照：

> 熾烈的陽光急著想休息了，秋天
> 將你頸後隱晦的毫毛絲絲辨認
> 對著我霜雪儼然的兩鬢剖柚子
> 越剖越虛無。最遠處
> 一遠洋貨櫃輪在水平線上
> 靜止如尺蠖剛剛將腰貼緊雨後的梧桐葉時
>
> 其實
> 其實一切都是在動的
> 包括我微微作痛的我以及

　　你的心，飄流的雲在水裏窺視自己

　　如何以點點清淚照見自己

　　而初發的藤蘿緣著生鐵欄杆

　　向左右蔓延，在午後皺紋的風中

　　每一分鐘每一秒鐘必然的不斷

　　愈久愈遠

　　甚麼事情發生著彷彿又是知⋯⋯

　　海水潮汐如恆肯定我知道

　　這個世界幾乎一個理想主義者都

　　沒有了，縱使太陽照樣升起。我說

　　二十一世紀只會比

　　這即將逝去的舊世紀更壞我以滿懷全部

　　幻滅向你保證[63]

　　　　　　　　　　　　　　　　——〈樓上暮〉前三段

楊牧這一首詩最初以「熾烈的陽光急著想休息了」敘述一天的時間
性，再敘述秋天「對著我霜雪儼然的兩鬢剖柚子／越剖越虛無」揭
示一年的時間性，說明時間在身體上留下的痕跡，而「越剖越虛無」
表述了人類在時間流的虛無感[64]。以時間的變動性而言，過去與未

---

[63] 楊牧：〈樓上暮〉，《時光命題》，頁 19。

[64] 正如同黑格爾所說：「人類的時間是徹頭徹尾的虛無；未來尚未存在，而過去已不在，那流逝著的現在作為兩者之間的界限同樣不具存在。但整體性中，人類的全體時間在一個『現在』中都在場。」見（德）克勞斯・黑爾德

來都不存在，而詩中當下的「秋天、暮色」同樣在變動不居的流逝中不具存在的本質，時間的本質是流逝的，從此辯證出人類只能透過空間來體驗時間。楊牧用最貼近、細微的「你頸後隱晦的毫毛」和最遙遠、廣闊的「最遠處／一遠洋貨櫃輪在水平線上」來表述對於當下空間的體驗，這體驗當中，「陽光」是急著想休息的，表現出強烈的動作感，而貨櫃輪卻「靜止如尺蠖剛剛將腰貼緊雨後的梧桐葉時」，在空間體驗中反覆辯證時間的「動」與「不動」，最後在第二段確認了時間的動「其實一切都是在動的」、「包括我微微作痛的我以及／你的心」從生命主體以及客體的「動」表述出詩中所體驗的時間性。楊牧特別以「作痛的心」強調了存有的認知感受，此即說明楊牧意識到人存有於變動不居的時間流的感受並不僅止於虛無，此詩第二段就透過「漂流的雲」、「初發的藤蘿」等事物不斷鋪陳「物」在時間結構中的存有活動，透過「物的活動」來隱喻人「你－我」的生命主體在時間中的存有與綿延。

　　此詩最初「熾烈的陽光急著想休息了」，顯示楊牧以「暮色」出發作為體驗時間的基礎，從中辯證「動」與「不動」的時間性，繼而以「海水潮汐如恆肯定我知道」確定自我對時間的體驗，肯定了時間變化循環的恆久，在第三段，楊牧指稱「縱使太陽照樣升起。我說／二十一世紀只會比／這即將逝去的舊世紀更壞……」相對應最初的「熾烈的陽光急著想休息了」，透過陽光位置變化的時間體驗，作為詩中我對於時間的預期，整首詩從對陽光變化的體察、對當

（Klaus Held）著，靳希平、孫周興、張燈、柯小剛譯：《時間現象學的基本概念》（上海：上海譯文出版社，2009 年），頁 25。

下空間的辯證，確定主體當下處於時間流中，到對未來的前攝，對於
未來的悲觀。如王隆升說：「日暮，只是時間之流的短暫一刻之形
象，但是卻被加諸了外在意義，凝聚了詞人的古今悲感，使得夕陽
下落之景承擔了沈重的社會現實，也負載了歷史滄桑、繁華過往的
喟嘆[65]。」楊牧從暮色對時間體驗的辯證，繼而表述出其對於這世界
現實的悲觀感嘆，但楊牧不僅於對世界社會的悲觀感嘆，他抒發了
暮色帶來如此沈重的時間感受後，最終回到自我的觀照，是從「日
光－時間－自我」的三者敘述結構，表述了面對夕陽的沈重悲涼反思。

　　而收錄在《涉事》的〈殘餘的日光〉系列組詩，雖然同樣寫夕
陽這樣的時間點，但楊牧所著力敘述的是對於生命現象的思考，我
們可以看見楊牧對「日光」的命題有相當強烈的表述意圖，他以「日
光」為主題開展了龐大的時間架構，並藉組詩若即若離的篇幅來進
行時間的指涉與敘事，此組詩以〈殘餘的日光 1〉中首先體現了楊
牧對其生命主體的時間之發現與關注：

> 一陣急雨打過屋頂又停了，似箭
> 在窗玻璃上留下中世紀的痕跡
> 我猶疑察看，手裏握著禦敵
> 的書。當殘餘的日光轉瞬間
> 以大幅旗幟的姿勢，十面埋伏

---

[65]　王隆升指出：「日暮，只是時間之流的短暫一刻之形象，但是卻被加諸了外
　　　在意義，凝聚了詞人的古今悲感，使得夕陽下落之景承擔了沈重的社會現實，
　　　也負載了歷史滄桑、繁華過往的喟嘆。」見王隆升：《宋詞的登望意識與境
　　　界》（臺北：文津出版社，1998 年），頁 136-137。

在我親眼目睹之下

想證實暴力與美，以及憐憫

正在遲遲的宇宙邊緣預備

預備渡向黑暗，我看到有人陪我

窗前藤椅裏坐著，布蘭登堡組曲

樓上小聲放著，空氣裏

有懷舊的煙氣氳氳飄著

失神一些，操心

一些，時間因你的注視

短牆上停止不前[66]

這首詩先以「一陣急雨打過屋頂又停了」，透過聽覺吸引詩中「我」
對主體以外進行意向行為，其中的「急」與「停」顯現了當下時間
為「我」感知的急促性，以及「我」所觀察到時間的流逝本質[67]，
楊牧透過窗玻璃上的具體的雨痕，誇大地想像那是「中世記的痕
跡」，其實楊牧所欲表述的是所有當下的事物都是過去時間的遺留，
因為所有的事物都對時間展開，是一種延續下去的存有[68]，而這種

---

[66] 楊牧：〈殘餘的日光 1〉，《涉事》，頁 30-31。

[67] 詩中「我」感知的時間是一種「存在時間」，對「我」產生意義的時間，唯
有對「我」產生意義，「我」才有表述時間的可能。陳榮華指出：「海德格
所說的時間是由此有的存在呈現出來的，它不是在客觀世界中的時間，換言
之，它是存在的時間，不是客觀時間……。」可證明時間的澄明是被生命存
有所主觀感知，是如詩中「我」對時間的體驗一般。見陳榮華《海德格《存
有與時間》闡釋》（臺北：臺大出版中心，2003 年），頁 38。

[68] 陳榮華解釋：「存有的意義不是『在』，而是『延續下去』的方式，那麼，凡
存有者必有它『延續下去』的方式，故存有者必有其存有。」是以詩中透過

延續下去的方式，必然會使時間在事物上留下痕跡，如柏格森所說：
「真正的綿延乃是啃噬事物的綿延，並且在事物身上留下齒痕[69]。」
楊牧以窗玻璃的雨痕表述了事物在時間中的綿延裡產生了時間性的
徵象，而我們必須透過實存空間中的具象物體，閱讀時間「經過」
的痕跡。這些物象，就是時間的載體，引導我們知覺時間[70]，因此
詩中「我」透過察看的動作，去觀察時間的「齒痕」。

　　詩中的時間觀察是透過空間由近而遠，再由遠而近的體驗。換
言之，也就是生命主體的意向弧由生命主體周遭向外進行意向活
動，當意向活動到最遠的極致又返回自身，透過空間距離的辯證，
透過「物－我」的結構參照，使主體生命的純粹時間意識闡明起來。

　　此詩前兩句以急雨在玻璃上的痕跡顯示事物在時間流中所留下
的時間徵象[71]，而詩中主題「殘餘的日光」則表示日光運動所產生
的物理時間現象，楊牧審慎地運用「殘餘」形容日光，將詩中所描
述的日光在一天中的時間點凸顯出來。而詩中「我看見有人陪我」
的「有人」，並非現象上的「有人」[72]，楊牧從「先驗」的角度跳

對於認知物之延續，因而確認了其存在的時空，當雨消失，其存在的時間性
也因之中斷。見陳榮華《海德格《存有與時間》闡釋》，頁 15。

[69] 柏格森著，諾貝爾文學獎全集編譯委員會譯：〈創化論〉收入《柏格森》，
頁 80。

[70] 李清筠著：《時空情境中的自我影像：以阮籍、陸機、陶淵明詩為例》，頁 21。

[71] 也就是柏格森所謂「物的綿延」。

[72] 因為此詩的表述結構一直都是透過「我－物」的體驗關係來認知時間而鋪敘
的，故此處的「有人」，只可能是「物」或者「我」，然這首詩的「物」顯
然皆是在時間中運動的表現結構，而非體驗主體，因此此處的「有人」只能
是「我」，是生命主體跳脫出經驗的先驗主體，楊牧刻意以「有人」的他者
顯現出先驗主體的「我」是跳脫經驗的，我們可以從「他者」的立場來體驗

脫出自我來體驗生命，從他人的觀點來體驗時間，因為時間本身並不需要自我過去的經驗就能夠得到確認[73]，透過「有人」也使詩中「我」的意向重新回到自我生命主體上。比較特別的是此詩末句：「時間因你的注視／短牆上停止不前」何以時間會因生命主體的注視而停止？事實上，楊牧是表示此處的時間是被生命主體所主觀意向的。在意向活動中，僅有被意識到的當下時間對當下的生命主體產生意義。換言之，「注視」的意向活動將當下時間截斷了其綿延性（變動不居的特質）而將之保留下來，這也是文學（表述）的永恆性[74]。

　　楊牧〈殘餘的日光 1〉可說是此系列組詩的序詩，此詩揭示了詩中「我」生命主體在時間流中的意向活動與體驗，最後透過「時間因你的注視／短牆上停止不前」表述提時間可以因意識活動而截斷、保留下來，使生命主體的意識能夠於當下立即超越時間單獨存

　　時間。如胡塞爾所稱：「是我們在意識『他我』的時候，是由我的觀點，立場跳躍出來，而投入他人的意識流中，用他人的觀點，立場來觀看事物。」見蔡美麗：《胡塞爾》，頁 129。

[73] 蘇宏斌指出：「時間意識是先驗自我的存在方式，因為先驗意識不是空間中的廣延之物，而是內在時間中綿延著的體驗之流，只有時間意識才能使這種體驗流獲得統一。而意向性則是意識活動的根本特徵。」時間本身是先驗自我的存在方式，也就是我們不必有所經驗也能夠體驗到時間的存在，只有純粹地意向時間本身才能體驗到純粹時間的本質，楊牧在此處的表述中，透過「有人」跳脫出「我－物」的認知結構，而以「他者」的立場，重新純粹經驗地體驗並表述時間，是切合現象學所認知的時間的先驗性。見蘇宏斌：《現象學美學導論》，頁 81。

[74] 如馬大康所說：「克服時間恐懼的另一途徑則是截斷客觀時間的綿延流逝，創造可反覆觀照的文學藝術世界，體驗封閉的文學藝術的時間。」見馬大康：〈論文學時間的獨特性〉，《文藝理論研究》，1990 年第 5 期，頁 25。

有，此處言「時間因你的注視」，事實上，抽象的時間僅能透過空間物被注視、觀察到，也就是「我－物」時間參照的結構，透過物我的參照，並以「日光」的時間性貫穿全詩，使時間為我澄明出來。

　　相較於晚霞的日光主題書寫，楊牧也曾寫日出，透過日出的時間徵象呈現生命活力的現象，我們可在《完整的寓言》中的〈新陽〉看見：

> 新陽醒來，從苔蘚──
> 躡足過顫動的蘆葦
> 不小心在石磴上
> 滑了一跤。它腳尖沾水
> 縱身躍起並向外斜刺
> 落在抽芽的白楊樹稍[75]

這是〈新陽〉的第一段，楊牧將早晨的日光擬人具有「醒來」的過程，如此將太陽轉化成一個具有生命徵象的符號，正如吳波所言：「文學語言作為一種特殊的藝術符號，其目的是要傳達審美信息，喚起讀者新鮮獨特的審美情感和體驗[76]。」楊牧此詩正是將「新陽」的符號藝術化，形成胡塞爾所說的「思想」的符號，是說者賦予意義的心理體驗[77]，而楊牧在此是一個說者，他所欲表述的體驗正是

---

[75] 楊牧：〈新陽〉，《完整的寓言》，頁 76。

[76] 吳波：《文學與語言問題研究》（北京：世界圖書出版社，2009 年 5 月），頁 120。

[77] 艾德蒙特・胡塞爾著，倪梁康譯：《邏輯研究・第二卷，第一部份 現象學與認識論研究》（臺北：時報文化，1999 年），頁 33。

新陽具有如植物般的生命，所以在此詩首段，我們看見新陽在植物意象的襯托中出現，而此詩末段：

> 足夠在林木深處喚醒它
> 由它高處飄搖（背景
> 悄悄）又凝神注視
> 剛才失足的水涯深淺──
> 一尾銀鰭小魚在上下洄游
> ──它振翼俯衝如新陽探照[78]

在此詩末段，我們看見楊牧改以關注動物「一尾銀鰭小魚」的洄游，敘述其動作如新陽，然而楊牧在此的主題仍是「新陽」的日光意象，但楊牧不直接言新陽，卻先言「一尾銀鰭小魚」，最後婉轉地將新陽的形象附加在小魚身上，調換了賓主位置，更顯得楊牧對於隱喻的精心安排。而楊牧在此詩前半以植物意象襯托新陽，在最末則以動物的隱喻帶出新陽，可看見楊牧對於連結陽光變化與生命活力的企圖，他企圖以陽光的初綻，展示一個充滿生命意涵的時間意象，是相當鮮明的。

　　然而楊牧對於連結「日光」的時間意象以及生命主題的企圖不僅於〈新陽〉這首詩，我們在收錄於《完整的寓言》中的〈寓言三：鮭魚〉及收錄於《時光命題》的〈客心變奏〉都能看見楊牧在「日光」書寫的命題中，試圖將天體移動的時間感受與生命現象連結起來：

---

[78]　楊牧：〈新陽〉，《完整的寓言》，頁 78-79。

比我更早，我知道
四月的陽光已經巡邏過
生命和死亡的斯地拉瓜米西
當河水刺激我的鰓
我抖索以調節體溫
轉動，滑泅，衝刺
快意吞食迷路的蝦和小魚[79]

————選錄自〈寓言三：鮭魚〉

我靜默凝視，注意
天體如何交迭從眼前經過
無窮的色彩如何充斥我微微衰弱的心
聲音在四方傳播並且愈來愈雜而強烈——
是各自競爭折射的光干涉著我？當我
聚全部精神試圖這樣將一切捕捉
將一切收攏到我的胸臆，不知道是
落寞還是哀傷，這一刻我面向[80]

————〈客心變奏〉第一段

在〈寓言三：鮭魚〉這首詩中，我們看見楊牧以鮭魚角度發聲，而
陽光的移動觀照到鮭魚及鮭魚棲息地的生命與死亡，正如巴赫金所
說，只有有生有死的具體之人的價值，才能為空間和時間序列提供

---

[79]　楊牧：〈寓言三：鮭魚〉，《完整的寓言》，頁138。
[80]　楊牧：〈客心變奏〉，《時光命題》，頁4。

比例關係的尺度[81]。楊牧將鮭魚、陽光都賦予了生命意涵的指涉，
但楊牧更強烈地直書「生命和死亡」使讀者從陽光的移動過程中，
直接感受到「生命和死亡」作為生命時間序列的限制，繼而楊牧才
進一步想像鮭魚的生命活動「轉動，滑泅，衝刺」等覓食過程，並
藉此象徵生命歷程的主題，正如胡塞爾說：「體驗流永遠不可能僅
僅由現實性構成[82]。」楊牧在此詩中對於鮭魚生命歷程、陽光巡邏
等意象的體驗，絕非現實性的體驗，而是透過虛構、移情、想像等
種種詩藝手法的經驗，選擇適當的象徵，透過意識的表述傳達出來，
我們在〈寓言三：鮭魚〉中看見了日光移動與鮭魚所交織出來對於
生命與死亡的深刻時間敘述。

　　而從我們上引〈客心變奏〉的第一段僅見楊牧敘述「天體」而
非日光，然這首詩的副標題是「大江流日夜，客心悲未央」，可得
知這首詩也是以「日光」移動為主軸，進行的時間表述。

　　「大江流日夜」是以大江的水勢流動的空間隱喻太陽運行的時
間，簡而言之就是空間的時間化，然而日月運行亦是空間的變化，
因此「大江流日夜」呈現「空間－空間」的比喻來作時間表述，正
如郭善芳所說：「時間是一個抽象概念，人類對時間的表徵，時空
隱喻扮演著不可或缺的角色[83]。」此詩透過「大江流日夜」作為時

---

[81]　請參照巴赫金（M.M. Baxthh）著，錢中文主編，曉河等譯：〈論行為哲學〉
　　　《巴赫金全集》第一卷（山東：河北教育出版社，1998 年 6 月），頁 65。
[82]　胡塞爾：〈現象學的基本考察〉，倪梁康編譯：《胡塞爾選集（上）》（上
　　　海：上海三聯書店，1997 年 11 月），頁 392。
[83]　郭善芳：〈時空隱喻的認知學分析〉，《貴州大學學報（社會科學版）》第
　　　25 卷第 5 期（2007 年 9 月），頁 81。

間的表述，是以，雖然這首詩的副標點出「大江流日月」的大江時間性主題，但在這一首詩前面部分，楊牧仍以意向天體交迭運行的空間感來表述時間，除了以「凝視」的畫面感揭示時間外，並透過「無窮的色彩」和「聲音在四方傳播」的色彩與聲音來表現時間對萬物開放的多元性與立體性。然後楊牧以「聚全部精神試圖這樣將一切捕捉／將一切收聽到我的胸臆」表述楊牧生命主體對時間的意向行為，隨即並加以詮釋言道：「不知道是／落寞還是哀傷」，這是楊牧在此詩第一段表述出他對於時間的認知感受。綜觀〈客心變奏〉的敘述，楊牧主要將日光移動產生的時間感轉化為對自我生命意識及情感的表述，透過對時間的具體參照物「日光」，感知到自我生命的情感特徵並加以敘述、呈現。相較之下，〈寓言三：鮭魚〉所敘述的是時間流中普遍的生命經歷象徵，〈客心變奏〉則表述自我在時間流中個殊的生命情感意識，楊牧這兩首詩分別以日光移動的時間感知宣洩、烘托了兩種不同的表述內涵。

　　而楊牧以月亮移動變化作為時間書寫的詩作，可見《楊牧詩集I》的〈月落〉、《楊牧詩集II》的〈中秋夜〉以及《完整的寓言》中的〈春月即事〉，其中〈中秋夜〉這首詩雖然以「中秋夜」為主題，主要卻是敘述詩中我與你當下的生活與情事，月的移動純粹作為時間感知的現象，請看下引文：

　　山坡下數聲狗吠
　　野草似雪，樹林裏外

　　　一片通明。再巡視——

　　　月已翻過鐘樓[84]

——〈中秋夜〉最末段

在〈中秋夜〉此詩最末段，我們看見楊牧以「山坡下數聲狗吠」，
透過聲音的遼闊傳播以及野草、樹林烘托一個空間情境出來，然
後在最末句以月光的移動表現出時間感，是一首純粹以月光移動
表現時間的作品，另外兩首詩作中，〈月落〉寫得最早，完成於一
九六四年：

　　　月落了，我在黑暗中痛苦地生長

　　　這命運的纏繞，何等悲壯——

　　　三千年河漢浩蕩，我痛苦地生長

　　　半生豪情，與煙霧齊散

　　　時間和夢幻的崇高如枝葉交疊

　　　我用血液和淚水灌溉自己

　　　兵火，風暴，歲月不停地移轉

　　　我在江漢之間，是一株悲劇的葛藟

　　　你南方莫莫的樛木啊

　　　領我上升，上升至星光和冰涼[85]

——〈月落〉最末段

---

[84] 楊牧：〈中秋夜〉，《楊牧詩集 II》，頁 353。
[85] 楊牧：〈月落〉，《楊牧詩集 I》，頁 321-322。

楊牧寫〈月落〉時還相當年輕，詩作中充滿年少憂鬱的想像，在此
詩中，楊牧誇大了對月落的想像，他不但將自我移情擬化為一株植
物，並且透過月落的時間想像，想像歷史與虛構的歲月，正如喬治·
森塔亞納所說：「藝術為了使表現突出，常常用誇大的加強手法，
他們不但表現外在的，還揭示其內在的[86]。」在年少時期的楊牧對
於時間的命題、思考不如近期深邃，但楊牧已有豐富的想像力，透
過對月光移動誇大、加強與虛構的想像，使單純的「月落」命題變
形為對歷史、對生命經驗想像的表述。相較之下，同樣以「月光移
動」為主題的〈春月即事〉則含蓄地將自我生命情事與當下月光移
動的時間現象融合起來敘述：

> 或者就像現在這一刻
>
> 遲遲升起的月，有聲
>
> 在新綠的樹與樹之間
>
> 幾乎圓滿的訴說著心事悄然
>
> 前後我都懂得

> ——〈春月即事〉首段

這首詩和前面幾首詩作中有月亮意象的詩相似，都將月光移動視為
一「時間情境」的象徵，藉以烘托出詩中主體的意識與情識，但相
較於〈中秋夜〉，楊牧在此詩中更將自我心事與月亮、樹相互連結
與指涉，透過彼此徵象將當下悄然心事予以具象化，卻又不似〈月

---

[86] 喬治·森塔亞納著，王濟昌譯：《森塔亞納美學箋注》（台北：金楓，1987
年4月），頁213。

落〉在具體的想像中有誇大、扭曲、凸顯出作者情志想像的一面。
但綜而言之，楊牧在月亮意象的書寫上，不如對「日光」移動所產
生的時間書寫那樣深刻，並具有對生命更細膩的敘述。

第四節　小結：生命當下的時間感知

　　對生命主體而言，只有當下的感知才是真實的體驗，如叔本
華所說：「只有『現在』才是真實的，其他的一切不過是思想的
遊戲……[87]。」叔本華刻意用「遊戲」來淡化過去時間的回憶以及
未來時間的前瞻，但也強調了當下時間原印象的重要性。而當下
的體驗奠基於過去時間的認識，從過去的體驗認識到體驗對象的
時間位置以及順序，如汪天文指出：「所謂時間，是主體認識客
體和主體間交流主體自我認識過程中抽象出來的，反映事物運動
順序性、因果性和心理狀態持續性的一種主體認知框架，並以此
作為認識客觀世界變化發展進程和主體間交流的最普適尺度[88]。」
在此處所揭露的時間是反映在主體對意向客體意義充實的意向活
動中所認識的時間，也可以說是為生命主體所認知的外在世界物
理時間，時間的變化由生命主體當下所體驗到的事物的順序、因

---

[87]　〔德〕亞瑟・叔本華（Arthur Schopenhauer）著，陳曉南譯：《叔本華論文
　　集》（臺北：新潮文庫，1975 年），頁 61。
[88]　汪天文：〈時間概念的哲學透視〉，《江西社會科學（哲學研究）》，2003
　　年第 6 期，頁 22。

果等綿延的狀態所認知，所以雖然說這樣認知的時間是「物理時間」，但也是經由生命主體的時間意識所給予的意義充實。而植物的生命時間徵象以及天體運行的時間徵象，是人類最容易直接體驗時間的意向客體，天體運行所產生的季節現象，以及日月白晝、黑夜的交替，使人類能夠體驗固定而循環的時間綿延，繼而從意向主體出發，給予所意向表述的時間客體「季節」與「天體」的主題意義充實。而我們對於楊牧所意向表述的秋與日光的變化主題作品中，可以看見楊牧本身生命主體的時間意識的時間性，也就是楊牧對於表述「天體運行」時間感受的表述活動本身也具有時間性的變化，從早期純粹地感知時間意象，到近期的時間焦慮以及龐大綿密的生命時間意涵，充分揭露生命主體在當下時間表述，並不僅是當下的感知而已，而是具有主客體時間位置參照，滯留印象、原印象和前瞻所揭示的三維時間以及時間意識對意象的意義充實，使原來季節與天體的變化的「物理時間」表述充滿人類生命主體所給予的生命時間意涵。

　　而植物對存有所展開的時間徵象，不因為植物相較季節與天體的變化的短暫而失色。植物具有生命，對植物生命時間徵象的關注，更充實了人類原有對生命時間的意識思維，故我們在楊牧的詩中看到人類主體對意向植物客體的表述顯現出豐富複雜的關係，而擬人際性時間結構的建構以及生命體當下共同的時間指涉，更澄明了生命在時間流中的時間性。因此，對於植物時間徵象的描寫更凸顯了生命時間的意涵，證成了生命主體在時間流中體驗時間的現象。也

就是說，生命的本質是時間性的，我們不必面對死亡懸臨也能夠在當下藉由對植物的生命時間徵象感知出來[89]。

　　此章僅以「植物」及「季節與天體的變化」為主題，討論楊牧詩作中當下感知的表述，但當下感知卻能從「原印象」延展到過去滯留印象以及對未來的前瞻，進而對生命時間意涵的意義陳述，這也是因為楊牧詩作對植物、自然等主題的意向活動及表述經營之深，亦關注於生命時間意象的陳述，使我們能在析論楊牧這三個主題當下時間感知的詩作，能充分體驗到生命時間意涵的豐富與深邃。

---

[89] 關於生命面對「死亡懸臨」的時間性，請參考本書第五章，而對於植物生命時間徵象的感知，在某些表述現象中，或許詩人面對植物的凋零枯萎，也是面對植物「死亡懸臨」的「在側」而發顯了其時間性。

第四章

想像的時間表述：詠史與虛構

　　人作為歷史的產物[1]，故也會從歷史的意向活動表述「人」自身的存有。楊牧是一個相當注重「歷史意識」的詩人，他翻譯援引了艾略特的話指出：「任何人過了二十五歲假如還想繼續以詩人自居的話，歷史意識乃是他不可或缺的條件。歷史意義還包含了一層認知，不但認知過去之所以為過去，也認知過去是存在於我們眼前[2]。」楊牧此語說明了他認為「歷史意識」是一個年長詩人的必然條件，且告知我們他體驗到過去時間於當下的綿延，楊牧進一步說：「歷史意識迫使一個人在落筆當下，不但自覺到他和這時代的關係，還體會了自荷馬以降整個歐洲文學，以及那其中他自己國族的文學全部，體會到這些都是同時存在的，構成一個並行共生的秩序。這歷史意識是我們對時間永恆保有的意識，也是對短暫現世保有的意

---

[1]　勞承萬說：「人作為歷史的產物，不但知覺是歷史的成果，而且感覺，連同任何感官都是歷史的成果。」見勞承萬：《審美中介論》（上海：上海文藝出版社，2001 年），頁 141。

[2]　艾略特（T.S. Eliot）著，楊牧譯：〈Tradition and the Individual Talent〉，楊牧：〈歷史意識〉，《一首詩的完成》（臺北：洪範出版社，1990 年），頁 55。

識，同時它更是一種將永恆與現世結合看待的意識──這歷史意識
使得一個創作者變得傳統起來，同時更使他懇切地瞭解他在時代中
所佔的位置，瞭解他與他們的時代的歸屬關係[3]。」歷史意識可以豐
富詩人的時間經驗，並且體驗到所有的時間在想像的意向活動中都
能夠於當下「共現」，楊牧並能藉此認識到自我在時間流中的位置，
豐富自身的生命時間經驗。

　　然而，楊牧對歷史意識的掌握，其實始取之於古典傳統的認
識[4]，我們從楊牧詩作中可發現其透過歷史時間來表述自身存有本質
上有三種意義，一是「以我觀史」，以存有的位置表述出存有所感
知的歷史現象，透過「歷史參照物」以闡明出存有的意識；二是「以
我入史」，將自己的存有從當下時空抽離出來，虛擬置入「歷史時
間」，使自我的存有虛擬為「歷史參照物」的存有，自我的表述同
時也是「歷史時間」中歷史的表述，可說是以「歷史時間」為自我
位置的「擬我表述」；三是存有受限於「當下時間」的線性和單一
特性，無法完整表述當下自我的意識活動，透過「所意向」到的歷
史，透過歷史的想像來充實自身，較「以我觀史」更具主觀性，相
較「以我入史」則更具有自我主體與當下時空的表述意義，而第三
種多半融入「以我入史」的擬古表述中，故本章分兩節對此三種意
義討論之。

---

[3]　楊牧：〈歷史意識〉，《一首詩的完成》，頁 55-56。
[4]　可參見楊牧：〈歷史意識〉，《一首詩的完成》，頁 63。

第一節　詠史：以我觀史

　　楊牧對於「歷史時間」的興趣在於主觀地融入歷史，讓自我的
生命形象與歷史形象的表述融合為一，多過於客觀地敘述歷史，因
此他符合「單純的」詠史作品並不多[5]，然楊牧對於充滿想像的歷史
時間仍充滿關注的興趣，我們從前文討論過的〈月落〉此詩當中就
可以看見楊牧對於過去歷史的想像趣味，而〈關山月〉此詩中我們
也可以看到楊牧對於歷史時間的興趣與想像：

---

[5] 在中國文學傳統中，「詠史」是一個相當重要的主題，唐代呂延濟指出詠史是：
　「覽史書，詠其行事得失，或自寄情。」定義了詠史是以歷史為主題而產生以
　自我主體批評歷史或將自我主體的意識透過「歷史」而抒發出來，降大任亦
　說：「詠史詩是中國古代詩歌中作者直接歌詠歷史題材，以寄寓思想感情，表
　達議論見解的一個類別。」而雷恩海則敘述出「詠史」的動機：「詠史詩重在
　理想，主要從歷史人物或歷史事件中抽繹出一種歷史經驗以及對當今現實關注
　的反射。其抒情，主要也體現在歷史事件背後透出的深沉睿智的感情……。」
　詠史是因歷史人物或歷史事件的「歷史時間參照物」，能使詠史者於「當下
　時間」相參照，建構出詠史者所意識到的真實及詠史者本身的意識及情感。
　本質上，詠史也只是在世存有的表達方式之一，透過歷史人物或歷史事件的
　「歷史參照物」，使存有的表述能夠更加深刻、澄明。當我們看見詩人的詠
　史，以為詩人在表述歷史，但其實詩人是透過歷史人物或歷史事件來作自我
　意識或自我情感的表述，透過歷史時間不同於當下時間的特殊性，使自我存有
　的意識或情感的表述更加深刻、澄明。參見蕭統編《文選》卷21。六臣注對王
　璨「詠史詩」之評，見（清）紀昀等編：《景印文淵閣四庫全書》（臺北：商
　務印書館，1985年），第1330冊，頁473下。降大任：《詠史詩注析》（山
　西：人民出版社，1985年），頁490。雷恩海：〈詠史詩淵源的探討暨詠史詩
　內涵之界定〉，《貴州社會科學》總第142期，1996年第4期，頁73。

> 在有史的那些年代
> 大半失落於風，於雨
> 於權術和欺瞞。然則
> 春來石榴錯落紅著
> 訴說血的睥睨，遠方
> 因風斷續在女牆外穿梭[6]
>
> ——選錄自〈關山月〉第二段後幾行

我們從此詩可看見楊牧對於歷史的關注和片段的想像，然而這些想像並不僅只是單純的虛構，而是透過歷史片段的想像，充實自我意識在時間流中的廣度與深度。正如漢斯・格奧爾格・伽達默爾說：「當我們的歷史意識置身於各種歷史視域中，這並不意味著走進了一個與我們自身世界毫無關係的異己世界，而是說這些視域共同地形成了一個自內而運動的大視域，這個大視域超出現在的界限而包容著我們自我意識的歷史深度[7]。」雖然楊牧在此詩中所敘述的可能是一個片段的、想像的與自身時間毫無關係的歷史時間，但這樣想像、架空的歷史時間與楊牧當下意識形成了一個共同的時間視域，讓我們看見楊牧對於歷史、對於歷史時間的人性如「權術與欺瞞」以及戰爭的種種敘述，當然顯然楊牧在此詩中刻意將個人的情志隱藏在對歷史片段的敘述中，但透過「血的睥

---

[6] 楊牧：〈關山月〉，《楊牧詩集Ⅱ》，頁 462。

[7] 漢斯・格奧爾格・伽達默爾著，洪漢鼎譯：《真理與方法——哲學詮釋學的基本特徵》（第一冊）（上海：上海譯文出版社，2004 年 7 月），頁 393-394。

眠」、「陰風斷續在女牆外穿梭」，我們仍然可以看見楊牧在詩中
對於歷史中戰爭血腥的負面情感，而這樣的情感證明對於歷史時間
的意向活動即使是片段、零碎而不真切，仍能夠透過對歷史的意
識投射而確切豐富自身的情感，而厚植楊牧本身自我意識對於歷史
的深度。然而楊牧書寫某段真實歷史的詠史作品確實也充滿了楊牧
自我主體的情感意識，我們可以收錄在《禁忌的遊戲》的〈味吉爾〉
為例：

　　　　長髮在我左手臂上散開
　　　　這時你枕著黎明的風
　　　　風在我單薄破敗的袖中
　　　　我枕著味吉爾

　　　　這時你凝望窗前的燈
　　　　但我知道你在思想羅馬
　　　　除了流浪和建國的殺伐
　　　　你應該也記取一些好的牧歌

　　　　風來自嵯峨的金樹枝
　　　　而這裏有一片暗墨的寒林
　　　　寒林規劃著隱者的心
　　　　我讓你枕著黎明的手臂

　　　　我枕著味吉爾
　　　　聽到城的焚燒和隕落

> 兵刀棄在晨煙的原野上
> 海面一艘大船靜靜等候[8]

味吉爾是古羅馬時期的作家，用拉丁文寫羅馬建國的神話故事長詩，楊牧這首詩透過「味吉爾」去懷想味吉爾筆下的羅馬建國史。這首詩一開始設定了除了「我」和「味吉爾」以外的「你」，透過「你」證明味吉爾以及味吉爾筆下的羅馬建國史，並不是楊牧個人私密的意向時間，而是為人共同意向到的歷史時間，藉由「我枕著味吉爾」，可見「味吉爾」在此處是一個符號，象徵楊牧所意向到那段味吉爾筆下的羅馬建國史，在此「味吉爾」代表的不僅是一段歷史時間，而且是一段文學化、詩歌化的歷史時間。

此詩中「你」在思想羅馬以及我「聽到城的焚燒和頹落」，都是處於當下對於過去歷史時間的意向想像活動，故詩中透過「這時你枕著黎明」、「這時你凝望窗前的燈」、「我讓你枕著黎明的手臂」強調「我」和「你」所處的當下時間。如簡政珍所說：「詩人所觀照的不僅是個人的過去，還是所處時空的歷史。歷史感的意義是：詩人經由『過去』而在『現在』中找到立足點[9]。」楊牧在詩中意向這段文學化的歷史時間時，同時也注視著當下自我的時間點。此詩不長，但詩中兩次述及到「黎明」，呈現出「我」和「你」正處於等待一天開始的時間位置，如同詩中對於歷史時間中所意向的「海面一艘大船靜靜等候」。楊牧從過去詩人味吉爾的詩領會到歷

8　楊牧：〈味吉爾〉，《楊牧詩集 II》，頁 176-177。
9　簡政珍：《詩心與詩學》（臺北：書林出版社，1999 年），頁 85。

史時間以及「你應該也記取一些好的牧歌」的文學嚮往，同時透過味吉爾筆下的歷史時間中戰爭、海船的等待，參照出當下等待天明的立足點，而此對於歷史時間的意向感知也豐富了楊牧當下生命時間的感受。

從〈味吉爾〉這首詩，我們看見楊牧對於詩人筆下呈現的，或詩人「味吉爾」所徵象的歷史對象給予他自我主體意識的意義充實，從中開展他對於「歷史時間」的表述，其實楊牧本身慣於在作品中表現創作主體的生命意識，其純粹詠史作品也充滿表述個人生命意識的情思，這種現象在〈近端午讀 Eisenstein〉更為明顯：

> 你坐在鳳凰木下
> 一張工整的刺繡亂針挑明
> 零碎的光影開始凝聚，不動
> 太陽徐行到了天頂
>
> 起先想到戴花的詩人，一逕
> 歌唱到河邊，沮喪，憤怒之餘
> 遂對準最亮，最美麗的
> 漩渦縱身躍下，死矣
>
> 接著，如何她卻繾綣將三生
> 修成的正果以原形表述，完整的卑微
> 啊愛，但相對於人間的玩忽，真
> 證明是恐怖

> 我隔著一些典故思想，一些觀念
> 和信仰，然則美和真必然也是致命的
> 通過超現實的剪接一一完成
> 無上的默片蒙太奇[10]

賴芳伶指出〈近端午讀 Eisenstein〉此詩具有後現代拼貼風格[11]。
Eisenstein 是一俄國電影導演，他為電影史上提出了「蒙太奇」的理
論[12]，「蒙太奇」是一種具裝配組合特色的意象構成，我們看這首
詩共分四段，每一段由一個主體為書寫中心，分別是你、戴花的詩
人、她、我，其中戴花的詩人和她是和端午有關的典故傳說。楊牧
並不特別講史或傳說典故，他在詩中自言：「我隔著一些典故思想，
一些觀念／和信仰，然則美和真必然也是致命的／通過超現實的剪
接一一完成／無上的默片蒙太奇」，說明這首詩只是組合剪接「典
故思想」、「觀念」和「信仰」，其實詠史詩也是如此，透過詩去
選取作者意向歷史時間或歷史參照物的部分，將歷史與當下的自我
意識相互參照、剪輯，呈現為「我」詮釋的歷史觀，此詩用「蒙太
奇」的手法不僅於演繹屈原端午的歷史，亦呈現當下「你」的時間

---

10 楊牧：〈近端午讀 Eisenstein〉，《涉事》，頁 81。
11 賴芳伶〈楊牧〈近端午讀 Eisenstein〉的色／空拼貼〉，《中外文學》第 31
   期（2003 年 1 月），頁 217。
12 Eisenstein 說：「『蒙太奇』，意味著『裝配組合』，在當時，雖然很不流
   行，但它卻具有走向時髦尖端之一切先決條件……就讓這二元化──『半工
   業、半劇院』的字眼，來詮釋所有意象的單位吧！」見 Eisenstein 著，黃鐘
   秀譯〈我與電影〉，《艾森斯坦──蒙太奇之父》（臺北：北辰文化，1987
   年），頁 154。

以及虛構的白蛇傳說的想像時間，透過前三者的拼貼闡明了楊牧所欲表現的美與真，詩中的「你」、「我」代表當下時間，「戴花的詩人」及「她」呈現出過去時間或想像時間。這首詩分別以不同的時間點的主體來拼貼組成此詩，而詩中主體在其所處的時間點中的活動都是表現美與真的活動，故楊牧在此詩表面上分敘他對不同時間點的生命主體活動的意向表述，實則透過不同時間點的生命主體表現出楊牧對美與善的追求，透過詩中「我」的自敘，將所意向到的美與真加以剪輯[13]，而此詩所被剪輯的美與真，其實也就是生命主體在變動不居的時間流中的美與真，楊牧的詠史詩並不只是以自我生命主體的時間位置來運用典故，描寫歷史的表象，楊牧重視的自我生命主體的意向表述，以及生命主體在線性時間流中對真、善、美所開放的活動表述。然而，並不是楊牧不重視歷史時間現象的描寫，楊牧在「以我入史」的擬史作品的敘事時，才能看見他這方面的描寫[14]。

相較於〈味吉爾〉，〈近端午讀 Eisenstein〉以蒙太奇的畫面拼貼出更多屬於他者的「歷史時間」片段，藉此豐富當下楊牧自我的生命時間意涵以及對意識主體的生命定位。然而，「以我觀史」不一定只限於在文字閱讀中所感知的歷史時間，懷古詩從歷史遺跡的

---

[13] 賴芳伶說此處詩中的「我」：「一方面既是入乎其內的主體存在，同時又是出乎其外的客觀超然。」，誠如賴芳伶所說，楊牧此詩欲表現超然客觀的表述立場，來表述其所指涉的美與真，同時不免受到「一些典故思想，一些觀念和信仰」的經驗影響。見賴芳伶〈楊牧〈近端午讀 Eisenstein〉的色／空拼貼〉，《中外文學》第 31 期，頁 229。

[14] 見後文論述。

「閱讀」書寫，也是生命主體對歷史時間「以我觀史」的表述，但在楊牧單純的懷古作品並不多，僅有收錄在《有人》的〈本事〉，詩中「我」表述在阿姆斯特丹懷想十七世紀阿姆斯特丹的時空，此詩雖然可稱為懷古詩，但亦充滿楊牧特有的，對生命主體在時間流中意識與情感的展現：

> 那是十七世紀留下的記憶
> 正在千萬魚群中激盪，魚在綠藻間
> 蚊蚋在水面盤旋。弱勢在十七世紀
> 白鳥從萊因河口陣陣飛來，聒噪
> 過港邊的殖民大樓，噹噹鐘響六記
> 少數知識份子在街頭散步，交換
> 啟蒙的心得，談論巴黎，倫敦，印度
> 福爾摩沙。我們就可以這樣回溯
> 帶著不忍割捨的溫情以及過量的冷淡
> 若即若離，在悔恨和歡暢的時光巨流裏
> 嘗試去那樣絕望地合作，以血以肉
> 以頑強的骨骼，以一灘熱汗
> 以子夜醒來對著窗外搖曳的柳影
> 暗暗垂落的淚──我們就這樣回溯[15]

---

[15] 楊牧：〈本事〉，《楊牧詩集 II》，頁 412-413。

這一小段足以代表楊牧懷古詩的特色，楊牧描寫「在阿姆斯特丹」看到的運河、水域進而引發出這是「十七世紀留下的記憶」的懷古氛圍，方回說：「懷古者，見古跡，思古人，其事無他，興亡愚賢而已[16]。」透過空間的時間化並加入楊牧個人的情感[17]，刻意保持冷靜的距離，由當下空間去對往事歷史的回溯。

在這一小段裡楊牧還描寫了時間對人類開放的「人類性」——悔恨和歡暢。而人類在時間流的存有是「以血以肉」，表述生命主體是透過身體的時間性在時間中存有，而存有的懷古、回憶則是充滿感傷的「暗暗垂落的淚」，足以顯見楊牧的懷古詩並不是地理的，也不是歷史的，而是純粹生命主體意識與情懷的表述。

第二節　擬史：以我入史

此節所討論的「擬史」，本質上就是一種延伸生命自我意識投射到文本中的歷史時間裡，以歷史時間中「我」的視角來詮釋歷史

---

[16] 方回選評：《瀛奎律髓》，卷三，詩選前端說明。見李慶甲集評校點：《瀛奎律髓匯評》（上海：古籍出版社，1993年），頁78。

[17] 喻守真說：「作懷古詩，除寫當前的景物以外，又須滲入作者感慨的情調，或以古證今，或撫今追昔，同時尚需注意此地，不是他處。」楊牧對當前景物的感慨融入了對殖民歷史、對十七世紀知識份子以及當時對於荷蘭殖民地台灣的感慨設想，而且充分流露出楊牧刻意保持冷靜的描想。見喻守真：《唐詩三百首詳析》（北京：中華書局，1985年），頁117。

的當下時間，也就是將自己的視域融入歷史視域中[18]，透過表述將所虛擬的歷史體驗詮釋出來，可以說是一種「擬我表述」或「延我表述」，透過虛擬在歷史時間當下的「我」，把歷史時間的現象以「我」的視域詮釋出「我」的歷史時間觀點，以及陳述歷史參照物本身存有的價值。

　　楊牧擅長「以我入史」的「擬我」想像表述，黃麗明就評論過楊牧此類詩作說：「表面第一人稱「我」的聲音（articulation），被詩人以緊繃於兩個世界之間的張力加以戲劇化。省略掉詩人據以書寫的主體位置，反而提供多樣的發聲位置，讓戲劇性角色、人稱（dramatic personae，詩人替身）得以介入廣為接受的歷史版本[19]」指出「以我入史」的介入敘述，提供了多樣的表述位置，而這樣的表述位置，使「過去－當下」時空得以聯結為「兩介」的空間，成就一豐富、複雜的敘述與思想的可能。

　　而在書寫中，楊牧正是以「擬我」的心志想像，聯想融入古人對象的努力，以文人的歷史形象為「我」之書寫中心，去獲取傳統、

---

[18] 漢斯・格奧爾格・伽達默爾說：「歷史視域只是理解過程中一個階段被自己現在的理解視域所替代，於是在理解過程中產生一種視域融合……。」我們關注歷史，本質上不是我們親身的意向行為，而是透過「視域融合」去理解歷史現象，但擬史的「以我入史」透過「我」於歷史當下的想像位置所表述的歷史視域，是更加了融合「我」當下理解的視域以及「歷史視域」的體驗，而這種經想像的體驗所表述出來的語言，更能深刻描述「我」的視域中對歷史的理解。見〔德〕漢斯・格奧爾格・伽達默爾（Hans-Georg Gadamer）著；洪漢鼎譯《真理與方法──哲學詮釋學的基本特徵》（第一冊）（上海：上海譯文出版社，2004 年），頁 396。

[19] 黃麗明著，施俊州譯：〈台灣、中國，以及楊牧的另類民族敘事〉，《新地文學》，2009 年第 10 期，頁 345。

古典之美，此其效用有二，一是以「我」的表述更加豐富歷史中文人的形象，塑造出楊牧對此文人形象的理想典型，是歷史時間中的「擬我表述」；二是透過想像中的歷史人物，陳述自我所欲表述的意識與行為，是對歷史時間的「延我表述」，將歷史文人的形象作為自我表述的奠基，從歷史記載的空白處，延伸出作者自我意識的表述作為其補充，在此基礎上，對歷史人物的陳述成為對生命自我意識與人格的辯證、建構與表述。

　　楊牧的〈續韓愈七言古詩「山石」〉就是楊牧在對韓愈〈山石〉理解過程中，對〈山石〉的空白處加以補充[20]，並辯證、建構出楊牧想像中韓愈的人格典型，而在此詩的本質上卻可見楊牧個人的人格及生命特質：

　　1
　　我與寺僧談佛畫，天明時
　　腳濕衣冷想的竟是城裡的
　　蜂羣在梔子花間漫舞
　　竟是一婦人之坐臥

---

[20] 龍協濤說：「文本的意義只存在於人的理解意向性結構中，即只有依賴人的解讀，文本意義才能生成。正是接受主體的解讀和闡釋，才打破了文本意義結構的封閉形式，使其空白和未定點獲得活生生的具體化。」，文本本質上的結構是封閉形式，只在「人－文本」的理解意向性結構中開放，但這種結構是意義結構，本質上是封閉的，只有透過人類閱讀的意向行為，才能使文本本身從意義結構的充實與空白中獲得被給予的意義。見龍協濤：《文學解讀與美的再創造》（臺北：時報文化，1993年），頁34。

一悼慢之升降，或人
行走於筆硯經書的邊緣
談論玄武門之變
我對著月色，思維於
押韻險巇的漢魏詩；我的憤懣
是比主人的面容更虛無的
雖說我還須登衡山，謁楚神
面對豪雨刷亮的蕉林。所謂志向
滿佈泥濘如貶謫的南方
飲酒為蛇影所驚
歌唱赦書疾行

2
我與寺僧談佛畫，燈熄前
忽然憶及楊柳樹和
激激的流水也曾枕在耳際教我
浪漫如早歲的詩人一心學劍求仙
金釵羅裳和睡鞋就是愛情？
我的學業是沼澤的腐臭和
宮庭的怔忡
我愛團扇
飛螢

> 但律詩寄內如無事件如鄘州
> 我只許渡江面對松櫪十圍
> 坐在酒樓上
> 等待流浪的彈箏人
> 並假裝不勝宿醉
> 我不該攜帶三都兩京賦
> 卻愛極了司馬長卿[21]

讀者閱讀這首詩有一些門檻，必須理解韓愈〈山石〉的內容及背景還有此詩中的種種典故[22]，但楊牧寫這一首詩並不完全為讀者而寫，更多的可能是為了自我辯證韓愈的人格特質，以〈山石〉為奠基性，去創造楊牧所意欲表述的韓愈理想形象，所以欲理解楊牧自我意向行為的表述，要從此詩中「我」的部分來看，也就是先釐清詩中何者是韓愈〈山石〉中的「我」，何者是楊牧〈續韓愈七言古詩「山石」〉的「延我表述」，我們可以以下表分析：

21　楊牧：〈續韓愈七言古詩「山石」〉，《楊牧詩集 I》，頁 363-365。
22　韓愈〈山石〉：「山石犖确行徑微，黃昏到寺蝙蝠飛。升堂坐階新雨足，芭蕉葉大支子肥。僧言古壁佛畫好，以火來照所見稀。鋪床拂席置羹飯，疏糲亦足飽我飢。夜深靜臥百蟲絕，清月出嶺光入扉。天明獨去無道路，出入高下窮煙霏。山紅澗碧紛爛漫，時見松櫪皆十圍。當流赤足蹋澗石，水聲激激風吹衣。人生如此自可樂，豈必局束為人鞿。嗟哉吾黨二三子，安得至老不更歸。」見〔清〕聖祖御定：《全唐詩》（北京：中華書局，1985 年），338 卷，頁 3785。

詩句	是否屬於〈山石〉原有意象	詮釋
我與寺僧談佛畫	是	「僧言古壁佛畫好」的延伸。
我對著月色，思維於 押韻險巇的漢魏詩；我的憤懣 是比主人的面容更虛無的	否	以韓愈立場延伸出楊牧所想像的創作意識。
我還須登衡山，謁楚神 面對豪雨刷亮的蕉林。所謂志向 滿佈泥濘如貶謫的南方 飲酒為蛇影所驚 歌唱赦書疾行	是	是「嗟哉吾黨二三子，安得至老不更歸。」的延伸。
激激的流水也曾枕在耳際教我 浪漫如早歲的詩人一心學劍求仙 金釵羅裳和睡鞋就是愛情？ 我的學業是沼澤的腐臭和 宮庭的怔忡 我愛團扇 飛螢	否	表述楊牧意向活動中的韓愈對學業與情愛的兩難，最終楊牧表述韓愈愛浪漫的情愛、文學勝過功業。
但律詩寄內如無事件如鄜州 我只許渡江面對松檟十圍	是	〈山石〉詩中的情境。
坐在酒樓上 等待流浪的彈箏人 並假裝不勝宿醉 我不該攜帶三都兩京賦 卻愛極了司馬長卿	否	楊牧以想像中韓愈的立場，辯證表述韓愈的愛好「司馬長卿」，司馬長卿在此是一純粹文學的象徵。

從上表分類，我們可以看出楊牧從韓愈〈山石〉的作品中延伸出來「延我表述」的用意，他意圖透過〈續韓愈七言古詩「山石」〉

表述出〈山石〉詩中沒有的韓愈，也就是從〈山石〉的生活及藝術情境背景中，表述韓愈相對於學業、功業而言，更重視文學與情愛的追求。然而我們無法從此詩證實歷史上韓愈的真實想法，也無須理解韓愈在〈山石〉中的意識表述，單就〈續韓愈七言古詩「山石」〉而言，我們可發現楊牧對於〈山石〉中截斷的文本時空的空白處，用自我的想像加以補充，使韓愈形象在〈續韓愈七言古詩「山石」〉中被楊牧意識的意向活動所充實，成為楊牧自身的表述。而韓愈在〈山石〉時空中具有特色的形象也成為楊牧〈續韓愈七言古詩「山石」〉延我表述的一個隱喻結構，這種隱喻結構是純粹當下時間所不可能具備的，卻又可豐富當下時間的生命感受。楊牧在「尊重傳統」和「自我創新」的兩難中[23]，選擇了以想像的「我」融入傳統歷史中，重新演繹傳統古典的人文之美，並予以創新。

正如海德格說：「詩人在創造之際構想某個可能的在場著的在場者。通過創造，便為我們的表象活動想像出如此這般被構想出來的東西。在詩之說中，詩意想像力道出自身。詩之所說乃是詩人從自身那裏表說出來的東西[24]。」楊牧在寫作這樣一首「不在場」的詩時，他將自己構想成為「在場者」的「詩中我」，而創作出「在場」詩中的敘事與情境。事實上，即使是楊牧援引歷史時間、歷史敘事作為創作基石，但仍是楊牧本身歷史意識的想像、

---

[23] 楊牧：〈歷史意識〉，《一首詩的完成》，頁 62-63。
[24] 馬丁・海德格著，孫周思興譯：《走向語言之途》（臺北：時報，1993 年），頁 9。

楊牧在現實當下的本身對於歷史情境的發揮，因此我們可從楊牧此類擬史作品確定「人的表達總是一種對現實和非現實的表象和再現[25]。」

　　與〈續韓愈七言古詩「山石」〉同樣收錄在《傳說》中的〈延陵季子掛劍〉也是楊牧對歷史時間所做的「延我表述」，而且此詩中「我」的意識相較於〈續韓愈七言古詩「山石」〉顯得更深層，更表現出對變動不居的時間流的體驗：

> 你我曾在烈日下枯坐
> 一對瀕危的荷芰：那是北遊前
> 最令我悲傷的夏的脅迫
> 也是江南女子纖弱的歌聲啊
> 以針的微痛和線的縫合
> 令我寶劍出鞘
> 立下南旋贈與的承諾……
> 誰知北地胭脂，齊魯衣冠
> 誦詩三百竟使我變成
> 一個遲遲不返的儒者[26]

　　　　　　　　　　　　　——〈延陵季子掛劍〉第二段

---

[25] 馬丁‧海德格著，孫周思興譯：《走向語言之途》（臺北：時報，1993 年），頁 4。
[26] 楊牧：〈延陵季子掛劍〉，《楊牧詩集 I》，頁 366。

季子「掛劍」本質上就是一個具有時間性的歷史事件[27]，從《史記》上季子掛劍的故事我們可以看見季札在空間活動（北使）中體驗到時間流逝，以及從他者的死亡體驗到生命時間中總是被遮蔽的死亡的時間性本身。楊牧將歷史上關於季札掛劍的簡短故事透過「我」的意向活動將之延伸擴大，使「季札掛劍」的故事自「我」的意識想像出發，延伸作者本身的意識。

　　在這首詩中，楊牧以「我」的視角表述出生命主體對變動不居的時間流開放而產生「劍術－儒者－漁樵（非俠非儒）」的生命表象變化。正如海德格認為人在生與死兩端的過程正是一「歷史化」的延展[28]，在此詩所呈現的生命本質上，我們可以看到時間性的流逝。

　　雖然在「掛劍」故事中所強調的是季子的「信」，但此詩是楊牧從自我存有的意識角度出發，跳脫出當下存有的時間，以歷史時間季子「掛劍」動作在空間中的時間性變化，來表述「我」生命主體本質和表象在時間歷程中的轉變，故雖然此詩以季子為主角，但仍是楊牧所一貫經營的生命主體表述手法，呈現楊牧對於生命時間的情感哲思。

---

[27] 季子掛劍之事可見：「季札之初使，北過徐君。徐君好季札劍，口弗敢言。季札心知之，為使上國，未獻。還至徐，徐君已死，於是乃解其寶劍，繫之徐君冢樹而去。從者曰：『徐君已死，尚誰予乎？』季子曰：『不然。始吾心已許之，豈以死倍吾心哉！』」見〔漢〕司馬遷撰，〔劉宋〕裴駰等注：《新校史記三家注》：（臺北：世界書局，1993 年），頁 1451。

[28] 參見陳榮華：《海德格《存有與時間》闡釋》（臺北：台大出版中心，2003 年），頁 444。

　　相較於沒有鮮明歷史主角的〈味吉爾〉和有鮮明主角的〈延陵季子掛劍〉，都同樣表述出生命主體在時間流的變化，〈鄭玄寤夢〉有點類似〈續韓愈七言古詩「山石」〉，傾向於對歷史時間中人物的形象作辯證，但〈鄭玄寤夢〉以「北海鄭康成垂垂老矣」、「知我當死」，以面對死亡的態度來更積極面對生命時間，回顧楊牧所表述的鄭玄生平，彷彿是以楊牧的意識所詮釋結構的「鄭玄傳論」。此詩分成前後兩大段，第一段以回憶的敘事來自敘鄭玄年少時的吏宦生活：

> 春夫的晚上，酒後……
> 聖人不死：「起起，今年歲在辰
> 來年歲在已。」梁木其壞乎？
> 推窗君庭中一棵開花的奇樹
> 石礫在新月下閃著微微光明
> 牆外更是萬頃千里的黑暗
> 袁紹和曹操相拒於官度。起起
> 兵戈在茫茫之水涯鳴咽
> 那時少年為小吏，在家鄉
> 聽訟收租——這豈是我北海鄭康成
> 千秋萬歲的事業[29]？

繼而刻畫鄭玄從馬融學師的過程：

---

[29] 楊牧：〈鄭玄寤夢〉，《楊牧詩集 II》，頁 226。

書中想必還有些盡善的道理吧

世人不甚知之，也許在九章算術

扶風馬融召我到樓上，問我

均輸盈不足於析疑質詢的斜暉下

夕陽前，關西學術大略如此

我辭歸出門，先生喟然曰：

「鄭生今去，吾道東矣⋯⋯」[30]

雖然部分論者美言楊牧如〈鄭玄寤夢〉等詩因為其學術背景輕易地將中國古典傳統融入現代詩歌中[31]，但此段文字除以楊牧的語言重新翻譯《後漢書》有關鄭玄的記載，不能凸顯楊牧的意向活動亦無法看見鄭玄不同於歷史記載的形象。

而此詩後段則以鄭玄自詡德行與孔子門人同列，

即令我和子游子夏同列

孔子的門牆，聖人恐怕也會說：

「起予者玄也！」恐怕會的。然而

比諸顏回，宰我，冉有三四子的

---

30 同前註，頁 228。

31 張芬齡、陳黎指出：「楊牧的學術背景使他能夠駕輕就熟地將中國古典傳統融入現代詩歌，古典文學訓練在他的詩做中的確發揮了極大的功用，在〈鄭玄寤夢〉、〈向遠古〉（中略）⋯⋯都留下了明顯的痕跡⋯⋯他皆試著以現代語言捕捉其神韻，甚至賦予它們新的意義，開創新的對話空間。」但顯然在楊牧〈鄭玄寤夢〉中此一片段，我們看到仿古式、楊牧式的語句，卻看不見語言的神韻或新的意義，見〈楊牧詩藝備忘錄〉收入林明德：《台灣現代詩經緯》，頁 243。

> 專長呢？我北海鄭康成，我曾
>
> 一拒何進之辟，再謝袁魄之表
>
> 耕讀東萊——
>
> 顏回居亂世，德行狷狷亦復如此
>
> 如此而己，至少我和閔子騫差不多[32]。

此處應是楊牧寫〈鄭玄寤夢〉的主旨，刻畫出鄭玄一孔門賢人的形象。此詩後半部又以楊牧的新詩語言詮釋《後漢書》的故事，寫出《後漢書》中鄭玄與應劭的對答以及鄭玄夢孔子知死期近的歷史故事：

> 飲酒一斛，笑落博學的汝南應劭——
>
> 「仲尼之門考以四科，」我笑
>
> 對他說：「回賜之徒不稱官閥」
>
> 拒收做過官的人為弟子。可自
>
> 我言語亦綽綽專對有餘。我
>
> 北海鄭康成垂垂老矣
>
> 今夜是溫暖的春夜。應劭那傢伙說的是——
>
> 「春官為木正，」這時節
>
> 不免是萬物向榮的時節了
>
> 庭中一棵開花的奇樹站在微風中
>
> 芙蓉在池塘裡沉睡等待天明

---

[32] 楊牧：〈鄭玄寤夢〉，《楊牧詩集II》，頁 228-229。

中國在我的經業中輾轉反側。「起起」
孔子以杖叩我脛，說道：
「今年歲在辰，來年歲在巳」
歲至龍蛇賢人嗟。以讖合之
知我當死[33]

楊牧以〈鄭玄寤夢〉「知我當死」的角度來鋪陳此詩，因為生命主體面對死亡才能對生命整體有更透徹的理解[34]，因為面對此有的死亡，才產生回顧生命的動機。綜觀楊牧此詩雖熟練運用古典，但全詩的鋪陳僅作為擬構一個儒家聖賢形象的鄭玄之「擬我表述」，在原有的鄭玄歷史時間的故事結構中再架構出一個單一的、平面的儒家聖賢鄭玄的形象，相對於表述的文學價值而言，此詩不如〈延陵季子掛劍〉遠甚。

相較於〈鄭玄寤夢〉，楊牧收錄於《北斗行》的〈熱蘭遮城〉以殖民者荷蘭軍官的角度敘事，回顧台灣歷史而顯得情思複雜深刻許多，此詩不但思想深刻，且重新以楊牧的觀點詮釋了台灣被殖民的歷史，正如黃麗明說：「戲劇性獨白中的抒情個體角色，像是荷蘭士兵、漢胄妃子，或前去當代中國長安做文化朝聖之旅的台灣本

---

[33] 楊牧：〈鄭玄寤夢〉，《楊牧詩集 II》，229-230 頁。

[34] 狄爾泰說：「人們必須等到生命行程的結束；唯有在臨死的時刻，才能對生命的整體（Ganze）有個通觀，因為只有基於這個整體，其各部分的關係才得以確立。」因此人在面對死亡的前一刻，透過回憶的通觀，才能對生命有整體的評價，如同蓋棺論定。轉引張旺山：《狄爾泰》（臺北：東大圖書股份有限公司，1986 年），頁 227。

地人，無不流露出關於自我（self）和地方（place）的，一種具有後
結構主義意味的流動性、多重性和建構性特點。它們對歷史動亂的
個人式解讀使得官方說法不再顛撲不破[35]。」楊牧「以我入史」的
書寫，流動性、多重性和建構性，重塑了一個當時歷史的可能，形
成一充滿創新與藝術美感的陳述。這首詩以四小段構成，以殖民軍
官的角色從「殖民現象」、「備戰」、「戰爭中」、「戰後投降」
的時間性過程並融合了抒情與性的成份，如第二小段：

> 敵船在積極預備拂曉的攻擊
> 我們流汗部署防禦
> 兩隻枕頭築成一座礮臺
> 蟬聲漸漸消滅，亞熱帶的風
> 鼓盪成被動的床褥
> 你本是來自他鄉的水獸
> 如此光滑如此潔淨
> 你的四肢比我們修長[36]

從此段引文可看出原本對「熱蘭遮城」的空間性轉變為時間性抒情
與性的描寫，而這時間性的描寫帶有不全然暴力、溫柔與情慾的色
彩，正如張芬齡、陳黎說：「在這首回望台灣歷史的詩作中，仍可

---

[35] 黃麗明著，施俊州譯：〈台灣、中國，以及楊牧的另類民族敘事〉，《新地
文學》，2009 年第 10 期，頁 344。本書原篇名及出處：Lisa L.M. Wong. " Taiwan,
China, and Ying Mu's Alternative to National Narrative " *CLCWeb:Comparative
Literature and Culture* 8.1(2006):<http:dics.lib.purdue. edu/clcweb/vo18/issl/4>
[36] 楊牧：〈熱蘭遮城〉，《楊牧詩集 II》，頁 92-96。

看出楊牧對詩歌抒情功能的執著。他將暴力與溫柔、戰爭與愛、悲涼與美感融合一體，用柔性的姿態、平靜的語調表達出對殖民者的抗議，以及被殖民者的尊嚴。在他筆下，荷蘭軍官是富有人性的，福爾摩沙是有個性的，避開了善與惡的二分，使全詩更具戲劇張力[37]。」楊牧從台南安平地理空間的名詞「熱蘭遮城」出發，從「我」荷蘭軍官、「你」被殖民者的關係表現出此段歷史時間殖民的被入侵、強暴的特色[38]。一般而言，我們會以為歷史時間以人為主體，歷史時間是透過「人」的活動對當下存有的我們開放，如我們在〈熱蘭遮城〉中這首詩，看見荷蘭軍官、被「殖民」、脅迫的女子在文本時間的活動對我們的意識開展：

> 默默數著慢慢解開
>
> 那一襲新衣的十二隻鈕扣
>
> 在熱蘭遮城，姐妹共穿
>
> 夏天易落的衣裳：風從海峽來
>
> 並且撩撥著掀開的蝴蝶領
>
> 我想發現的是一組香料群島啊，誰知
>
> 迎面升起的仍然只是嗜血的有著
>
> 一種薄荷氣味的乳房。伊拉

---

[37] 見張芬齡、陳黎著：〈楊牧詩藝備忘錄〉收入林明德編：《台灣現代詩經緯》，頁 255。

[38] 因為詩中「我」和「你」的角色定位，故張芬齡、陳黎指出楊牧將入侵者荷蘭和被殖民的台灣的關係，定位為強暴者與被強暴者的關係。見張芬齡、陳黎著：〈楊牧詩藝備忘錄〉收錄於林明德編：《台灣現代詩經緯》，頁 255。

> 福爾摩沙，我來了仰臥在
>
> 你涼快的風的床褥上。伊拉
>
> 福爾摩沙，我自遠方來殖民
>
> 但我已屈服。伊拉
>
> 福爾摩沙。伊拉
>
> 福爾摩沙[39]

但是歷史本質上是當下存有的詮釋[40]，故雖然楊牧以「我」出發表述此歷史時間的歷史事件，荷蘭軍官與被性脅迫的台灣女子成為歷史時間的表述客體，雖然此詩描寫荷蘭人戰敗屈服的歷史事件，但楊牧很巧妙地以荷蘭軍官作為表述主體，避開了對敵方的描寫，而單純敘述出殖民者和被殖民者的性愛意象，性慾的強暴如「冷靜蹂躪／她那一襲藍花的新衣服」、「你的口音彷彿也是清脆的／是女

---

39 楊牧：〈熱蘭遮城〉，《楊牧詩集 II》，頁 92-96。

40 汪文聖指出：「歷史性故以此有的時間性為前提，時間性又在此有介於生與死間之展延中顯露出來。故歷史性並非以人作為事件的主體，以致過去或起源於過去之現在與未來所發生的事件為主體所際遇著，而這乃將此有視為現前之物，並將之至於現成的歷史中來看而已。」也就是歷史性是以當下主體所際遇到的事件，過去的歷史時間以此有的當下存有為前提，歷史本身是以當下存有的意向作為事件的主體。例如楊牧〈熱蘭遮城〉雖然表象上以「我」荷蘭軍官為主體，但本質上是當下存有的楊牧對歷史時間的表述。在〈熱蘭遮城〉表述的是歷史時間的歷史事件，是歷史性對當下存有的開放與〈延陵季子掛劍〉所表述的生命主體對歷史中對變動不居的時間流開放是不相同的，故兩詩同樣以「我」作為表述主體，卻是不一樣的結構。這是因為表述的標的性質不同（歷史性與生命主體的時間性），故雖然表象相同，表述的本質卻不一樣。汪文聖：《現象學與科學哲學》（臺北：五南出版社，2001年），頁 342。

牆崩落時求救的呼喊」來塑造殖民者的「殖民」象徵，雖然或許如
張芬齡、陳黎所說此詩「避開了善與惡的二分」，但避開對敵方的
負面描寫，突顯出殖民與被殖民兩者的歷史性關係。

　　綜觀楊牧「以我入史」的擬古詩作，我們看見楊牧透過歷史時
間的時間性特色，表述出不同於當下時間感受的豐富意識，我們可
以下表列：

篇名	主要發聲人物	表述目的
續韓愈七言古詩「山石」	韓愈	理想的韓愈典型：文學與情愛的追求
延陵季子掛劍	季子	生命主體在時間流中的變遷與面對他人死亡的積極面
鄭玄寤夢	鄭玄	面對死亡前對時間的積極掌握與回憶、評價，並塑造理想的鄭玄典型：可以與孔門賢人弟子同列。
熱蘭遮城	荷蘭軍官（殖民者）	台灣被殖民的歷史時間對楊牧開展的歷史性，表述出楊牧所意識到的殖民與殖民者屈服的現象。

從上表可以看出雖然楊牧「以我入史」的擬古作品以歷史人物出發，
但表述的意識仍是作者楊牧本身的意識，然可能跟原本的歷史時間
不甚相關，換句話說，也就是被截斷的文本時間不等同於我們所認
知的歷史時間或歷史事件（人物），但透過讀者所熟悉的歷史時間
或歷史人物，能更明澄地表現出存有的表述意識。

第三節　小結：對歷史時間的意向與自我定位

　　海德格說：「歷史主要不是意指過去之事這一意義上的『過去』，
而是指出自這過去的淵源[41]。」雖然存有不存有在過去的歷史時間
中，但存有的意識是淵源自過去的歷史時間，因此「歷史時間」並
不是指意義上的「過去」，而是指奠基當下的過去，同樣這個過去
的「歷史時間」相對於現在當下而言，除了是時間意識的奠基外，
也是時間意識作為現在當下對「歷史時間」的參照。而時間的具體
示現則是透過人物形象的活動，即使這個人物形象模糊而不夠真
切，仍能夠透過活動重塑其在歷史時間中的形象。楊牧〈味吉爾〉
僅是透過片段的歷史時間作為自我當下時間的參照，而〈近端午讀
Eisenstein〉從自我的意識出發對歷史事件進行觀照與拼貼，所陳述
的畫面顯得繽紛複雜，進而呈現出楊牧在時間流中所意向的多元時
間性，這豐富多元的歷史時間特徵也豐富了楊牧的生命時間意涵。
除了「歷史時間」可作為時間意識對時間性的參照外，「歷史人物」
在歷史時間中的特質可作為作者主體生命的意識投射，或隱喻自我
主體生命的特質徵象，如簡政珍所說：「詩人所觀照的不僅是個人
的過去，還是所處時空的歷史。歷史感的意義是：詩人經由『過去』
而在『現在』中找到立足點[42]。」而許又方也說：「文人經常透過

---

[41] 〔德〕馬丁・海德格著，王慶節、陳嘉映譯：《存在與時間》，頁 500。
[42] 簡政珍：《詩心與詩學》，頁 85。

對往昔『典型』（不論是文學作品或個人事蹟）的閱讀與想像，尋求認同，並藉以反思自我的主體屬性與存在意義[43]。」詩人在所意向到的歷史時間中找到存有於「現在」的立足點，這個立足點不僅是指位置，而且是指意識「在世」的存有，透過歷史時間中歷史人物的投射與參照，反思自我的主體意識與存有的意義，確認自己在世存有的立場得以澄明[44]，在此章第二節我們可以看見楊牧透過詩作的表述，以不同的面向將歷史人物或歷史事件的形象進行意義充實，作為自我意識的投射，在豐富多元的「歷史時間」中活躍的人物形象，充實了作者作為表述的生命主體意識本身，故楊牧以〈續韓愈七言古詩「山石」〉或〈延陵季子掛劍〉、〈鄭玄寤夢〉等詩中歷史人物主角的活動投射，揭示了楊牧所自為意欲成就的生命主體意識，是屬於歷史時間中的「延我表述」。而〈熱蘭遮城〉則以較為特殊的「擬我表述」轉為臆想表述他人的「他我表述」，透過他者（殖民軍官）角色的敘事，從生命主體意識的角度，呈現被表述的主體台灣殖民的歷史位置與變化，透過台灣殖民時期的歷史時間表述的釐清，從土地空間的時間性來表述證明，楊牧自我生命主體意識對於台灣地域空間的存有關係。綜言之，此章第一節討論楊牧詩作中歷史時間中的歷史事件，呈現楊牧生命主體的意識投射，

---

[43] 許又方：〈主體的重構：論賈誼憑弔屈原的深層意涵〉，《中央大學人文學報》第 37 期（2009 年 1 月），頁 5。

[44] 反思自我的主體屬性與存在意義或確認自己在世存有的立場當然不全然必定依靠歷史感或歷史時間意識的詮釋與表述而澄明，這只是其中一種重視「歷史時間性」存有的意向表述與澄明的意識活動。

第二節則論述楊牧詩作從歷史時間中的人物和空間形象，表述出自我生命時間意識。兩種的表述方式皆呈現了楊牧汲取歷史時間特色，藉以澄明自我生命時間意涵的創作特質。

第五章

存有的終結時間：面對死亡

第一節　自我的消解：被思辯的生命意識
——體驗死亡的「死後書」

　　李澤厚說：「在中國人的意識裏，時間首先是與人的生死存亡聯繫在一起的[1]。」死亡是非常重要的時間現象，促使人去嚴肅面對時間對人們所產生的種種問題。存有本身是向死亡存有，因此只有在存有死亡的當下，存有本身才達到整體性，但當存有死亡時也喪失了存有的「在世」[2]，如果存有本身不再屬於「被拋入」的寓依於世的狀態，那存有就無法表述自己，也就是說，存有在死亡的當下，不可能表述自己的死亡，但是「死亡是此在本身向來不得不承

---

[1] 李澤厚：〈華夏美學〉收錄於《美學三書》，合肥：安徽文藝出版社，1999年1月，頁267。

[2] 海德格說：「此在在死亡中達到整全同時就是喪失了此之在。向不再此在的過渡恰恰使此在不可能去經驗這種過渡，不可能把它當作經驗過的過渡來加以領會。」〔德〕馬丁·海德格著，王慶節、陳嘉映譯：《存在與時間》，頁323。

擔下來的存在可能性。隨著死亡，此在本身在其最本己的能在中懸臨於自身之前[3]。」死亡是存有一定會經歷的體驗，故海德格言「死亡」是存有最本己的「能」，強調了人「死亡」的必然性，為了掌握本己的存在，人類必然會去意向「死亡」甚至透過表述去辯證「死亡」、理解「死亡」[4]。故當人類從日常生活的遮蔽中意識到死亡的懸臨時[5]，就無法避免去闡述「死亡」來確定自我的存有，藉由闡述死亡來明澄存有的本真，闡明自我生命主體在時間流中向死亡存有的可能。

但我們知道存有不可能表述自己的死亡，因為死亡的當下存有已經被終結，而在死亡懸臨之前，存有未體驗死亡，那表述者如何去表述自我的死亡以確定自我存有的整體性以及在時間流中對死亡開放的現象？同樣是透過意向活動的「去遠」，透過前瞻，透過分裂自我，從「他我」的視角來表述自我生命主體所體驗的死亡，來表述在時間流之中、在死亡之中的存有；因此我們在詩人對「死亡」的本己現象進行表述時，會發現大部分的詩作仍然有主客體的敘述結構，就是因為生命主體無法體驗死亡來進行表述，因此透過自我分裂的他我來表述死亡本身，以闡明生命主體在存有中的整全性。

---

[3]　同前註，頁 337。

[4]　「表述」的現象大多以語言文字表現，但我們不否認表述可以從語言文字以外的方式開放出來。

[5]　在死亡還未為存有體驗時，死亡是被日常生活遮蔽的，人只能從他人的體驗上認知死亡。

　　而楊牧本身很早開始寫詩，從寫作中寫出他生命主體在時空中意向活動以及「生命－死亡」結構的表述，楊牧也很早就在生活中意識到存有的時間性，而注意到「死亡」終結存有的可能，表現出他相較其他詩人更深邃抽象的生命哲思。收錄在《水之湄》的〈死後書〉就簡明地表述楊牧最初對死亡的想像和其所意識到的死亡結構：

　　　　記憶是碑石，在沉默裏立起
　　　　流浪的雲久久不去
　　　　久久不去，像有些哀戚，啊！
　　　　記憶是碑石，在沉默裏立起

　　　　星落到土地上，像我落向
　　　　東方，落向一片髮叢，一片草原
　　　　像褪色的誤解。星落到土地上
　　　　看著我，飄飄然走在黃昏裏
　　　　黃昏裏，有那麼多蝕葉揚起

　　　　啊，五月！只有一個黃昏
　　　　像碑石，好好地雋刻
　　　　你的名字，我的名字
　　　　在交錯的殘霞裏[6]

6　楊牧：〈死後書〉，《楊牧詩集Ｉ》，頁 17-18。

在這首詩中，「碑石」是一個重要的記號，在第一段楊牧表述了「記憶是碑石，在沉默裏立起」，沈默是使存有真正豐富的展開的方式[7]，因為沈默的言說，使道示能夠不受語言的限制，毫無所留的表現出來，故楊牧以碑石的「沉默」來表述在時間流中的存有，而「記憶」如同碑石一樣恆久可在時間流中保全自我[8]。事實上「無舊事物的記憶，則不能有新事物的認識；心靈中若無過去的記憶，則所謂變化亦失去意義。因此，記憶既是意識機能的一環，又是意義所以能產生的基礎[9]。」存有以記憶作為存有的奠基，證明生命主體是在時間中對「在世」開放，因此記憶不但在時間流中保全自我，而且也證成了生命主體存有的本身，然而楊牧以「哀戚」來形容存有在時間流中的被限制，雖然「記憶」可以在時間流中保全自我，但生命的本質仍是朝死亡開放的「哀戚」。

　　第二段的生命比喻和所用來隱喻生命在時間流中消逝的詩句也相當淺顯，單純地用星殞比喻詩中「我」的生命「被拋入在世之中」，「有那麼多蝕葉揚起」則以植物生命徵象隱喻生命主體「共死者同

---

[7]　海德格說：「只有在本真的言說中，才有可能真正保持沈默。要能保持沈默，此在必須有某事要說──即，它必須有它自己真正而豐富的展開狀態可以任意支配。」見〔德〕馬丁‧海德格（Heidegger, Martin）著，郜元寶譯：《人，詩意地安居－海德格爾語要》（上海：上海遠東出版社，1995年），頁60-61。

[8]　張芬齡、陳黎說：「時間的可懼之處不在於它為人世帶來的變遷，而在於它無所不在地與生存發生關聯，人類無法逃避，也無法抗拒。對詩人而言，遺忘形同死亡，而記憶的保存則是戰勝時間的證據。」見張芬齡、陳黎：〈楊牧詩藝備忘錄〉，林明德編：《台灣現代詩經緯》，頁243。

[9]　陳清俊：《盛唐時空意識研究》（臺北：花木蘭文化出版社，2007年），頁6。

在」的在世，但第三段為何楊牧表述五月只有一個黃昏？正確的說法應是，五月，只有當下這一個黃昏是被楊牧所意向到的，因而只有這個黃昏被當下感知並可形成記憶，故言黃昏像碑石，而碑石上雋刻「你的名字，我的名字」，看似墓碑，但這名字卻是在「在交錯的殘霞裏」，表現出楊牧的認知是存有的死亡雖然可以透過記憶保存，但彷彿徒然，因為這記憶像在殘霞之中，美麗而易消散；當然綜觀這首詩，對於死亡的表述並不夠全面或者成熟，僅用記憶、沉默來表述時間流中的存有，用星殞、蝕葉、殘霞等典型象徵死亡的意向來表現死亡的生命時間現象。

　　〈浪人和他的懷念〉這首詩相較於〈死後書〉創作時間約晚了一年，同樣是楊牧分裂自我，以「他我」的角度來表述自我的死亡。與〈死後書〉相比較，〈浪人和他的懷念〉對生活的具體描述顯現出「生」重於「死」，從存有的「生活」來體驗「死亡」的一個特徵：

> 種地中海的紫苜蓿，在我的墳上，
>
> 在我的墳上，灑上凋萎了的丁香花瓣，低聲告訴你：
>
> 此去五十年，大風雪將淹沒所有的橋和路。
>
> 於是，我帶著白馬和寂寞的鷹旗，
>
> 投奔水草去了……
>
> 誰能守住我的金絲雀？打掃我的甬廊？
>
> 並且彈我愛聽的露絲瑪麗？——露絲瑪麗……

> 在那梅雨季的日午和黃昏，用輕風
>
> 掃過每一個小鎮子，翻起白楊的酒旗，找我[10]。

從第一句我們就能很明顯看到這是一首用「他我」表述的敘述角度書寫的作品，換言之，就是用分裂的自我來表述「我」的死亡[11]。楊牧以悲觀的態度面對自己的死亡，用「此去五十年，大風雪將淹沒所有的橋和路。」表述自我的死亡本質上是與世界隔絕，也就是從現象學「在世」的狀態抽離出來，而楊牧以「投奔水草」的想像來敘說死後人將何往？但死後不全然從存有的「煩」結構抽離出來，故我們看見最末段，楊牧用「誰能守住我的金絲雀。」、「打掃我的甬廊？」等等來表述「我」的生命主體在世中的生存結構。

　　楊牧年少時期對於死亡的想像是豐富而多元的，除了如〈浪人和他的懷念〉外，完成於一九六二年的〈鬼火〉也說明了楊牧年少時期對死後生命時間的想像：

> 螢火翩著，在我頸邊翩著
>
> 如人間一場綿綿溫暖的細雨
>
> 風吹寥寥，鬼魂們張開兩臂
>
> 用死亡的歡呼擁抱我，然後
>
> 穿過黑玫瑰的大森林，然後消逝

10　楊牧：〈浪人和他的懷念〉，《楊牧詩集II》，頁 52。

11　這首詩本質上不僅是分裂自我的「他我」表述，而且亦是「擬我表述」，楊牧虛擬了一個「浪子」的形象作為此詩表述的生命主體。

（一種淡淡的悲哀，一種淡淡的

在未亡者長髮飄飄間左右舞動）

螢火飄過河岸的山茶花，像細雨

落在飛蓬的崖上，落下深澗

當我死後，親愛的，我是一城小小的雨季[12]

對於當時的楊牧而言，死後的生命時間難以敘述，楊牧以「鬼魂」、「死亡的歡呼」來想像一種死亡的空間情境，透過空間情境的活動，揭示出死亡活動的時間性，因此我們在此引文看見「穿過黑玫瑰的大森林，然後消逝」、「螢火飄過河岸的山茶花」、「落在飛蓬的崖上，落下深澗」透過動作的敘述烘托出死亡現象的時間經過，使死後的時間敘述能具體在詩的意象中呈現出來。

除了用具體自然空間的隱喻，使死後時間得以表現出來，楊牧在一九六二年中密集地思考並創作有關「死亡」主題的詩作，如〈星問〉、〈逝水〉都是以「死亡」作為主題敘述，在〈星問〉中我們可看見楊牧以「悲劇」、「春天逝去」來呈現死亡現象的時間經過：

我沉沒塵土，簪花的大地

一齣無謂的悲劇就此完成了

完成了，星子在西天輝煌地合唱

---

[12] 楊牧：〈鬼火〉，《楊牧詩集Ⅰ》，頁 188。

> 雨水飄打過我的墓誌銘
>
> 春天悄悄地逝去[13]

> ——〈星問〉第一段

〈星問〉完成於一九六二年五月，年輕的楊牧以「無謂的悲劇」來表現生命面對死亡的徒勞感，而這種「無謂的生命」卻又不是絕對的「無謂」，因為第三行我們看見「星子在西天輝煌地合唱」，以星子的擬人呈現對生命完成的歌頌[14]，而最末兩句「雨水飄打過我的墓誌銘／春天悄悄地逝去」，則表現出死後的時間性，楊牧在此小段中，以「悲劇完成」、「雨水飄打過」、「春天逝去」等幾種意象來隱喻對死亡現象的時間經歷。在楊牧的意識裡，死亡不代表生命時間的終結，正如海德格認為死亡是此有的完成，楊牧想像並創作了死亡現象形成其自身美學的時間概念。

〈逝水〉這首詩，楊牧則是強調生命在時間流中的變化，也就是強調生命的時間性：

> 五月不見榴火，春天正悄悄走過
>
> 小坡上坐著一個飄著彩帶的風信子
>
> 四周慢慢地暗了，山風不留下甚麼
>
> 只留下一角亂雲敗絮的黃昏天

13　楊牧：〈星問〉，《楊牧詩集 I》，頁 191。

14　陳榮華分析海德格的說法，指出存有總是尚未完成，死亡的原初意義是此有的整體。因此死亡是存有生命的完成。請參照陳榮華：《海德格《存有與時間》闡釋》，臺北：台大出版中心，2003 年，頁 296。

> 我倚著伐倒的樹幹
>
> 械械的樹聲不止地流過
>
> 我不再唱歌了，親愛的
>
> 春天化成一個紅衣裳的小女孩
>
> 在鈴聲中追趕著一隻斑斕的蝴蝶
>
> 我憂鬱地躺下，化為岸上的一堆新墳
>
> 每天聽著河那邊震盪傳來的鐘聲
>
> 春天走過，春天悄悄地把我帶走[15]

這首詩先以「五月」、「春天」、「黃昏」客觀性的時間計量單位，表述生命主體周遭的時間性，透過生命主體周圍視域的確認，揭示主體在時間流中的定位，「伐倒的樹幹」則預示第二段所表述的死亡。楊牧以「我憂鬱地躺下，化為岸上的一堆新墳」表述出他認知死亡本身的憂鬱，然本詩並沒有特別針對死亡的本質作表述，這首詩與其說是楊牧以「逝水」等種種時間意象來表述生命向死亡開放的現象，不如說是楊牧透過「五月」、「春天」、「山風」、「逝水」等時間意象，以及終結存有生命的「死亡」，來表現生命主體在「時間綿延中對死亡開放」的憂鬱。

　　楊牧以〈死後書〉、〈浪人和他的懷念〉、〈逝水〉分別對存有的死亡進行探索，而我們在收錄於《禁忌的遊戲》中的〈輓歌一百二十行〉的長詩裡，發現楊牧用龐大的敘事結構，針對自我生

---

[15] 楊牧：〈逝水〉，《楊牧詩集 I》，頁 197-198。

命的存續、死亡的本質作辯證。在我們分析楊牧在〈輓歌一百二十行〉中對生死的辯證表述前，我們得先釐清此詩中的主客體，分辨清楚何者是死亡的主體，何者是表述的主體。我們在此詩前幾句看到：

> 現在這是大沉寂
>
> 沉寂中央一點，黑
>
> 一點不斷冷卻的
>
> 黑。我可以預見
>
> 轉瞬間我們
>
> 將納入七原色疊合
>
> 不可分解的冰點[16]

楊牧透過「沉寂」、「黑」、「我們將納入七原色疊合／不可分解的冰點」的敘述讓我們知道這也是一首分裂自我，用「他我」的角度來辯證自我的死亡、生命與時間的關係，值得注意的是，這首詩是用「我們」來表述，表現詩中所辯證表述的現象並不獨為「我」所有，而是身體、個人、精神、社會等種種現象在時間中綿延以致終結的「死亡」現象，楊牧最初用「沉寂中央一點黑」來敘述死亡，而且進一步用「不斷冷卻的黑」來表現「死亡」現象可被觀察到具有時間性，然而敘述「黑」和「冷卻」的現象只是死亡的表象，楊

---

[16] 楊牧：〈輓歌一百二十行〉，《楊牧詩集II》，頁 188，此詩全一百二十行不分段。

牧以「我們將納入七原色疊合／不可分解的冰點」陳述其所意識到
死亡的本質是回歸原點，並且是意識思想不再活動的沉寂，所以楊
牧繼而表述死亡的現象是「思想藹藹凍結」、「情感凝固」，然而
在楊牧的認知中，「死亡」不僅是存有的終結，而且是一種生命主
體安然接受的情境，所以我們在詩中看見「思想藹藹凍結」、「情
感凝固」是「安於大寒／安於黑色的沉寂」，楊牧在〈輓歌一百二
十行〉此詩最初就透過所觀察到死亡的現象，以及生命主體面對死
亡的情境等幾個面向，來表述存有的「死亡」，其中「冷卻的黑」
或「七原色疊合」都隱隱用「黑」來呈現死亡，因此，之後楊牧更
用黑潮的流動隱喻死亡之後的時間：

> 當海底突然轉暖
> 因黑潮流過
> 突然轉暖，我們
> 甚至不能驚訝
> 猜測時間迴轉的
> 速度：昨日
> 今夕明朝
> 我們哀傷有過於
> 卑微的蕨草
> 安於大寒[17]

---

[17]　同前註。

透過「黑潮」的時間隱喻與昨日今夕明朝的明確時間書寫，使生命
的時間性表述出來，而這時間性也表述出時間的不可逆性，呈現生
命面對時間不可逆的哀傷，在之後：

> 在森林的一角
> 如此好奇興奮
> 抽穿生長並且參與
> 時間的循環。昨日昨日
> 昨日今夕明朝
> 這樣猶疑體驗著
> 聽任血肉崩壞
> 在時間的齒輪上
> 躡足如一隻地鼠
> 躊躇於月光下[18]

透過植物生命徵象的時間性，以「血肉崩壞／在時間的齒輪上」呈
現身體在時間中綿延的現象，繼而用「地鼠」的形象隱喻生命在時
間流中的卑微，楊牧繼而以防範盜賊過境的村莊來比喻人防範死亡
的降臨：

> 我們安於思想和
> 感情的硬化，固守在
> 砭人的大寒上一點黑

---

[18] 楊牧：〈輓歌一百二十行〉，《楊牧詩集 II》，頁 190。

> 如盜匪過境後的村莊
> 當最後一堵門牆
> 在雪花中焚燬
> 即將頹倒，而我們
> 還不如那焦落的村莊
> 曾經派遣守衛的
> 斥候，構工抵禦
> 佈置它天譴的防線
> 在每一個可憐憫的
> 據點血戰，[19]

此段藉著「我們安於思想和／情感的硬化」表述人類在日常生活中對死亡其實是「遮蔽」的，直到生命遭遇死亡時，我們才會正視死亡帶來「終結存有」的恐懼，然後楊牧以：

> 我們又不如
> 熄滅的殞石執著
> 地球經緯的座標
> 無論是草原沼澤
> 沙漠高山，或甚至
> 當它曳著火光快速

---

[19] 同前註，頁 192。

> 墜落，劃過了大氣
>
> 創造短暫的神奇[20]

透過隕石的隱喻，表述存有本真應在生命所處的時間流中創造本己的價值，楊牧又以鯨魚為喻，比喻生命交配繁衍的偉大：

> 相約在北回歸線上整隊
>
> 宿命地向北方
>
> 回歸，通過捕獵者的
>
> 火砲和標槍，以殘餘的
>
> 生命高亢地
>
> 追逐交配
>
> 繁殖。壯麗的循環
>
> 偉大的意志維繫著
>
> 那壯麗的循環——[21]

楊牧此詩以面對自我的死亡為主軸，表述出對時間、生命、存有的辯證，此詩最初從多面向表述生命存有的死亡本質與現象，進而以生命主體的時間性、身體感知與時間、生命與死亡、生命價值光輝、生命繁衍，來論證生命在時間流中面對死亡的態度，全詩充滿大量隱喻，例如溫度、黑色隱喻死亡的情境，黑潮隱喻生命時間、地鼠隱喻生命面對死亡時的卑微、盜匪過境的村莊隱喻生命對於死亡的

---

[20] 楊牧：〈輓歌一百二十行〉，《楊牧詩集 II》，頁 192-193。

[21] 同前註，頁 195。

抗爭等等，最終以鯨魚的交配繁衍宣示生命「壯麗的循環」，如此
大量具體的隱喻來表述抽象的生死，用抽象的思維引導具體的隱
喻，使楊牧〈輓歌一百二十行〉能以具象隱喻表述抽象且不曾體驗
的死亡；綜觀此詩大部分的敘事都在於表述生命在時間流中的存
有，而非死亡本身的現象，一方面除了因為生命除了被死亡終結之
前無法體驗死亡，一方面也是因為生命在時間流中的存有本身才是
存有關注的重點，而生命本身也是朝死亡開放，因此以具象隱喻論
證存有的生命、時間等現象，就是對死亡本質上最貼近的表述，這
首〈輓歌一百二十行〉從上述幾個面向來分析生命本質、時間與生
命和死亡本身，可說是楊牧對自我生命在時間流中所展現如海德格
所說最本己的「能」——死亡[22]，最深入的辯證表述。

第二節　他人經驗：悼亡詩
——生命與意識思維在存有中共同的方向

　　人們對死亡的理解就從認識他人的死亡去理解，而這種意向活
動所進行最直接的認知活動就是「悼亡」。所以我們看見楊牧詩中
亦常用「悼亡」的方式去認識並表述他人的「死亡」，楊牧詩中「我」
的意識是透過「共死者同在」的「煩」之中體驗到「死亡」。然而

---

[22] 海德格說：「死亡是此在本身向來不得不承擔下來的存在可能性。」所以海
　　德格指出「死亡」是人存有中最本己的「能」。見〔德〕馬丁・海德格著，
　　王慶節、陳嘉映譯：《存在與時間》，頁337。

他者的死亡是他者存有的終結，楊牧如何在詩中領會並表現出他人死亡這種虛無的本質？海德格說：「在這種共死者同在之中，死者本身實際上不再在『此』。共在卻始終意指在同一世界上共處。死者離棄了我們的「世界」，把它留在身後。而在連個世界上遺留下來的人還能夠共他同在[23]。」因為詩中被悼亡者雖實際上不在此，但楊牧可以在詩中以「共死者同在」的意識，也就是關懷的情懷，去設想、去臆測、去建構活著的自我與死者的關係，將其「自我」意識與被其所悼亡者的「死亡」通達起來，使在詩中敘述自我認識的死亡現象除了客觀的陳述外，更有生命時間意識的聯結。

楊牧的悼亡詩中所敘述的死亡，都是確切從熟識的他人之死亡現象中所意向到的，所以透過「悼亡詩」去表述自身對死亡的認識，都相較於此章第一節討論的〈死後書〉、〈浪人和他的懷念〉或〈輓歌一百二十行〉等詩對死亡的設想更加深沈以及蘊含豐富情感。

從楊牧的悼亡詩中，我們可以將這種感知表述方式分類為三個面向：第一種就是當下感官的認知，看到、聽到或感受到死者的死亡；第二種是以回憶的感知，對滯留於過去的「死者－我」的互為主體結構進行去遠的意向活動，將「死者」去遠使之近，而能當下感知；第三種則是用想像對「死者」進行前瞻的意向活動。透過上述三種感知表述的方式，使我們在楊牧詩中所看到對他者死亡的「悼亡」意識能有更加鮮明的呈現。

---

[23] 馬丁・海德格著，王慶節、陳嘉映譯：《存在與時間》（台北：桂冠，1994年8月），頁324。

　　而在楊牧的悼亡詩中，我們可以看見楊牧較少追憶死者過去的時間回憶。他大部分的悼亡敘事，都是從他人死亡的「在側」死亡的現象出發，發展出其對生命、死亡的時間感知與生命思考[24]。楊牧不是對死亡表現「畏」的情緒[25]，而是把死者當成生命表述的中介，透過死者被死亡終結的生命時間，來挖掘楊牧自我對生命的本真以及生命意識在死亡懸臨之前、在時間流中活動的過程。因此楊牧對他人所寫的悼亡詩，本質上是表述楊牧對於「共同在場」的「生」和生命中「共死」的結構[26]。楊牧藉由他人的死亡引發楊牧對於他人的生命特質進行表述，繼而從中思考並呈現楊牧所意識到或所認知的生命美善，在有限的生命時間中見證生命的價值，而不是追憶死者的存有以確認死者存在與死亡的本質或將他人的死亡「藉由創作，孜孜不倦的想為死亡、永恆與人生停格[27]。」

　　楊牧的悼亡詩相較於相近年齡的詩人而言，他的悼亡詩寫得並不多，最早是於一九七六年所寫的〈不是悼亡〉的散文詩：

---

[24] 關於死亡的「在側」，可參見馬丁・海德格著，王慶節、陳嘉映譯：《存在與時間》（台北：桂冠，1994 年 8 月），頁 325。

[25] 朱哲說：「在『死的自覺』中應領會到此在當下之際就是『向死而在』，在『期待死亡』這一意義上『畏死』統治著此在。」主體在領會到「死亡」的本真實，再面對死亡這意義上，其實是被「畏」的情緒所規定的，當存有表現出「畏」的情態時，通常就是感知到存有的威脅，存有被終結的可能。見朱哲《先秦道家哲學研究》（上海：上海人民出版社），2000 年，頁 208。

[26] 在這裡，共死的結構並非指同死的現象，而是指生命本身都必定同樣面對死亡的可能性。

[27] 李清筠：《時空情境中的自我影像：以阮籍、陸機、陶淵明詩為例》（台北：文津，2000 年），頁 56。

> 喜歡你那種威爾斯蕨薇山岡的節奏。那個浪子死在紐約，你
> 詩中的人死在臺北，而你死在你自己的節奏中。你一九七〇
> 年的英文詩也有一個好題目，譯成中文叫著「不是悼亡」[28]。
> ——〈不是悼亡〉最末段

此詩是楊牧悼念友人的作品，他援引友人作品「不是悼亡」作為此詩的題目，顯然楊牧認為此詩具有悼亡的內容卻又不是悼亡詩。楊牧想念因死亡而失去的朋友，然而楊牧在此詩中言：「你死在你自己的節奏中」，楊牧將朋友的生命經驗透過「節奏」隱喻為對詩的追求、對詩節奏的經營，提升了友人的生命價值，藉此增添了他對於友人死亡的懷念。此段文字表現了楊牧對於友人活著的時間追憶以及死後時間點的懷念，以「不是悼亡」為題目正顯出刻意淡化對「死亡」的敘述，也淡化了情感的哀傷。

我們可以看見楊牧在此詩中，追憶活著和悼念死去的兩段時間，在時間流中附加了濃稠對亡友的思念，僅使用詩、節奏作為隱喻，而且敘述是單純的散文形式，沒有楊牧慣用長短參差的音樂效果，表現楊牧因為亡友死亡而哀傷，而無法顧及聲音節奏，且長句也顯現了楊牧對於亡友悠長的思念。

之後，楊牧於一九八六年寫了〈悼某人〉，與創作於一九七六年的〈不是悼亡〉兩首悼亡詩相隔十年，楊牧開始以不同的心態與寫作方式面對死亡現象，對死亡的時間現象進行書寫，楊牧以「在側」的角度觀察他人的死亡現象，並且於詩作中經營自己對死亡現

---

[28] 楊牧：〈不是悼亡〉，《楊牧詩集Ⅱ》，頁34。

象、生命時間意涵的哲思，此楊牧特有的詩作現象可從一九八七年
的〈悼某人〉中看見：

> 1.
> 那一夜，據說，你也和常人
> 一樣遂被星光擊倒，乃通過樹影
> 和瓦稜曲線之類跌落於蕃薯園中
> 臉部朝下彷彿傾聽著某件偉壯的
> 傳說──劍與塵上
> 並且雄辯地告訴了其他
> 別的。星光交談
>
> 交談：遠處深巷一犬低吠
> 水門四周荒草有螢
> 雨雲飄過大屯山
> 孤舟搖動在渡口。星光
> 和你逸失的思考商略
> 日夜的依據，蟬聲不復記憶
> 只聽見皮革和熟鐵交擊穿過迴廊
> 濕度在上升，充塞整個盆地
> 血糖乃如預期下降[29]

---

[29] 楊牧：〈悼某人〉，《完整的寓言》，頁 106-111。

此詩共分三節，第一節描寫死者死亡的現象，在第一節第一段我們看見楊牧寫「那一夜，據說，你也和常人／遂被星光擊倒」，楊牧在詩中儼然向一個「不在場」的死者表述，透過想像，將不在場的死者顯現於文字的在場，楊牧以如海德格所言「在側」的位置[30]，重新體驗某人死亡的懸臨。

在第一節第二段，我們看見楊牧以死後的空間情境帶出友人死後的時間情境，楊牧以「逸失的思考商略」來強調友人生命的價值，繼而用「蟬聲不復記憶」來隱喻友人死亡的現象，將友人生命終結的抽象透過具體風景與聲音呈現出來。

楊牧重新體驗某人的死亡，而且體驗並表述某人死亡當下的時空。星光隨天體在夜空運行本有時間性，此段借用星光的時間性來比喻死亡懸臨的時間，再現了死者死亡當下的時空情境；「通過樹影／和瓦稜曲線之類跌落於蕃薯園中」則是以具體風景空間的周遭視域，烘托出死者主體的生命特質，而原本象徵時間的「星光交談」，將星光擬人化而建構出交談的場域，他們彼此交談的是空間情境如：「遠處深巷一犬低吠／水門四周荒草有螢」，在時間中建構出空間的立體藉以烘托「某人」死亡的時空情境，確定並烘托某人「死亡」的莊嚴「彷彿偉壯的傳說」。然而從「星光交談」延伸的第一節第二段中充滿的意象「犬吠」、「水門四周荒草有螢」、「雨飄

30　海德格說：「我們並不在本然的意義上經歷他人的死亡過程，我們最多也總不過是『在側』。」同樣楊牧在此也僅透過「在側」的位置，重新經歷他人的死亡。參見〔德〕馬丁·海德格著，王慶節、陳嘉映譯：《存在與時間》，頁 325。

過大屯山」、「孤舟搖動在渡口」，可以說都是以動作表現空間中
的時間性[31]，象徵楊牧所感知的某人即使死亡，某人的「生命時間」
終結，但時間仍持續下去。而接下來第二節如下：

> 2.
> 向西是昆蟲和杜鵑
> 一條小水溝的勉強漂浮著萍草
> 這時向西很暗，你俯耳傾聽
> 惟蚯蚓翻身的動靜刺探
> 大地，而大地恐怕將默默送走一個
> 接受一個有著寬厚肩膀的男孩，你
> 俯耳傾聽
>
> 你聽見一方隱約是鼓聲點點
> 微微自歷史翻過去的一章傳來
> 偶爾斷續。樓頂上黯黯
> 星光還在閃爍聚訟，窗裏
> 有電路呈交叉型奔竄
> 一隻蠹魚醒來，打哈欠
> 心裏忐忑不安，遂也
> 游過鬼谷子逼向尸子

---

[31] 依照游喚「動作即為時間之存在」，我們可以說「動作即存有之存在，動作
即空間之存在」，在現象上，存有以動作對時間作表述，存有以動作對空間
作表述，存有以動作對「在……之中」作表述，存有以動作對他者作表述。

在你手指間

默默[32]

第二節是以「而大地恐怕將默默送走一個／接受一個有著寬厚肩膀的男孩」來確認楊牧所感知某人的「你」死亡，第二節第二段則揭示存有的時間性以及存有在時間流中的意向活動，以蠹魚游過〈鬼谷子〉、〈尸子〉隱喻詩中某人「你」在生命意向活動當中所塑造的人格特質；第三節透過杜鵑、烏鴉、書籍、試管、六號水稻等名詞所形成的意象烘托「在……之中」的生命感，以「在……之中」的豐富生命感受來反襯出詩中「你」失去生命的突然，最末段以在地下「聲音像葉菜長大」等語的隱喻表述出楊牧前瞻死亡是存有的再生，進而用「遠處深巷裏一犬低吠」作結，以犬吠的聲音再次強調了存有的生命徵象，象徵死亡並不是終結，而是存有的完成。

綜觀此詩楊牧以第二人稱「你」的死者角度作為表述主體，依照胡塞爾的說法是以「他我」來作為表述，楊牧以「某人－你」死者的角度作為敘事，不斷設想「你」的位置、角度和感知，意圖使表述者自我更貼近死亡本質，可以說是「虛我表述」，將表述中「我」的因素降到最低，純粹以「表述主體」為意向主體來進行表述，表述出楊牧從詩中「你」出發，對詩中某人「你」生命在時間流中存有直至死亡懸臨的想像。

---

[32] 楊牧：〈悼某人〉，《完整的寓言》，頁 106-111。

在相隔近十年的一九九六年，楊牧為了悼念錢新祖寫了〈挽歌詩〉，錢新祖是一哲學家，此詩共分三小節，在這首詩中楊牧用更多抽象的哲學與生命思維來詮釋生與死的時間現象，請看此詩第一小節最末：

> 曾經看到你的哲學理念一閃而逝
> 那是倉促。閒適反照於我朝南的
> 細雨窗前，菸草，晚明，堅忍的
> 學業，無窮寂寥裏一顆拒不隱晦的心[33]

楊牧在此詩中哲學家錢新祖的生命經歷化約為「你的哲學理念一閃而逝」匆匆一行的簡化，呈現了生命時間倉促的焦慮感，雖然倉促，生命中必然有某種「閒適」屬於彼此共通，可以溝通詩中「你」與「我」的關聯，楊牧以對哲學、對生活與菸草、學業的想像建立起兩人的主體際性關聯，產生一種如龔卓軍所言在時間綿延中的「同情共感」[34]，而這樣的同情在此段最終呈現於詩中「我」對於「你」的內在理解：「學業，無窮寂寥裏一顆拒不隱晦的心」。

然而在此詩，楊牧已經不再純粹追憶被悼亡者的生命歷程，或單純想像敘述死者身故後的時間與空間，而是透過對死者死亡的想像與悼念，去證成如海德格所言生命完成的「死亡」，請看此詩第三小節：

---

33 楊牧：〈挽歌詩〉，《時光命題》，頁 115。
34 龔卓軍：〈身體感與時間性〉收錄於龔卓軍著：《身體部署：梅洛龐蒂與現象學之後》，台北：心靈工坊，2006 年 9 月，頁 117。

3.
而我們已然失去習慣的辯論規則
試圖以沉默說服對方，無窮的冊葉
分散在書衣和引得之間，我懂得
一些你不曾詳細說明的對，與錯

還不如，不如讓我陪你稍走一程
象徵，朝我們洞明雪亮的方向
這樣蹣跚搖擺，尋視此去幽黯的
前路，光明勝過宇宙創生第一個正午[35]

第三節第一段延續前面部分，證澄了死者錢新祖「你」與詩中「我」的關係，是屬於思想論辯、學術之間的主體際關係。楊牧再度認為以「無窮的冊葉」的思辯過程更能凸顯出詩中錢新祖「你」在過去時間中的生命價值，楊牧巧妙地將抽象的哲學與生命價值具象以冊葉、書衣、引得作為隱喻，敘述出錢新祖的生命經歷與學術思想、生命價值。

　　證明「我－你」間兩者的主體際性，並闡明兩者過去時間「共在」的主體際性後，第三節第二段詩中一開始：「不如讓我陪你稍走一程」以路程來隱喻生命面對「死亡」的經過，藉此描述當下「活著」與「死著」的人共同面對死亡的立場。詩中「我」認為死亡是「朝我們洞明雪亮的方向……尋視此去幽黯的前路，光明勝過宇宙

---

[35] 楊牧：〈挽歌詩〉，《時光命題》，頁 114-116。

創生第一個正午」，海德格指出死亡是生命的完成，而楊牧卻認為死亡是生命的光明面，藉此證明生命完成是趨向光明方向，這方向及代表生命的核心價值所在，詩中「我」並以死者「你」死亡的「在側」作為共同體驗生命完成的奠基[36]。我們可見楊牧從一九九六年〈挽歌詩〉此篇悼亡詩開始，已經將自我認識到的生命意義與價值，鎔鑄到對死亡的生命時間現象之體會，透過對他人死亡的敘述，表述出自我對於生命價值判斷與生命完成可能之意見，例如之後的〈遂渡河〉及〈老式的辯證〉二詩。

此處可以〈遂渡河〉為例，〈遂渡河〉寫作於一九九九年，這首悼亡詩相較於〈挽歌詩〉則消除了主客關係，以「我們」的敘事角度作為表述主體，透過敘事「渡河」的活動來隱喻死亡，而「渡河」活動的時間性使活著的「在世者」能參與死者面臨的「死亡」，此其敘事的隱喻能加深了體驗死亡「共死者同在」的「在側」立場：

---

[36] 這首詩的三個小節可用表格分析如下：

節次	表述目的
第一節	1.證成「你」存有的時間性與空間性。 2.澄明「我」與「你」的主體際性。
第二節	1.澄明生命朝死亡存有的方向性。 2.證成了詩中「你」思想之於生命存有的意義，能指引出生命本質的方向。
第三節	1.更深入地表述「我」與「你」的主體際性。 2.詩中「我」並以死者「你」死亡的「在側」作為共同體驗生命完成的奠基

透過「你」、「我」的敘事角度變換，使楊牧在「與死者共在」的死亡體驗中，清楚表述出自我主體與他者死亡的關係及死者朝死亡存有的現象。

聽到一些一聲音，依稀圓融的
呼喚，香柏凝聚抽象理念
在欠缺的，暮靄蟲翅上
在通往灞列力塔的官道
這樣拍一拍馬鞍，調整風帽
夕陽橫切如系列滿滿的歌謠
星座嵯峨，錯落次第完成
注定是我們無限的典型
脈絡偶隨時態變化修正
如此完整的結構，甚至於
不能及時參與的光芒也自動
翻譯，先後結伴遂渡河

既然一切已經預備好了，一切
依照古典比例尺設定，回憶
地理上最遠的一點我們曾經
去過，斑鳩和蕎麥田和鐮刀
劍與馬刺，烈日曝曬下的章節
我看到彩色插圖破碎在風中
依舊，深愛早期深愛的
花體字，屬於隱瞞的針織
一例莊嚴指涉著進取，征服
和遺忘的英雄的休息。鼓笛手

　　自晨光盡頭如約趕到

　　揚抑整齊音步遂渡河[37]

雖然我們可從此詩副標題「Trochaic 拗體輓潛誠」看出此詩是一首悼亡詩，但通篇看不出明確的「死亡意象」，然這首詩既然是一首悼亡的輓詩，其主題必然是描寫自我或悼亡對象感知或體驗死亡的描寫，「渡河」即是楊牧對生命從活著過渡到死亡的隱喻。

　　這首詩一開始「聽到一些聲音，依稀圓融的／呼喚」，並不特別描寫出什麼聲音，由無法捉摸的聲音表述死亡的抽象本質，然後以「在通往灞列力塔的官道」隱喻生命朝死亡存有和生命在意識活動中存有[38]，「星座嵯峨，錯落次第完成／注定是我們無限的典型／脈絡偶隨時態變化修正」透過星座、時態語法的隱喻，生命價值的光輝以及生命時間中如時態語法，可隨變化修正的無限可能，這種生命的無限可能是楊牧與死者共有的，楊牧感受著死者的死亡，意識到其生命與思想的價值，我們且可以看見楊牧在悼亡詩中慣於以「星光」、「星座」的隱喻指涉生命的智慧與價值，楊牧以「星座嵯峨」表現生命的耀眼，並用「我們」表述了「我」與死者共同在場的設想，「結伴遂渡河」更寫出了生命彷彿一場人際交往的集會活動，以「共同在場」的方式渡過生命與學術智慧的追求。

---

[37] 楊牧：〈遂渡河〉，《涉事》，頁 82-84。

[38] 楊牧在〈遂渡河〉所悼亡的死者吳潛誠和楊牧一樣都具有研究外國文學的學者身份，在此處「灞列力塔」顯然與葉慈有關。

　　楊牧在第二段透過文學的筆法：「烈日曝曬下的章節」、「彩色插圖破碎在風中」等來證明死者在過去時間的曾經存有，並且「地理上最遠的一點我們曾經／去過」表現「我」與死者在過去時間的關係，「依舊，深愛早期深愛的／花體字」的「依舊」說「我」與被悼亡者從過去到當下的記憶以及情誼，以及生命中的堅持，楊牧表述此為「莊嚴指涉著進取」，呈現楊牧所意識到莊嚴、進取的生命本質；楊牧此詩在渡河的敘事中，寫出有鼓笛手相伴、「揚抑整齊」，敘述面對死亡有如面對一英雄的慶典。

　　在此詩，楊牧並不刻意歌頌死亡的本質，只是把死亡認知為一個「遂渡河」的生命歷程，「不能及時參與的光芒也自動／翻譯，先後結伴遂渡河」象徵存有邁向死亡的本質是自動的，積極的。而「既然一切已經預備好了，一切／依照古典比例尺設定」則揭示了生命的本質是被規定好、預備好的，生命在「被拋入」在世，就被規定向死亡存有，最末「鼓笛手／自晨光盡頭如約趕到／揚抑整齊音步遂渡河」顯示出楊牧所認知的死亡是彷彿有鼓笛手參與的盛會，雖熱鬧卻整齊、嚴肅的現象。

　　楊牧此悼亡詩除了用隱喻澄明死者在過去時間的生命歷程與楊牧自身主體際性的關係以表述亡者在過去時間曾經存有，最主要是以「渡河」來隱喻死亡，表述出楊牧所認知的死亡，然而楊牧此詩的重點並非陳述「死亡」的現象，而是透過生命存在的莊嚴可貴，肯定死者曾經活著的價值。換言之，楊牧從「在側」體驗死亡的現象，進一步領會與表述「活著」的價值，又透過「活著」的價值去超越死亡的限制。

第三節　前生與復活的想像

　　死亡是生命時間中一個相當嚴肅的現象，就海德格的說法，死亡代表生命的完成，死亡是存有的一種存在方式。死亡是存有必定來到的可能性，陳榮華說：「死亡震撼我們，是由於它是一個非常獨特的可能性，它是一個可以將此有變成不再是此有的可能性，因為死亡一旦來臨，此有的存有就結束[39]。」死亡來臨之後，存有就結束了，詩人如何去面對死亡在生命時間中的現象？正如簡政珍說：「在書寫的空間中，作者以心靈的時間戰勝客體時間，寫作使瞬間空間化，寫作『說出』自我，面對死亡，作者『寫下』他的存有[40]。」詩人透過書寫表現出心靈時間戰勝客體時間的意識，簡政珍的本意應是作家書寫的當下，即在空間中以心靈意識使時間長留，戰勝了客體時間，但楊牧他更積極地面對時間中的死亡，他在意識裡想像架構了一個生命循環的可能，去想像前生今世的時間結構，這樣的主題可於《涉事》中的〈水妖〉看見：

　　啊水妖，在不斷的螺狀音波裏
　　在燦爛疊置的星圖中央，我看到

---

[39] 陳榮華：《海德格《存有與時間》闡釋》（臺北：台大出版中心，2003年），頁302。
[40] 簡政珍：《語言與文學空間》（台北：漢光，1989年2月），頁172-173。

> 許多空氣精靈各自乘騎復活
>
> 重來的虎鯨背上，悠遠
>
> 唱那今昔之歌，海面飄浮著
>
> 歲月剝落的白堊與侏儸
>
> 你背對那些站立，潮水
>
> 湧到而回流，傾聽：
>
> 下頜依然與水平，藏紅花
>
> 準時開放，魚尾紋歸還
>
> 天空，創傷癒合
>
> 你是你自己的女兒[41]

——〈水妖〉最末段

楊牧於這首詩最初的部分言「假如過去絕對衍生現在：／海潮近乎無聲……」，就宣示了此詩的主題是對於時間現象的思索與呈現，在這首詩中，楊牧利用「水妖」彷彿抽象永恆的形象來表徵時間，水妖的歌聲「不斷的螺狀音波」則可呈現並呼應生命的循環過程，螺狀音波的想像彷彿生命的循環，吳國盛詮釋道家時間思想說：「宇宙生命是一個大循環。個體生命之死，只是回到宇宙整體生命這個大熔爐中，投入整體的生命再造之中。從個體看，死亡是一種毀滅，然而，從全體看，死亡是生命的另一個方面，另一環節，另一階段[42]。」

41　楊牧：〈水妖〉，《涉事》，頁 15。
42　吳國盛：《時間的觀念》，（北京：中國社會科學出版社，1996 年 12 月），頁 49-50。

雖然楊牧在此詩中並不特定表現道家時間觀，但他透過水妖的螺狀音波，詮釋了時間的循環，並利用空間：「燦爛疊置的星圖中央」敘述了時間的具體燦爛，在此循環時間中，我們看見楊牧敘述生命在時間流中的復活回春：「許多空氣精靈各自騎乘復活／重來的虎背鯨上」，楊牧巧妙地利用「空氣精靈」強調生命的抽象虛無，虎背鯨卻顯現了生命復活回春的活力，正如班瀾所說：「詩人在遇合與頓悟中獲得的詩象，作為詩的萌芽充滿了生長的力量，它在心理上喚起的動機和意志力，要循照詩的審美經驗充分擴張它所體現的詩性價值，一步步實現詩歌結構的完整。這是一個從內在心志結構向外在語言結構的轉換過程，是從母結構到簡單結構再到複雜結構的發展過程[43]。」楊牧選擇了水妖、星圖、空氣精靈及虎背鯨來顯現循環時間中，復活回春的時間意識，透過意象與意象的組合，以循環時間為主軸，呈現一具體而複雜的隱喻結構，楊牧進一步敘述這些空氣精靈「唱那今昔之歌」、「海面飄浮著歲月剝落的白堊與侏羅」表述出當下與過去時間的延續，更澄明此詩第一句所言：「假如過去絕對衍生現在」在時間流中，現在奠基於過去的「過去－現在」時間結構，也說明現在與過去實密不可分，楊牧繼以「潮水湧到而回流」詮釋時間的反覆循環，此詩末句：「你是你自己的女兒」作為從時間循環到生命循環的具體表述。這也是楊牧於詩作中經營時間主題的過程裡，特意注重到的，生命意涵可以透過意識的認知，

---

[43] 班瀾：《結構詩學》，（呼合浩特：內蒙古大學出版社，1999 年 6 月），頁 88。

在書寫中得到復活回春的可能，使書寫得以抗拒時間，抵達永恆的
樣式。

而楊牧在《介殼蟲》詩集中，亦有兩首詩〈蜻蜓〉、〈隙地〉
在想像中經營前生今世的生命循環之書寫：

> 那是前生一再錯過的信號，確定
> 且看她在無聲的靜脈管裏流轉
> 惟有情的守望者解識
> 於秋夜扶桑，網狀的纖維：
> 如英雄冒險的行跡，歸來的路線
> 在同一層次的神經系統裏重疊
> 分屬古代與現在。綿密的
> 矩矱空間讓我們以時間計量
> 緊貼著記憶，通過明暗的刻度
> 發現你屏息在水上閃閃發光[44]
>
> ——〈蜻蜓〉第一段

> 我認得那些閃光的草秧
> 蘆葦桿，旋轉的水紋——正對
> 紅蜻蜓進行交配的動作
> 重新來過：土虱擱淺在微明
> 擠壓，迷離的泥中。我看到

---

[44] 楊牧：〈蜻蜓〉，《介殼蟲》，頁 100-101。

一張諳識的臉曉夢醒來

搜索的眼睛也像那風

追憶一些前生擁有過或許

曾經殘留，出世刹那卻不意

悉數遺忘的言語[45]

——〈隰地〉第一段

有了前生今世的循環時間觀念，使生命的廣度得以延長、加深，在詩中對生命敘述及生命意涵的表達亦可以更加豐富，在〈蜻蜓〉中我們看見楊牧將「蜻蜓」視為前生的信號，來表現一段長遠的時間，楊牧細膩地隱喻蜻蜓的翅膀網絡：「如英雄冒險的行跡，歸來的路線」藉此隱喻成分屬於古代與現代的一種現象，將蜻蜓所傳達的空間化「信號」得以時間化，作為時間的表達。在此詩中，前生被喻為一長遠時間的表述，相較之下〈隰地〉此詩則確實在詩中去想像建構對於前生記憶的殘留。我們在〈隰地〉第一段中可看見兩個時間點，第一是當下視覺的感知，第二是對於前生的追憶，在第一個時間點中，楊牧先以蘆葦桿帶出此地空間的生命意象，繼而「紅蜻蜓進行交配的動作／重新來過」不但以生命的生殖動作來凸顯生命的延續，又以「重新來過」來象徵生命的循環過程，而這種循環過程在某一方面正是表現在「前生今世」的循環上，故楊牧在第二個時間點，透過「追憶」去想像一些生命的前世痕跡，在此楊牧以「悉數遺忘的語言」來表徵對於前生於當下的遺憾，說明生命在時間流

---

[45] 楊牧：〈濕地〉，《介殼蟲》，頁 104-105。

中必然有些記憶渙散失逸的悵然，楊牧書寫「生命的時間循環」的可能，表現他對於自我生命主體於漫長時間流中的堅持與必然。

第四節　小結：楊牧詩中的死亡想像與超越

死亡是存有的終結，是此在的最本己的可能性[46]，而在這個本己的可能性前提下，存有的時間才得以嚴肅的展開。因此當生命主體意識積極地面對「時間」這個主題時，不免會觸及到「死亡」的時間議題，透過對「死亡」的反覆辯證與認識，意向到生命的侷限或短暫，進而呈現生命在有限時空內所能創造的最大價值。此章即藉由存在哲學的思想來討論楊牧詩中對於「死亡」現象的表述，從中釐清楊牧藉由死亡現象所引發的生命時間意識，以及詩作中屬於楊牧個人特質的生命時間意涵。

從此章的討論，我們將楊牧詩作中呈現「死亡」相關主題的作品區分為兩類，一類是直接對死亡的想像敘述[47]，另一類是從他人死亡經驗引發的生命論述。本章據此共分兩節，從楊牧詩作中選取直接對「死亡」主題作表述的詩作以及對他人「死亡」的「在側」體驗。

---

[46] 〔德〕馬丁・海德格著，王慶節、陳嘉映譯：《存在與時間》，頁352。
[47] 第一類的作品其實也應是先藉由觀察他人死亡現象或他人陳述經驗去理解死亡之後，才表述出自己對死亡的想像。

　　在第一節中，也就是楊牧直接描述死亡主題的詩作，如〈死後書〉或〈逝水〉設想一種自我面臨死亡的情境，從想像中敘述出活著的和死著的差異，並呈現生命在死亡現象不再存在的時間性。然而我們更可以發現在楊牧對於面對「死亡」的生命時間意識時，並不僅於對死亡現象或死亡的時間性表象的描寫敘述，而更深入地作思維性的討論與表述，例如從〈輓歌一百二十行〉中對「死亡」的辯證，雖然使此詩名為「輓歌」，卻無特定「輓」的對象，實則透過「輓歌」意向到「死亡」之主題，我們看見楊牧以死亡作為此詩敘述的出發點，論述生命、時間與死亡的關係，繼而呈現生命意識如何在時間流中闡明自我，楊牧深知透過對「死亡」懸臨的書寫，能更澄明出生命主體在有限的時間流中自身的存有，能凸顯出生命的現象，楊牧並且據此以「死亡」主題的表述，澄明自我的生命價值與意識。

　　在本章第二節所探討楊牧表述在他人死亡「在側」位置的體驗，也就是楊牧透過輓詩、悼亡詩對他人死亡進行敘述時，我們可以發現楊牧詩作的表述動機不僅僅於主體際性的前提下對他人「死亡現象」進行描寫，表述出其所意向到的「死亡」現象，楊牧更注重從自我意識出發，賦予他人死亡現象更深刻的意義；換言之，楊牧除了在「悼亡詩」中表現對死者的情誼外，楊牧論證死者過去之「生」的企圖大於哀悼死者之「死」，他通常意欲透過論證死者過去時間中「活著」的價值，去呈現其存有的生命價值，論證被悼亡者的生命價值，同時也是呈現楊牧自我的生命時間意涵，其對於「生命時間」主題的思索與意識。楊牧的「悼亡詩」在表述死亡終結存有之

際，凸顯出有限的生命時間，無限的生命價值；楊牧並在這個基礎上表述自己對於「死亡」懸臨時間的生命哲思。

　　而且於楊牧的〈悼某人〉、〈輓歌詩〉和〈遂渡河〉這三首悼亡詩中，我們可從楊牧敘述的角度發現楊牧對於「死亡」之於主體際性場域中的觀察，這三首詩的敘述角度，分別從「你」、「我」、「我們」的角度交互烘托出生命面對死亡懸臨時間的情境。當楊牧用「你」作為悼亡敘事時，呈現「活著」與「死著」的差異性，企圖鋪陳一種能觀照整體的死亡現象；而加入「我」的敘事則呈現「我們」曾「共同在場」地活著，在時間流中建構其主體際性的關係，在生命時間中「共同」地活著，凸顯出「死亡」是生命共同面對的懸臨。另一方面，「我」的觀點切入，也使他人的「死亡」現象，得以為我所認知、為我所表述。

　　在因「死亡」現象所造成有限的生命時間裡，楊牧更加認為生命具有相當璀璨、光亮的價值。因此三首悼亡詩中，楊牧都運用了「星光」、「星座」之類的宇宙徵象來象徵生命的光芒，生命所散發的價值與光芒成為楊牧悼亡詩中表述的重點，「死亡」現象反而被輕忽，這種現象在〈遂渡河〉尤為明顯，此詩除了詩名副標「Trochaic 拗體輓潛誠」外，幾乎沒有其他明顯的「死亡」現象敘述或意象，全詩彷彿敘述一場生命的旅程，然以「星座嵯峨，錯落次第完成／注定是我們無限的典型」、「不能及時參與的光芒也自動／翻譯，」隱喻生命如光芒，更宣示生命的典型如同星座嵯峨。由此可證明楊牧在「悼亡」的表述中不僅止於情感意識的宣洩，乃透過「悼亡」的「在側」體驗位置，經由主體際性的同一想像充實，

去辯證表述存有在時間流中面對死亡的莊嚴態度，進而以其對於生命價值的認知，去歌頌生命超越死亡的時間意涵。

在此章的第三節中，我們看見楊牧在詩中對於超越死亡的「前生今世」與復活觀念的表述；楊牧於〈水妖〉中透過具體生命意象的想像建構，呈現了一個生命得以透過意識與想像循環回春的可能，表現出楊牧意欲透過詩與文學的表述超越時間，肯定生命永恆價值的可能。且楊牧於之後的《介殼蟲》中，注意到「前生」對於生命時間廣度、寬度加深的想像，「前生」與當下是一超越死亡輪迴的議題，楊牧藉著「前生」的意象，使詩中的意識得以超越死亡，使生命延長、循環往復，厚植生命時間的綿密與寬廣。

我們從此章第一節中看見楊牧詩中對於「死亡」生命現象的思辯哲思，以及第二節其悼亡詩對於他人死亡的生命現象之認同以及生命價值的闡發，第三節以「前生」與復活對於「死亡」的超越與生命的肯定，可知楊牧在面對死亡現象的書寫，是充滿對時間以及生命價值的思考論述，這也是其對於生命時間意涵相當真實且深切的呈現。

第六章

內在時間意識表述

　　每個人都有個人對時間特殊的觀點，自己對時間的詮釋，是為屬己的內在時間意識。由於楊牧長期經營生命時間主軸的創作，因此我們很容易在楊牧詩作中見到他個人特殊經營的時間意識表述，從本書前幾章的論述，我們可以看見楊牧從其意向客體敘述所產生的時間意識總是指向生命、哲學、文學的智慧哲思，對時間的表述總是充滿生命存有的關懷。

　　然而我們看到楊牧詩作中對意向客體所意識到並表述的時間意涵，其實都是充實著楊牧屬己的意識自身。當楊牧自身從外在的時間參照物感知、理解並表述時間後，進一步會由楊牧他自我的經驗出發，去闡釋時間這個主題，呈現時間是其「為我」的體驗[1]。因此在前幾章，論述楊牧以意向「外在人事對象」的時間經驗的作品之後，本章就從楊牧作品中，個人的內在時間意識對「時間」主題想

---

[1]　王子銘說：「胡塞爾將內在時間意識標示為『體驗流』或『意識流』，即它是一個持續不斷、先後相繼的意識之河流。」，而「體驗流」或「意識流」本身就是「我的體驗流」、「我的意識流」，見王子銘：《胡塞爾先驗現象學的美學向度》，（山東：山東大學文藝學博士論文，2002 年），頁 63。

像詮釋的作品中來進行論述，直接發現楊牧自身如何對「時間」主題進行想像與詮釋。

　　楊牧詩作長久關注時間的議題，因此這類純粹指涉並論述時間的詩作相較其他詩人更多。楊牧這類純粹指涉和詮釋時間的詩作中，又可因性質區分為「純粹時間意識表述」、「時間的想像與指涉」兩個範疇，所謂「純粹時間意識表述」就是單純以抽象「時間」作為論述對象，敘述出自我對純粹時間的指涉，而「時間的想像與指涉」則是以時間的特性延伸想像去指涉他者，可看見楊牧如何利用時間特徵來詮釋自我的表述意識，這類作品亦能看見屬於楊牧個人的生命時間意識，本章即據此區分為兩節進行討論。

第一節　純粹時間意識表述──時間中的生命「風雨渡」

　　生命主體在時間流上的體驗就是歷時性的體驗，楊牧詩中「此在」的意義也是透過對時間的掌握顯現出來。正如海德格說：「作為我們稱為此在的這種存在者的存在之意義，時間性將被展示出來[2]。」事實上我們可以發現楊牧擅長於用時間意象澄明自我的意識思維，其詩中充滿時間意識的經營已經被歷來論者所證明[3]，楊

---

[2]　〔德〕馬丁‧海德格著，王慶節、陳嘉映譯：《存在與時間》，頁 26。
[3]　如賴芳伶：「（時間的主題）……早在《時光命題》裡即已不斷出現，從詩人一己的身心，量度到時間的不斷流逝，與情感事物的幻變。到了《涉事》，

牧是透過他所感知的人間事物，隱喻、典故、敘述鋪陳出他所欲
表述的時間意識，然而楊牧的詩作中的時間意識，在本質上是對
生命體驗的歷時性進行表白。也就是說，其詩作表述生命主體在時
間流中的體驗與意識，藉著時間現象與思維的描寫，澄明楊牧自
身的存有。

　　當楊牧的詩將其所體驗到的人世間一切抽象與具象表述出來
時[4]，表象上是在表述生命感知及生命體驗，實質上就是表述其生
活時間意識以及生命時間意識，在被表述的時間流中看見楊牧生命
意識主體的抽象與具象。因此，楊牧屬己的內在時間意識本質上
就是純粹的生命時間意識，楊牧習慣於生命主體在時間流中的徵象
來表述時間。

　　收錄在《花季》的〈永恆〉，是楊牧最早直接對純粹「時間」
現象作詮釋表述的作品，請看此詩第一段：

　　　永不沉淪，時間的白雪啊
　　　永不覆沒，我趺坐如山

楊牧對『時間』『存在』與『遷化』的叩問，記載，解說，依然密切地於或
實質上融進人事物當中……。」見賴芳伶：《新詩典範的追求》，頁 227。
徐培晃也有類似說法，見其著《楊牧詩風的遞變過程》（臺中：逢甲大學中
國文學所碩士論文，2006 年），頁 153。何雅雯則將楊牧對時間的表述粗分
為記憶和時間兩類作論述，何雅雯：《創作實踐與主體追尋的融攝：楊牧
詩文研究》（臺北：臺灣大學中國文學研究所碩士論文，2001 年），頁 80。
[4] 楊牧說：「我的詩嘗試將人世間一切抽象的和具體的加以抽象化，訴諸文字。」
見楊牧：《完整的寓言》〈後記〉，頁 155。

> 春花謝了又開，奔飛的禽鳥
>
> 野草，叢林和流雲埋我一日
>
> 埋我一日淒苦和沉寂[5]

之前我們所討論的詩作，都是由自然現象、生活現象或生命現象來
發現時間，但在這首詩，楊牧首先敘述了他所意識到時間的特性：
「永不沉淪。」這樣的時間特性就是「永恆」，楊牧以自然現象的
變動「春花謝了又開，奔飛的禽鳥／野草，叢林和流雲」的變動來
襯托時間的永恆，正如聖奧斯定說：「因為永遠是整個的現在。它
也會覺得：將來逐過去，將來跟過去，將來過去，都是永遠產生的[6]。」
永恆是一種不斷的變動，在時間流中，當下的現象不斷成為過去，
未來不斷逼近現在，時間不斷在感覺中變化生成，因此，永恆是一
種持續的變化，楊牧在此詩中透過植物、動物、景色的變化表現了
他所認知時間「永恆」的一種現象。

楊牧於一九七四年的〈北斗行〉一詩中，則認為時間難以詮釋，
我們可見其〈天權第四〉：

> 惟有時間詮釋時間
>
> 割裂，縫合，切斷，延續
>
> 惟有時間在雪的泰然裏
>
> 觸及時間的冰寒，在雪的

---

[5] 楊牧：〈永恆〉，《楊牧詩集 I》，頁 225。
[6] 聖奧斯定著，應楓譯：《懺悔錄》，頁 214。

焦慮裏撫摩時間的

平坦。一如磐石穩固

一如河川宛轉，我是微弱的

見證，生與死的見證[7]：

——選錄〈北斗行·天權第四〉

在這段詩裡，楊牧雖然確定只有時間才能詮釋抽象的時間本身，抽象的時間在人類的意識裡彷彿可以「割裂，縫合，切斷，延續」時間。而在此處，楊牧還是使用了具體的比喻「磐石穩固」、「河川宛轉」來形容時間的永恆和連續性，楊牧於此段的表述中，先宣示了時間的抽象，以抽象的敘事厚植時間的本質，繼而以明喻表現時間的兩種特質：永恆與綿延性。而此段最末：「我是微弱的見證，生與死的見證」將生命意識融入時間感知中，呈現時間見證著生命的生與死，因為生命有「生」、「死」之別，使生命在時間流得以嚴肅起來，使生命在時間流中有不可逆的本質。

楊牧對於時間的觀察無疑是仔細的，他雖然如大家一樣都是由現象或自然現象的變化來觀察並表述時間，但於〈徹悟〉此詩中，楊牧則確切表明了現象跟時間的差異：

……假如我們

觀察時間於流水

我們觀察的可能不是

---

[7]　楊牧：〈北斗行〉，《楊牧詩集 II》，頁 136-137。

　　時間，而是無心的

　　流水[8]

在這一段詩句中，楊牧很清楚分辨出，自然現象雖然有時間的意涵，但終究不是時間，楊牧在此處特別強調是「無心」的流水，表述流水現象本身並沒有意義，是「有心」的詩中「我們」將時間意涵投射到流水現象上；楊牧不直接寫「有心」，反藉由「無心」來呈現時間於流水的現象，在很平凡的句子中，表現出楊牧對於時間現象及時間觀察的見解。

　　楊牧相當透徹在詩作中的時間，他認知到時間的感知是抽象的，所有表現時間的現象，正如〈徹悟〉此詩中所敘述的，其實是生命主體賦予時間意義，因此我們還可以看見楊牧用生命主體在時間流中的徵象來表述時間，例如收錄在《燈船》的〈給時間〉：

　　告訴我，甚麼叫遺忘

　　甚麼叫全然的遺忘──枯木鋪著

　　奄奄宇宙衰老的青苔

　　果子熟了，蒂落冥然的大地

　　在夏秋之交，爛在暗暗的陰影中

　　當雨季的蘊涵和紅艷

　　在一點掙脫的壓力下

　　突然化為塵土

---

[8]　楊牧：〈徹悟〉，《楊牧詩集Ⅱ》，頁213。

當花香埋入叢草，如星殞

鐘乳石沉沉垂下，接住上升的石筍

又如一個陌生者的腳步

穿過紅漆的圓門，穿過細雨

在噴水池畔凝住

而凝成一百座虛無的雕像

它就是遺忘，在你我的

雙眉間踩出深谷

如沒有回音的山林

擁抱著一個原始的憂慮

告訴我，甚麼叫做記憶

如你曾在死亡的甜蜜中遺失自己

甚麼叫記憶──如你熄去一盞燈

把自己埋葬在永恆的黑暗裏[9]

從此詩的題目來看，似乎楊牧是將時間視為一被表述的主體，但從第一句「告訴我，甚麼叫遺忘」可以看出楊牧所表述的其實是生命主體的時間徵象，楊牧透過「記憶」與「遺忘」的生命時間現象來詮釋楊牧所認知的時間本質，梅洛龐蒂指出記憶是有意義的，「遺忘」是一種抗拒記憶的活動，對被記憶的過去保持距離[10]。在此詩

---

[9]　楊牧：〈給時間〉，《楊牧詩集 I》，306 頁。

[10]　〔法〕莫里斯・梅洛－龐蒂著，姜志輝譯：《知覺現象學》（北京：商務印書館，2005 年），頁 213。

中，楊牧先設問了什麼叫遺忘，實際上提醒讀者注意時間流中對於過去的記憶，因此楊牧繼而以「青苔」、「果子」和季節、植物等種種意象呈現時間流的變化，生命體驗本質上是「過去－當下－未來」的歷時性體驗，而記憶揭示過去的體驗，胡塞爾說：「記憶是一種『知覺的變樣』。具有過去特性的東西，相關地在自身中呈現作『曾經是現前的』因此呈現作『現前的』一種變樣，此現前作為未變樣者是『原初的』，是知覺的『機體上現前者』[11]。」記憶本質上是過去時間中「曾經是現前的」感知，是一種「當下感知」的變樣，但這種變樣也曾是原初的當下感知，人在時間流中的存有，每一體驗都在回憶中，以及在可能的預期記憶中，記憶其實主體意識在時間流中的續存，見證了存有在時間流中的存有，而遺忘在本質上就是失去記憶，否定了過去時間的活動，故楊牧言：「在噴水池畔凝住／而凝成一百座虛無的雕像／它就是遺忘，」直指過去時間凝結成「虛無」，被否定的過去時間即是遺忘。梅洛－龐蒂說遺忘是「記憶屬於我所拒絕的我的生活的一個區域[12]」，也就是在當下時間中我拒絕了「曾經是現前的」的感知，因為當下時間的我否定了「記憶所具有的某種意義」[13]，以此看來，「遺忘」是生命主

---

[11] 〔德〕艾德蒙特・胡塞爾著，李幼蒸譯：《純粹現象學通論》（臺北：桂冠書局，1994年），頁285。

[12] 〔法〕莫里斯・梅洛－龐蒂著，姜志輝譯：《知覺現象學》，頁213。

[13] 此處的「否定」並非絕對的否定，而是「不肯定」的意思，也就是因為主體意識不肯定「曾經是現前」的記憶感知，「記憶」在「滯留印象」中經由印象流逝而造成遺忘。汪文聖說：「經由印象流逝造成的遺忘，以及由於展望不足所造成的驚訝，皆可由回憶與期待加以化解。」見汪文聖：《現象學與科學哲學》，頁334-335。

體在時間流中對過去滯留印象的否定,是生命主體意識在時間流中的一種特徵,楊牧藉由「遺忘」開展生命主體的時間意識敘述,繼而對生命時間意象作描述,但我們從詩中的鋪陳:「果子熟了」、「兩季的蘊涵和紅豔」、「花香埋入叢草」、「鐘乳石沉沉垂下」等表現由過去過渡到當下的時間,且詩中敘述遺忘「在你我的/雙眉間踩出深谷/如沒有回音的山林/擁抱著一個原始的憂鬱」證實楊牧詩中所述的是強欲遺忘而不能遺忘的「遺忘」,既然楊牧所欲表述的並非真正的遺忘,僅是透過否定過去的時間來證明時間當下的永恆,因此楊牧在詩末不斷詢問:「甚麼叫記憶」除呼應此詩一開始的詢問外,亦澄清楊牧認為記憶代表對時間的追索,而時間在內容上就是「生命時間」,從這首詩中可以闡明楊牧對時間的認知。

楊牧對時間的認知就是生命在時間流的存有,這個現象在後來的〈風雨渡〉中更加明顯,這首詩以「出發」的生命歷程表現出生命時間的方向性:

> 1.
> 現在這是出發的地方
> 自我肅穆冷冷的觀察,這方向
> 是暗淡隱晦(這方向可能不對)
> 岸上風雲如此我想海面必有大雨
> 而我獨立天地一點激越的黑暗
> 心中卻是蕩蕩秋月鋪滿荷塘的靜

哦！如此安靜

我站在碼頭看白鷗驚呼

撲打一條堅決的子午線——

我們曾經穿越抽象向抽象航行

展翅的神是浪跡的神，我們目睹

他在時間的虛線前驚呼撲打

因為悲傷是出發的神

這個方向現在是出發

向冰河期凌屬構成的海島

去尋找時間的起源和結束，去發現

去指認，去擁有你的發現，甚至為

堅持擁有你的發現而戰鬥

不再做敦厚溫柔的神

哦！如此安靜

我曾經斷然忍耐過風雨

獨立三邊浩浩的不祥

任黑髮倚靠子午的虛線泛白

垂長於憤怒和怨懟的，沉劍的汪洋

期待着，期待鮫人認知我告別的兵器

飾之以珍珠慰我滄冥惆悵[14]

---

[14] 楊牧：〈風雨渡〉，《楊牧詩集 II》，頁 180-183。

此詩分成兩節八段，第一節表述生命歷程的出發，本質上是時間既定的方向，透過出發使生命主體澄明在時間流的存在，第二節呼應第一節而注重在表述「我」在時間流中的方向，並強調「出發」的方向是被規定的，並闡明生命的時間歷程是「洶湧」，以「風雨渡」敘述生命主體在時間流出發的方向性，而這方向就是被規定的線性時間：

2.

現在這是出發的方向

我們竟能預知這方向或許是錯

然而一切均已就緒，不容我委縮

不容反悔；長吟是靈靈轉醒的龍

他曾經困頓潛伏大寒的秋江，猛然

驚覺，乃升騰──向相反的經緯

哦！如此安靜

我必須單獨通過短暫的浮橋

是有些恐懼是有無限的疑慮

中天正北應有嚮導的一顆星，然而

在覆壓及肩的風聲雨色中

我聽到時間的哭啼如棄嬰小小

即使沒有嚮導的星，這時也須巍巍向前

　　　　這個方向現在是出發

　　　　橫渡洶湧的傳說神話與寓言

　　　　我自左舷的帆纜間隙向右看

　　　　知道昨日的幽靈仍舊鼓翼隨行

　　　　穿越風雨向風雨深入，我不能

　　　　張弓射弋，我更無從以偈詩祭祓

　　　　哦！如此安靜

　　　　我站在升沉的甲板上張望，其實

　　　　是便於未來啊未來的時間向我張望

　　　　通過風雨看我，認識我，收容我

　　　　憐憫我倉皇的神色，保護我

　　　　在夢和鮭魚的家鄉，雪霽的山谷

　　　　在下一代的哭聲中聽這猶豫風雨渡[15]

楊牧在此詩一開始即述說「現在這是出發的地方／自我肅穆冷冷的
觀察」，也就是說生命主體「我」的位置即出發的地方，繼而敘述
「這個方向現在是出發」，表述「我」的方向即是出發的方向，而
這個方向是「去尋找時間的起源和結束」，證實了「出發」的活動
是向「時間」追索，為了使這個敘述能夠澄明，詩中除多次強調「時
間」外，刻意以莊嚴、嚴肅的態度表述這次「出發」，使「出發」
呈現莊嚴的生命時間意識，並且以嚴謹的結構鋪陳全詩。

---

[15]　楊牧：〈風雨渡〉，《楊牧詩集 II》，頁 180-183。

　　這首〈風雨渡〉以風雨中渡水的主軸，描寫生命主體在時間流中對生命的體驗與表述。相較於〈給時間〉這首詩，楊牧在〈風雨渡〉中更巧妙地運用風雨、渡水以及渡水處周遭的種種風景，隱喻生命在「線性時間」中被規定從過去到未來的方向以及種種生命體驗的可能。楊牧刻意在每一節第一段「現在這是出發的方向」、第三段「這個方向現在是出發」來強調生命的「出發」與時間的「方向性」，說明生命在時間流中被規定在當下「渡」過未來的方向性；「悲傷是出發的神」闡明楊牧所認為的生命在時間的特性，而雖然楊牧認為這「被規定的出發」本質上是悲傷的，但生命為了如鮭魚返鄉似的繁衍下一代，仍以被規定的方向作為生命出發的方向，表現出人類生命對被規定的時間流的堅毅與勇氣，楊牧以具體風雨渡來表述人類生命在當下渡過未來的悲傷與艱苦的體驗。

　　〈給時間〉和〈風雨渡〉都是對生命主體在時間流中的單一方向進行論證表述，但收錄在《涉事》的〈水妖〉則以對水妖的抽象想像，表述生命在時間中的存有，也就是在時間流中「截斷」了當下的「現在時間」，由「現在時間」被想像構築的生命主體「水妖」來澄明生命主體在當下時間流的存有。

　　此處選〈永恆〉、〈天權第四〉、〈徹悟〉、〈給時間〉、〈風雨渡〉等詩，是楊牧表述純粹時間意識的詩作，這些詩作依時代順序來看，可看見楊牧從客觀時間敘述到主觀時間感知，並複合生命時間意涵的個人時間意識與時間表述變化過程。楊牧運用隱喻和直敘的文字來表述時間，但在本質上都是表述「人類生命」的時間，從人類對時間印象基礎的回憶，到當下經歷的「渡」以及更抽象的

生命在時間流中的示現，可以看到楊牧對時間以及生命時間意識的感受與表述的日益精深[16]，也可以在楊牧純粹時間意識表述中看見他對生命充滿了悲傷與焦慮的美感。

第二節　時間的想像與指涉──「惟詩真理是真理規範時間」的時間想像

　　時間構成世界的綿延，但存有只能從表徵的綿延去發現時間的徵象，無法直接掌握時間的本質，因此我們在楊牧的詩中看到其對時間的感知俱是隱喻的、想像的，時間是抽象的，楊牧所以透過想像和具體時間參照物來呈現出抽象時間，使其所意識到的時間能夠構成限定世界的維度[17]。

　　然而在時間被表述以後，「抽象的時間」就具有了「時間的徵象」，我們在前幾章的論述中，可以看見時間的徵象是在意識主體表述後具有雜多性、多層次的具體徵象。而這有著豐富的「時間的表徵」又可成為他者的隱喻[18]，作為生命主體意識的喻依用以作為其他指涉，本節即據此討論存有以時間作為想像與指涉的表述。

---

[16]　〈給時間〉創作時間為一九六四年、〈風雨渡〉創作時間為一九七七年三月、〈水妖〉創作時間為一九九九年。

[17]　郭善芳指出時間雖然抽象但是構成世界的維度之一。可參見郭善芳：〈時空隱喻的認知學分析〉，《貴州大學學報（社會科學版）》第 25 卷第 5 期（2007年 9 月），頁 81。

[18]　此處的「他者」指「異己」的對象，也就是對「時間以外的事物」之隱喻。

正如托馬斯・佛萊恩曾說：「想像是感性認識的綜合……[19]。」楊牧對時間的想像上表現出他對時間的感性認識，這種認識在本質上是屬己的，但在現象上亦有可能是人際共通的想像[20]，可藉由「時間」抽象的徵象作為喻依而進行表述，而時間因此被表述作為他者的意義指涉。然而意義指涉的意向行為本身即是以感性認識為奠基，因此對時間的想像並不是對時間的虛構，而是對時間認識的「豐富化」、「多元化」，這一點我們在楊牧早期的詩集《花季》中所收錄的〈永恆〉就可以得到證實，這首詩共分三節來表述愛情的時間性，第一節的第三、第四段：

> 音樂如風，風吹樹搖
> 搖著夏季的成熟和秋季的金黃
> 果子落地，為落地而落地？
> 迅速尋覓早逝的蒂花
> 而一切隨風而去，如今是
> 霜雪，雲靄，塵埃……
>
> 但你追憶著。我追憶著
> 那無邊的廣潤啊
> 一支和著淚水的音樂
> 是太空的雲浪，起伏著

---

[19] 〔美〕托馬斯・佛萊恩（Thomas Frayn）：〈想像在薩特美學中的作用〉收入王魯湘等編譯：《西方學者眼中的西方現代美學》，（北京：北京大學出版社，1987 年），頁 46。

[20] 在此表現出存有的獨特性與普遍性，同樣也是文學獨特性與普遍性。

　　　　是永不沉淪永不覆沒的離人啊

　　　　永不沉淪，親親，親親，永不沉淪

　　　　我為你而活，活在寂寞的崇高裏[21]

在這兩段中，我們看見楊牧以夏秋的植物生長來隱喻時間的消逝，
然在此時間並不是被表述的主題，當楊牧透過植物生長的隱喻呈現
出時間後，時間繼而被用來反襯出詩中「我」透過對愛情的追憶，
使「過去」示現於當下[22]，我們在表述中看見當下的時間流中「我」
和戀人「你」是離人，透過「追憶」的滯留印象，表述愛情中的主
體「我」並不是存有在時間流中，而是存在於「不沉淪」的愛情所
示現的崇高裡[23]。楊牧在此先以植物的生命徵象隱喻生命時間向過
去沉淪，繼而突顯出愛情的時間性是建立在「不沉淪」的永恆。

　　但楊牧無法否定生命的時間性，因此他所認知愛情的「不沉淪」
是建立在「追憶」上，我們在第二節第二段中也能夠看見：

　　　　紅葉滿山，我們曾悄悄走過

　　　　那紅染滿了你的衣裳

　　　　且遺下一路涼意，讓我們追憶

　　　　在石橋下靜靜地追憶——[24]

---

[21] 楊牧：〈永恆〉，《楊牧詩集I》，頁 226-227。

[22] 也就是時間性「去遠」的意向行為。

[23] 楊牧在此的「沉淪」應該沒有現象學中「沉淪」的意涵，但此處的「沉淪」
也可以表示現象學中存有「沉淪」於時間流的在世。或許這是一種楊牧在表
述上的巧合。

[24] 楊牧：〈永恆〉，《楊牧詩集I》，頁 228。

楊牧先表述了生命的時間性，繼而以追憶去澄明愛情在時間流中的
永恆，第三節最末一段將愛情的時間性更明白地揭示出來：

> 愛情啊，那無比的肅靜和安祥
>
> 今日是奔雲驚濤，落葉紛紛
>
> 明日是一種凝定，一種清明
>
> 沒有憂愁，沒有恐懼
>
> 愛情是無比的忍力
>
> 在追尋中涵孕恆久，和朗靜[25]

楊牧承認愛情是抽象的，故只能夠「在追尋中涵孕恆久，和朗靜」，
楊牧也承認愛情的時間性，故有今日和明日之別，據此可見楊牧以
時間流與時間性來隱喻愛情的特性，故此詩詩名〈永恆〉，看似歌
詠時間的表徵「永恆」，本質上卻是表述「我」的愛情，是楊牧以
時間的表徵來澄明愛情的永恆[26]，時間表徵的隱喻在此被用來表述
愛情的具象，雖然這首〈永恆〉並不是楊牧早期寫得好的名作，但
表現出楊牧所示現的以愛情主題為標的的時間想像，其所敘述的時
間意識是相當鮮明而特別的。

　　至於收錄在《時光命題》中的〈論詩詩〉並沒有如〈永恆〉一
詩對時間給予單一和鮮明的意義充實，而是以「我」與「時間」建
立起另一種認識的關係，在從文本創造的角度想像時間並予以意義
充實，換句話說，就是以「文本創造」作為想像時間的奠基，因此

---

[25] 同前註，頁 230。

[26] 在此，時間的表徵主要為植物的生命時間徵象。

在此對時間的想像表述本質上是文學的，是詩文本創造的時間表
述，時間是被用來規定「文本創造」的體驗，此詩共分十段，雙數
段有引號括弧起來，單數段則無，藉以表示二元相互詰問、辯證而
論辯詩的體驗，而我們在第一段就看到時間的陳述：

> 然後時間又自抽象恢復
> 為具象的示意，遠近紛紛成形
> 解體，或者當我蓄意論述
> 乃於一時大意成個性分離[27]

在這短短四句當中，充分表露楊牧在文本創造中所「感性認識」的
時間，楊牧第一句「時間又自抽象恢復……」，之前加上「然後」，
意圖在因此詩表述所截斷的文學時間中添加對「截斷」以外的時間
給予意義的指涉，讓被表述的時間不限於文本所截斷的部分[28]，繼
而楊牧言：「時間又自抽象恢復／為具象的示意」，顯現楊牧原本
將時間視為「具象的示意」，然何以在「文本創造」的體驗過程中，
「時間又自抽象恢復／為具象的示意」？我們可以以下圖解析此一
過程：

27　楊牧：〈論詩詩〉，《時光命題》，頁 108。
28　在文本的時間內，具體的時間代表時間的截斷，具體的空間代表空間的框
　　定，在此楊牧以「然後」使具體的時間框架被打破。詳可見顧俊：《小說結
　　構美學》（臺北：木鐸出版社，1988 年），頁 54。

時間的現象在「文本創造」的體驗過程中：
「具象的示意」————▶「抽象」————▶「具象的示意」

上圖是楊牧對時間在「文本創造」的體驗過程中的轉化過程，也就是楊牧在「文本創造」的過程中，先行體驗到時間的具象，即在意向弧中對周遭所建立的認知中感受到的具體時間徵象，繼而將所感知的具象時間徵象轉化為抽象的時間意識，進一步將時間意識轉化為具體的文字意象表述，「遠近紛紛成形／解體」則表現了時間的空間性，時間在空間中澄明自身的存有。但在「文本創造」的表述中，時間因表述者的意向而有所差異，換言之，就是時間因表述者意義充實的方向與想像的感性認識而澄明不同的面貌，楊牧以「時間」的論證作為〈論詩詩〉的第一段敘述，可知楊牧認為創作者在時間流中的體驗與表述是創作過程中最具奠基性的行為。

在〈論詩詩〉第六段，楊牧以引號的表述描寫時間在「文本創造」中的特徵，而這時間表徵建立在空間的體驗，在表述具體空間的同時，時間同樣被截斷框定，成為文學的具體時間，澄明了文學「截斷時間」的永恆性：

　　「追尋，搜索，縱橫大地
　　甚至於水國，太空，為敏銳的
　　心志指涉時刻變動中的音色
　　內外風景從而定位，裏外

　　情景交融互補──永恆
　　是你自時間切割下來的天工[29]」

前面兩行表述了空間對於「文本創造」的重要性，文本創造奠基於
創作者對空間的觀察，而表述者對空間的觀察牽涉到時間流的變
動，以及主體意識的指涉，當文本形成的同時，文本「截斷時間」
的永恆性被闡明出來，但文本所表述的時間並非只有被框定的「截
斷時間」而已，此詩最末一段言：

　　「詩本身不僅發現特定細節
　　果敢的心通過機伶的閱讀策略
　　將你的遭遇和思維一一擴大
　　渲染，與時間共同延續至永遠
　　展開無限，你終於警覺
　　惟詩真理是真理規範時間[30]」

因為詩文本所框定的「截斷時間」本身可以透過閱讀的視域融合，
而產生無限寬廣的視域可能，同時也使被框定的時間能透過視域融
合而對讀者開放，這是文本的開放性也是文本時間的開放性，據此
可以證明被創造出來的文本（在此處，楊牧指詩）透過表述對被規
定的時間進行意義充實；這種感性認識（想像）的充實具有無限延
續的可能，在文本（詩）的前提上，時間是被文本（詩）給予的，

---

[29]　楊牧：〈論詩詩〉，《時光命題》，頁 110。
[30]　同前註，頁 111-112。

是被文本（詩）所規範的，也就是說，在「文本創造」的體驗與想像所給予「時間」意義充實行為中，時間在視域融合的過程中不斷被想像創造出來，不但沒有「截斷時間」的框定，而且不一定受限於「線性時間」、「循環時間」等種種限制，表述證明時間在文學想像中的自由，這點我們在楊牧收錄在《涉事》的〈卻坐〉可以證明。

　　〈卻坐〉這首詩以對當下的感知、過去時間的回憶開始，透過想像去體驗文學文本的時間：

> 屋子裡有一種秋葉
> 燃燒的氣味，像往年
> 對窗讀書在遙遠的樓上
> 簷角聽見風鈴
> 若有若無的寂寞。我知道
> 翻過這一頁英雄即將起身，著裝
> 言秣其馬
> 檢視旗幟與劍
> 逆流而上遂去征服些縱火的龍
> 之類，解救一高貴，有難的女性
> 自危險的城堡。他的椅子空在
> 那裡。不安定的陽光
> 長期曬著[31]

---

[31] 楊牧：〈卻坐〉，《涉事》，頁 12-13。

這首詩是以「我」的意向弧去感知屋內的空間，藉此感對時間進行想像，對時間充滿屬己的想像與指涉意涵，這首詩從對屋內的空間感知，楊牧巧妙地以「秋葉燃燒的氣味」，用氣味的感知來帶出空間感，而不是一般人慣用的視覺敘述。這樣的敘述又帶出了「秋」的時間性，讓詩中「我」對過去時間產生聯想[32]，這聯想的活動本質上就是回憶，就是「去遠」的意向行為，將過去時間去遠使之近地拉到眼前當下的想像活動。因此這裡的「回憶」本身就是對過去時間的感性認識，而詩中「我」透過過去時間的「讀書」的視域融合，表述出閱讀的時間視域，去意向到文本中的詩中書文本內的「截斷時間」，透過想像嚴肅地讓閱讀所想像的視域示現在讀者面前，因此此詩本質上表述了三個層次的時間，也就是「當下時間」的意向感知、「過去時間」的追憶、聯想以及想像的「『閱讀』文本中框定的『截斷時間』」，楊牧巧妙地在一首詩中融合三種時間性質以及三種意識的意向活動，作為當下時間流中的時間意識表述，並透過此詩的表述讓讀者視域融合的過程中，能理解到對時間的認識

---

[32] 這種關聯性的聯想，可以說是一種「集合的聯想」。畢普塞維克說：「『集合』是胡賽爾的基本觀念之一。一個集合的誕生，乃是我們注意某些特定事物並將它們結合唯一的結果。它包含了各種在時間或空間上未必互相關連的不同元素。這些元素之間唯一的關連，就是『集合的聯想』的關係。根據胡賽爾的說法，『集合的聯想』是一種『心理關係』，它具有一種綜合的心理活動。」也就是說，透過「秋葉燃燒」的元素，使「我」時間意識中的「過去體驗」和「當下感知」到的元素「集合」起來所進行的回憶，故在此「回憶」的本質是「聯想」的，也就是元素「集合」的聯想。見〔英〕畢普塞維克（Edo Pivcevic）著，廖仁義譯：《胡賽爾與現象學》（臺北：桂冠書局，1986 年），頁 34。

本質上是想像的感性認識重於把握時間的本質，而存有對於當下時間的意義指涉也多半出自於存有的想像意向活動。例如，在楊牧對當下時間的感知進而想像到文本的「截斷時間」的「想像時間」[33]，澄明了時間的表述由主體的感性認識而給予規定。

　　綜觀此處所舉楊牧有關時間想像與指涉的詩，我們可以看見時間因為其抽象本質和本身的特性，可以作為愛情的隱喻，但後來楊牧更關注的是生命主體在時間流的體驗中，如何在時間的限制下以詩作為生命主體的示現，這種示現是意識想像的示現，也是體驗的示現，楊牧在〈論詩詩〉和〈卻坐〉給了我們他對於純粹時間想像與指涉的答案。

第三節　想像與指涉：時間的生命化

　　黑德爾分析胡塞爾的時間學說指出，時間的體驗形成一條體驗流，所有的體驗為「我」所體驗，使意識內部「知道」它自己的這種形式，這便是「內在時間意識」[34]。一般我們都是從外在時間參照物的意向來感知時間，而楊牧因對時間議題特別敏銳，在感知、

---

[33] 在此詩，楊牧表述以讀者的身份澄明了文本「截斷時間」在讀者視域融合的過程中，或視域融合之後可以在後來被想像創造出來，證明了〈論詩詩〉所說：「惟詩真理是真理規範時間」。

[34] 〔德〕克勞斯・黑德爾（Klaus Held）：〈導言〉收入〔德〕艾德蒙特・胡塞爾（Husserl, Edmund）著，倪梁康、張廷國譯：《生活世界現象學》，頁18-19。

認識了時間之後，繼而以純粹的時間主題來進行表述，從詩作中演繹其獨特的生命時間觀。

而楊牧在詩作中演繹認識其時間觀，其實也是證明其生命存在於時間流中的表述[35]，透過「時間意識」的敘述、隱喻，楊牧將他所體驗的時間「說」出來，確定在楊牧的意識內部「知道」自己的生命處在時間體驗流中。

我們在此章一開始論述了時間的抽象性與雜多性，因此楊牧為了能完整的「道說」出時間、充實「時間」的意識[36]，成為屬於自我的生命時間意涵，必須要藉助一些隱喻的敘事，如黃國鉅指出：「因為時間本身沒有內容，它必須借助一些比喻（analogy）的方法來表現它的格式[37]。」時間總是需要透過比喻來表述[38]，而在此章第一節所討論的作品如第一首〈給時間〉就是透過比喻來表述生命體驗本質上是「過去－當下－未來」的歷時性體驗，楊牧在這首長詩

---

[35] 王建元說：「（海德格）認為『存有』的深確認識只能從它在時間上的伸延順序入手。因為『存有』是一種瞭解『存在世界之中』的恆久不息的演化活動。」存有本身是一種理解，理解其「存在世界之中」的活動，而存在於時間流中是存有最基本、最重要的認識，楊牧表述純粹時間主題的詩作，在詩作中辯證其時間意識，其實就是楊牧長期關注時間，敏銳地掌握到存有本質的一種反應。王建元：〈現象學的時間觀與中國山水詩〉收入鄭樹森編：《現象學與文學批評》（臺北：三民出版社，1984年），頁174。

[36] 此處的「充實」，是指意向時間所得到的立義充實。

[37] 黃國鉅：〈《老子》的現象學分析與時間問題〉，《現象學與人文科學：現象學與道家哲學》（臺北：邊城出版社，2005年），頁124。

[38] 在本書前幾章的時間意識表述同樣也運用了比喻的手法，但與本章討論詩作表述不同的是，前幾章是先有現實的感知或抽象主題的思維，加以「時間意識」的意義充實，而此章所討論的作品則是直接以抽象生命時間為主題，本身的形象是空乏的，故比喻的運用與表述不可或缺。

中運用了多種比喻，透過生命時間的比喻，使存有在時間流中的體驗呈現出來，〈風雨渡〉和〈水妖〉仍延續著生命主體意識在時間流中所體驗的時間來進行表述，分別以具象和抽象來表述時間的線性方向以及當下存有的生命時間意涵。正如陳榮華所說：「時間作為詮釋存有意義的視域[39]。」只有時間的綿延存有變化，才能證實存有的生命時間意識（或生命體驗流）是有意義的，時間給予存有含義充實，而同一「為我」（屬己）的純粹生命時間意義則透過比喻的運用表述呈現出意涵。

　　我們在時間物的比喻與參照中理解時間，認知生命主體的時間體驗，使「時間」為我意識「內部」所知道。但在另一方面，楊牧又可以用「為我」所知道的時間來比喻、詮釋和指涉其想像。因此在本章第二節，我們從楊牧以「永恆」和「時間」的時間特徵來比喻愛情以及文學。楊牧對生命時間意識表述的經營極深，在早期寫作的〈永恆〉就能夠看見楊牧意欲以時間來表述愛情的企圖，愛情也是生命存有的現象之一，因此透過時間來詮釋愛情現象，是相當合適的；而另一方面，楊牧也用時間來詮釋文學，文學的意識示現，是存有的澄明，因此與「時間」作為存有的詮釋息息相關。楊牧更深入敘述表述文本的形式與內容在時間流中的結構，〈論詩詩〉與〈卻坐〉分別從作者與讀者兩方面來詮釋表述文本，並論證文本的形式內容在時間流中的關係。在這一小節中，我們看見楊牧用文本詮釋時間，時間詮釋文本的生命時間意識表述。這象徵著楊牧所意

---

[39]　陳榮華：《海德格《存有與時間》闡釋》，頁 38。

識到的時間，現象上可與愛情、文學相指涉，除了說明愛情及文學的時間性徵象，也呈現楊牧的時間意識是可落實於生命主體的愛情、文學活動中，時間流並不僅是「存有」存在其中，而是時間被生命的意識主體「生命化」或「人化」，產生了具有愛情、文學種種生命活動的生命時間意涵。這也是在楊牧時間書寫的作品中，一個常人少觸及到時間的精微特色。

第七章

結論：楊牧詩作中存有意識的確認
與展開

第一節　存有的確認：楊牧詩作中時間意識的感知與表述

　　文學作品是作者意識的展現，海德格更指出詩是道說的有式，
與主體之思是近鄰。而「意識是對某物的意識」[1]，也就是知覺活
動的經驗，然而時間意識是存有最原初的意識，因此所有的知覺
活動經驗都奠基於時間意識的產生，胡塞爾就說過：「初始的時
間意識本身起著知覺意識的作用，並在相應的想像意識中有其對
應物[2]。」時間意識使意識主體本身具有知覺的可能，因為知覺是
「連續性」的，是向過去與未來展開，時間意識使意識主體自身現

---

[1]　〔法〕沙特著，陳宣良等譯：《存在與虛無》（上），頁 22。
[2]　〔德〕艾德蒙特・胡塞爾著，李幼蒸譯：《純粹現象學通論》，頁 305。

實化[3]，因此時間意識是存有的確認，意識的基礎，在文學作品的示現中，時間意識佔了相當重要的地位。

楊牧長期經營對時間意象的書寫，其作品中呈現時間意識的感知與表述，同樣是楊牧作為存有的書寫中，對存有在時間流中的澄明。本書即以現象學方法解析楊牧詩中表述的時間意識，將楊牧詩中抽象及具象的時間意識特色澄明出來。正如倪梁康所說：

> 現象學之所以能夠吸引眾多的哲學研究者聚攏在它的旗幟之下，其關鍵的原因不外乎，它為那些厭倦了浮誇的虛構、偶發的機智、空泛的對話、虛假的問題的人們提供了一個可以進行嚴肅對話和討論的共同基礎。在這裡，一切都可能並且也應當是清楚而闡明的⋯⋯一旦進入到現象學的領域之中，人們並可以發現，這裡的分析，有目可以共睹，有案可以共緝，有據可以共依。學院式的研究和信仰式的宣傳在這裡涇渭分明。現象學迫使人們去嚴格地思維和精確地描述，它「用本質概念和規律性的本質陳述將那些在本質直觀中直接被把握的本質和建立的這些本質中的直觀性、描述性地、純粹地表述出來」[4]。

---

[3] 〔法〕亨利・柏格森著，肖聿譯：《材料與記憶》（北京：華夏出版社，1999年），頁 133。

[4] 倪梁康：〈何謂現象學精神？——《中國現象學與哲學評論》第一輯代序〉，《現象學的始基——胡塞爾《邏輯研究》釋要（內外篇）》（北京：中國人民大學出版社，2009 年），頁 220。

以現象學方法研究楊牧詩中生命時間意涵的呈現，可以避免對於文本詮釋的虛構或空泛，並透過現象學的「懸擱」，把文本中的現實和非現實中立化[5]，是讓我們可以用本質的概念去詮釋、探討楊牧詩中的意識表述活動，澄明出詩文本中我們欲求索的生命時間意識。

　　在本書第一章的研究方法和範圍界定中，我們引蔡美麗的整理談到，胡塞爾指出「意識對象」所存在的界域有「時間性的界域」（Temporal Horizon）、「空間性的界域」（Spatial Horizon）以及「意義的網絡」（Context if Meaning）[6]，由於時間意識是存有最原初的意識，故本書就楊牧詩作中的「時間界域」的感知與表述進行討論，然而時間如此抽象，如何表述時間？我們看見楊牧實際上是表述存有在「時間性的界域」中的位置，換言之，楊牧以詩作的表述確認生命主體在時間流中的存有[7]。而這個被文學作品表述的「時間界域」的範圍本質上是有限定的，是隨著楊牧書寫時所意識到的界域而展開，如胡塞爾說：「每一種體驗都有一個『界域』。界域隨著主觀的意識聯結的變更而變更，又隨著主觀意識從一個階段流動到另一階段的變更而變更。界域就是涉及到這個主觀意識過程本身的諸潛在意識的意向的界域。[8]」時間性的界域也同胡塞爾此處所

---

[5]　張永清：〈現象學懸擱對美學和藝術研究的方法論意義〉收入倪梁康編：《現象學與中國文化》（上海：上海譯文出版社，2003 年），頁 288。

[6]　蔡美麗：《胡塞爾》，頁 78。

[7]　在另一方面，存有為何要表述各種主題的意義或空間？同樣也是存有的確認和示現，因不在本書討論範圍內，暫且「存而不論」。

[8]　〔德〕艾德蒙特·胡塞爾著，張憲譯：《笛卡兒的沉思：現象學導論》（臺北：桂冠書局，1992 年），頁 54。

說的「界域」一樣，隨著「主觀的意識聯結的變更而變更」，因此
楊牧詩作中時間主題的書寫，是依循著楊牧主觀的意識而具有其獨
特性，而我們發現楊牧慣習將時間界域賦予生命價值的意涵，因此
本書從生命意涵觀察的角度進入楊牧時間書寫的詩作文本中。

　　然而我們說時間是抽象不可捉摸，生命主體意識如何在時間流
中感知時間並且表述時間？我們在楊牧詩作中，可發現楊牧是透過
時間的參照物以及隱喻的指涉來感知並表述時間，以確定生命在「時
間界域」中的存有。本書將楊牧時間書寫的詩作分章以「當下時間
的感知」、「時間流中的『倖存之軀』：在世覺知的身體時間意識」、
「跳躍的時間表述：詠史與虛構」、「存有的終結時間：面對死亡」、
「屬己的時間意識表述」等幾個面向從楊牧的詩作來看以他的生命
主體意識所意向到的時間徵象。

　　首先，第二章討論楊牧詩作中從身體時間徵象作為奠基的時間
表述，身體不僅佔有空間而成為理解他人的一個軸心參考空間或是
我們對「他者」想像的出發點[9]，而且因為身體是生命的獨立體[10]，
身體具有時間徵象如皺紋、皮膚、白髮都可喚起人對於時間的想像
與詮釋。但楊牧不僅於此，如〈俯視〉一詩中，他將身體的時間徵
象與立霧溪此「時間參照物」相互辯證，確認生命在時間流中的位

---

[9]　龔卓軍：〈身體感：胡塞爾對身體的形構分析〉，《應用心理研究》，第
　　29 期（2006 年 3 月），頁 172。
[10]　柏格森指出身體是生命的獨立體：「必然要在時間裏才能永存，注定在空間
　　裏無法完成。」換言之，身體不能單獨存在於空間中，身體具有其時間性。
　　參見〔法〕亨利・柏格森（Bergson, Henri），諾貝爾文學獎全集編譯委員會
　　譯：〈創化論〉收入《柏格森》，頁 52。

置，或者從自我與他者的身體徵象延伸出對生命時間意涵、生命價值和文學追求的想像與詮釋，因此楊牧的身體時間書寫，本質上卻是在表述生命在時間流中的價值與追求。

　　我們在楊牧詩中看到即使是當下感知的表述，也會透過「回憶」或「前瞻」來確定當下生命主體在時間流中的存有，如第三章所討論的〈不知名的落葉喬木〉和〈夏天的草莓場〉，透過回憶喚起「過去的界域」[11]，使過去時間被當下化、現實化。正如柏格森說：「記憶的作用，無非是把過去的事物傳遞入現在。我的心靈狀態，在時間之流中進行時，持續不斷地充滿於其所盈積的『綿延』中[12]。」過去時間的印象必然會在當下所盈積的「綿延」中當下化，和當下生命主體的實際知覺統一，使存有確認了自我存在於時間流當中，在《花季》時期的楊牧就寫下了：

> 過去和未來在此相會
> 只為交換一個眼色？
> 或為傳遞剎那間的心跳[13]？

將過去與未來「當下化」於現在，透過「晚霞」的象徵作一具象化的描寫，因此存有對時間當下的感知，除了是當下「體驗」的，也是過去「經驗」的，使存有在時間的綿延中確認他自己。

---

[11]　同前註。
[12]　〔法〕亨利‧柏格森著，諾貝爾文學獎全集編譯委員會譯：〈創化論〉收入《柏格森》，頁42。
[13]　楊牧：〈晚霞〉，《楊牧詩集I》，頁101-102。

對於楊牧詩中歷史時間意識的敘述與詮釋被放在第四章「詠史與虛構」中討論，此章第一節「以我觀史」使我們從楊牧詩作敘述的歷史事件中，看見楊牧生命主體的意識投射；第二節「以我入史」則論述楊牧詩作從歷史時間中的人物和空間形象，表述出自我生命時間意識。從這兩節中不同的兩種意識呈現方式，都是將「歷史人物」其在歷史時間中的特質作為作者主體生命的意識投射，或隱喻自我主體生命的特質徵象。兩種的表述的面向皆呈現了楊牧汲取歷史時間特色，藉以來澄明自我生命時間意涵的創作特質。

第五章討論楊牧意向「死亡」這個時間性主題的詩作，許多詩人都會觸及到「死亡」這個主題，多半以想像的虛構或情感的充實來表述「直接」的或「在側」的面對死亡的時間性。楊牧以生命主體意識的立場，對「死亡」時間性的表述充滿對生命的哲思，楊牧這類作品尤其以哀悼他人的「輓詩」，對生命時間意涵的思索更加深切，因為真實面對「死亡」的「在側」位置，楊牧所意識到的並不是主體際性的同情與想像，而是生命主體在時間流中的綿延與開展，如〈挽歌詩〉（為錢新祖）詩末寫道：「朝我們洞明雪亮的方向／這樣蹣跚搖擺，尋視此去幽黯的／前路，光明勝過宇宙創生第一個正午」，以具體的行走動作隱喻生命主體在時間流中的展開，死亡就是人生最後的展開；楊牧重視生命的時間性以及生命時間性的經營，我們在這些指涉「死亡」的時間表述作品中，仍可以看見楊牧詩中充實的生命時間意涵。

第六章論述楊牧生命主體意識所意向、指涉的「純粹時間」表述以及時間的隱喻，純粹時間的哲思是抽象難以表述的，但楊牧運

用生命時間的徵象，由生命主體的時間性表述出他所意向並指涉的生命時間樣貌出來，從〈風雨渡〉中我們可以看出不同面向的生命時間意涵的表述。第二節所討論的「時間的想像與指涉」，事實上也就是被表述的時間，時間在文本中被表述出來，〈永恆〉以「愛情」的意義充實來表述時間，使時間意識構成了具有愛情意義的生命時間意識；而〈論詩詩〉、〈卻坐〉則以「文學」的意義充實來表述時間。在此，時間並不僅止於存有「在之中」的綿延，而是被指涉、想像的一個生命時間意涵的主題，楊牧透過他作品的表述，闡明被指涉、想像的生命時間意涵。

我們在本節一開始即提到，文學作品是作者意識的示現，而文學作品當然不僅止於時間意識的表述，正如我們前文所引蔡美麗的整理，還有意義界域、空間界域亦會在文本中成形，因此我們在雜多交混的意識表述中，釐清其中的時間意識並將之歸納為上述幾種感知及表述的面向，從中看見楊牧其生命主體對時間的感知與認識，正如李杰所言：

> 在對時間從具體到抽象的認識過程中，在對周圍客觀物象的觀察和體悟中，在四時的流轉往還裏，人類逐漸讀出了生命的節律迴圈，於是人們用對時間的感悟來反觀自身，四時不僅是自然生命生死興衰的表徵，而且更具有與人精神相參透的特質，這才產生了真正意義上的時間意識，即生命時間意識[14]。

---

[14] 李杰：〈中國詩歌裡的時間意識〉，《學術探索》，第 10 期（2004 年 10 月），頁 117。

楊牧從時間的感知中深深體悟到生命與時間的現象，進而用時間的感悟作為自身的意識充實，作為自身存有的確認，使其時間意識的表述進一步形成具有生命時間意涵的作品呈現。在其長期意識到並經營「時間」主題的創作中，我們看見楊牧細微表述出當下、過去與未來的關係，以及物我、主體際間的時間位置，時間中的生命價值與死亡懸臨的意識感知，也從楊牧的表述中見證到其對「時間」的指涉與意義充實，確實地在詩裡將「時間」與之精神相參透，使其詩作在對時間的敘述中充滿對自我存有確認的生命內容。

第二節　存有的示現：楊牧詩作中所開展的生命時間意涵

　　從上一節的論述，我們能初步地與楊牧詩作中所表現生命時間意涵「視域融合」，理解到楊牧其存有的生命主體意識如何在意向活動中意向並表述時間。存有以「身體」以及「身體活動」在這個世界展開，將自我投向這個世界（或者我們可以說，「時間界域」、「空間界域」以及「意義界域」之中）。而生命如何確認投向這個世界？即是透過意識的意向活動，透過意向活動去認識時間（在本書中對「時間」以外的界域，暫且「懸置」起來。）並進一步表述時間以證成自我以及自我意識的存有。

　　我們在楊牧詩中，看見楊牧廣泛且細微的感知外在事物（包含自我與他者的身體）的時間徵象，正如胡塞爾所說：

物作為時間物（res temporalis），以時間的必然「形式」呈現在其觀念的本質中[15]。

物具有「時間」的形式而被意識到時間，並作為「時間參照物」而在詩中形成了時間意象，參照表述者所意識到、體驗到的時間歷程，為了使生命主體能夠在界域中澄明，在時間流中示現。我們看見楊牧透過語言的表述，運用「外在事物」、自我與他者的時間參照，過去、現在、未來的彼此相應，確認了自我在時間流中存有，並透過語言的表述充實自我對生命時間的指涉與意涵。

　　存有是在時間流中存有，存有也在時間流中持續地進行意向活動並確認自我的存有，並且在表述中示現出來。文學作品就是意向在表述過程中示現的意向構成物，文學作品將「不可見的」意義或意向活動轉化為「可見的」文本。楊牧將其時間意識透過自我的表述、對物的敘述、對時間徵象的擬構，轉化為可對他者的我們示現的文本，我們在詩中的那些意象、隱喻、象徵以及敘述語言中就已清楚見證了與楊牧時間意識相參透的生命時間內容的表述，我們在理解時間意識的表述過程中，同時也理解了楊牧個人對於生命哲思、文學追求的生命時間價值與內涵。

　　而且我們也重新認識在海德格所重視的「詩」之道說中，楊牧運用詩的語言特質，將抽象的時間轉化為可感、可表述的詩意象，繼而用時間的徵象來充實楊牧生命時間內涵（如第六章所論述的作品）；海德格說：「為了成為我們人之所是，我們人始終被嵌入語

---

[15] 〔德〕艾德蒙特・胡塞爾著，李幼蒸譯：《純粹現象學通論》，頁400。

言本質中了，從而決不能出離於語言本質而從別處來尋視語言本質。因此，我們始終只是就我們為語言本身所注視、歸本於語言本質這樣一種意義上來洞察語言本質[16]。」在海德格處，語言象徵人的本質，語言道出人之所是，道出人的意識與活動。我們看見楊牧透過語言道出其之所「是」，楊牧透過詩的語言「傳訴」出其生命時間意涵。且在海德格看來，真正的語言本質上是詩[17]，因此詩的語言表述得以成為楊牧其生命存有意識表述的可能，楊牧的主體意識可以用詩的語言澄明示現他自己，而澄明示現的方式即是文學作品的形式內容。然而，正如海德格指出作品的被創作存有只有在創作過程中才能被我們所把握，在這個事實的前提下，評論者必須深入領會創作者的意識活動，才可能達到藝術作品的本源[18]。因此本書以「意識的表述」作為主題，從楊牧詩作中敘述形式對所呈現的主體意向活動加以理解、詮說，以澄明其「存有的示現」。

就意識的表述，我們在楊牧詩作中深具「生命時間意涵」的語言表述，看見其生命主體在時間流中的示現、在時間界域中的澄明。楊牧的詩作對我們開展了表述者生命時間意識的生命時間意涵。這是表述者楊牧的存有在時間流中的示現。我們將楊牧詩作當成可被

---

[16] 〔德〕馬丁・海德格著，孫周思興譯：《走向語言之途》，頁234。

[17] 張天昱：〈從基礎本體到本體論的基礎〉，熊偉編：《現象學與海德格》（臺北：遠流出版社，1994年1），頁171。

[18] 〔德〕馬丁・海德格著，孫周興譯：〈藝術作品的本源〉，《林中路》，頁38。

理解的主體，一個展現意識的意向構成物，在主體際性的結構中，我們以「同情共感」（sympathy）的「移情」去理解它[19]，認知它，並且期望達到視域融合。

---

[19] 關於「同情共感」，見龔卓軍：〈身體感與時間性〉，《身體部署：梅洛龐蒂與現象學之後》，頁 117。關於現象學的「移情」，見王子銘：《現象學與美學反思》（濟南：齊魯書社，2005 年），頁 139。

意識的表述：楊牧詩作中的生命時間意涵
244

引用文獻

一、詩集

楊牧：《楊牧詩集 I》，台北：洪範，1995 年。

楊牧：《楊牧詩集 II》，台北：洪範，1995 年。

楊牧：《時光命題》，台北：洪範，1997 年。

楊牧：《完整的寓言》，台北：洪範，1998 年。

楊牧：《涉事》，台北：洪範，2001 年。

楊牧：《介殼蟲》，台北：洪範，2006 年。

二、西方翻譯著作

聖奧斯定（Augustine, St.）著，應楓譯：《懺悔錄》、台中：光啟，1976 年。

柏格森（Bergson, H.L.）著，張君譯：《物質與記憶》，台北：先知，1976 年。

柏格森（Bergson, Henri）著，諾貝爾文學獎全集編譯委員會譯：〈創化論〉
　　收錄於《柏格森》，台北：書華，1981 年。

柏格森（Bergson, H.L.）著，李斯等譯：《創造進化論》，長春：時代文藝出
　　版社，2006 年。

柏格森（Bergson, H.L.）著，吳士棟譯：《時間與自由意志》，北京：商務印
　　書館，2007 年。

約翰・柏格（Berger, John）著，吳莉君譯：《觀看的方式》，台北：麥田，
　　2005 年。

德穆・莫倫（Dermont Moram）著、蔡錚雲譯：《現象學導論》，台北：桂
　　冠，2005 年。

米・杜夫海納著，韓樹站（Dufrenne, Mikel）譯：《審美經驗現象學》，北京：
　　文化藝術，1996 年。

狄爾泰（Dilthey, Wilhelm）著：《詩的偉大想像》，轉引自劉小楓：《詩化哲
　　學》，山東：山東文藝出版杜，1987 年。

Eisenstein 著，黃鐘秀譯：《艾森斯坦——蒙太奇之父》，台北：北辰文化，
　　1987 年。

歐肯（Eucken, Rudolf）、柏格森（Bergson, Henri）著，李斯等譯：《諾貝爾
　　獎文集》，北京：時代文藝，2006 年。

漢斯・格奧爾格・伽達默爾（Gadamer, Hans-Georg）著，洪漢鼎譯：《真理
　　與方法－哲學詮釋學的基本特徵》，上海：上海譯文出版社，2004 年。

胡塞爾（Husserl, Edmund）著，張憲譯：《笛卡兒的沉思：現象學導論》，
　　台北：桂冠，1992 年。

艾德蒙特・胡塞爾（Husserl, Edmund）著，倪梁康譯：《邏輯研究・第一卷，
　　純粹邏輯學導引》，台北：時報文化，1994 年）。

胡塞爾（Husserl, Edmund）著，李幼蒸譯：《純粹現象學通論》，台北：桂
　　冠，1994 年。

胡塞爾（Husserl, Edmund）著，倪梁康編：《胡塞爾選集（上）》，上海：三
　　聯書局，1997 年。

胡塞爾（Husserl, Edmund）著，倪梁康編：《胡塞爾選集（下）》，上海：三
　　聯書局，1997 年。

艾德蒙特・胡塞爾（Husserl, Edmund）著，倪梁康譯：《邏輯研究・第二卷，
　　第一部份　現象學與認識論研究》，台北：時報文化，1999 年。

埃德蒙德・胡塞爾（Husserl, Edmund）著，倪梁康、張廷國譯：《生活世界
　　現象學》，上海：譯文出版，2002 年。

馬丁・海德格（Heidegger, Martin）著，孫周思興譯：《走向語言之途》，台
　　北：時報，1993 年。

馬丁‧海德格（Heidegger, Martin）著，孫周興譯：《林中路》，台北：時報
　　文化，1994 年。

馬丁‧海德格（Heidegger, Martin）著，王慶節、陳嘉映譯：《存在與時間》，
　　台北：桂冠，1994 年。

海德格爾（Heidegger, Martin）著，郜元寶譯：《人，詩意地安居－海德格
　　爾語要》，上海：上海遠東出版社，1995 年。

海德格爾（Heidegger, Martin）著，郜元寶譯：《人，詩意地安居》，廣西：
　　廣西師範大學出版社，2000 年。

馬丁‧海德格爾（Heidegger, Martin）著，歐東明譯：《時間概念史導論》，
　　北京：商務印書館，2009 年。

黑格爾（Hegel, G.W.F.）著，朱孟實譯：《美學〈二〉》，台北：里仁書局，
　　1981 年。

羅曼‧英加登（Ingarden, Roman）著，張振輝譯：《論文學作品》，開封：
　　河南大學出版社，2008 年。

羅曼‧英加登（Ingarden, Roman）著，陳燕谷、曉未譯：《對文學的藝術作
　　品的認識》，台北：商鼎，1991 年。

德希達（Jacques Derrida）著，劉北成等譯：《言語與現象》，台北：桂冠，
　　1998 年。

克勞斯‧黑爾德（Klaus, Held）著，靳希平、孫周興、張燈、柯小剛譯：《時
　　間現象學的基本概念》，上海：譯文，2009 年。

朱光潛譯（未標明作者，應為[德]萊辛（Lessing, G.E.））：《詩與畫的界限》，
　　板橋：駱駝出版社，無標明出版年。

沙特（Sartre, J.P.）著、陳宣良等譯：《存在與虛無（上）》，台北：桂冠，1990
　　年。沙特（Sartre, J.P.）著、陳宣良等譯：《存在與虛無（下）》，台北：
　　桂冠，2002 年。

莫里斯‧梅洛－龐蒂（Merleau-Ponty, Maurice）著，楊大春等譯：《行為結
　　構》，北京：商務印書館，2005 年。

莫里斯‧梅洛－龐蒂（Merleau-Ponty, Maurice）著，姜志輝譯：《知覺現象
　　學》，北京：商務，2005 年。

梅洛‧龐蒂（Merleau-Ponty, Maurice）著，王東亮譯：《知覺的首要地位及
　　其哲學結論》，北京：三聯書店，2002 年。

莫里斯‧梅洛－龐蒂（Merleau-Ponty, Maurice）著，姜志輝譯：《符號》，
　　北京：商務印書館，2005 年。

莫里斯‧梅洛－龐蒂（Merleau-Ponty, Maurice）著，楊大春譯：《世界的散
　　文》，北京：商務印書館 2005 年。

莫里斯‧梅洛－龐蒂（Merleau-Ponty, Maurice）著，楊大春譯：《哲學贊詞》，
　　北京：商務印書館 2000 年。

梅洛龐蒂（Merleau-Ponty, Maurice）著，龔卓軍譯：《眼與心》，台北：典
　　藏藝術家庭，2007 年。

帕特里夏‧奧坦伯德‧約翰遜（Patricia Altenbernd Johnson）著，何衛平譯：
　　《伽達默爾》，北京：中華，2003 年。

羅伯‧索科斯基（Robert, Sokolowski）著、李維倫譯：《現象學十四講》，
　　台北：心靈工坊文化，2004 年。

叔本華（Schopenhauer）著，陳曉南譯：《叔本華論文集》，台北：新潮文庫，
　　1975 年。

丹尼爾‧托馬斯‧普里莫茲克（Primozic, Daniel Thomas）著，關群德譯：《梅
　　洛－龐蒂》，北京：中華，2003 年。

拉瓦爾（Lawall, Sarah N.）、馬伯樂（Magliola, Robert R.）著、李正治譯：
　　《意識批評家：日內瓦學派文學批評導論》，台北：金楓，1987 年。

三、論述專著

尤純純：《重塑現代詩：羅門詩的時空觀》，台北：文史哲，2003 年。

仇小屏：《古典詩詞時空設計之研究》，台北：花木蘭，2007 年。

王謙先：《莊子集解》〈秋水篇〉，北京：中華書局，1987 年。

王魯湘等編譯：《西方學者眼中的西方現代美學》，北京大學出版社，
　　1987 年。

王隆升：《宋詞的登望意識與境界》，台北：文津，1998 年。

王子銘：《現象學與美學反思》，濟南：齊魯書社，2005 年。

司馬遷原著：《新校史記三家注》，台北：世界，1993 年。

朱光潛：《詩論》，台北：萬卷樓，1993 年。

朱光潛：《詩論》，台北：萬卷樓，1993 年。

朱哲：《先秦道家哲學研究》，上海：上海人民出版社，2000 年。

余光中：《掌上雨》，台北：大林，1978 年。

余德慧：《詮釋現象心理學》，台北：心靈工坊文化事業，2001 年。

李元洛：《詩美學》，台北：東大，2007 年。

阮元刻本：《論語注疏》，台北：藝文，嘉慶二十年江西南昌府學開雕本。

沈清松：《現代哲學論衡》，台北：黎明文化，1985 年。

紀昀等編：《景印文淵閣四庫全書》，台北：商務，1985 年，第 1330 冊。

汪祖華：《時間的征服》，台北：大眾，1992 年。

李慶甲集評校點：《瀛奎律髓匯評》，上海：古籍出版社，1993 年。

汪文聖：《胡塞爾與海德格》，台北：遠流，1995 年。

汪文聖：《現象學與科學哲學》，台北：五南，2001 年。

吳國盛：《時間的觀念》，北京：中國社會科學，1996 年。

孟樊主編：《當代台灣文學批評大系‧新詩評論卷》，台北：正中，1998 年。

李清筠著：《時空情境中的自我影像：以阮籍、陸機、陶淵明詩為例》，台
　　北：文津，2000 年。

呂怡菁：《流動與靜止——從空間感知方式論「神韻」詩朦朧間隔的審美特
　　質》，臺北：木蘭花出版社，2007 年。

周伯乃選譯：《存在主義與現代文學》，台北：立志，1970 年。

房玄齡：〈羊祜列傳〉，《晉書》，台北：鼎文，1979 年。

吳國盛：《時間的觀念》，北京：中國社會科學出版社，1996 年。

林明德：《台灣現代詩經緯》，台北：聯合文學，2001 年。

夏昭炎：《意境概說——中國文藝美學範疇研究》，北京：北京廣播學院出
　　版社，2003 年。

倪梁康：《現象學及其效應：胡塞爾與當代德國哲學》，北京：三聯，
　　1994 年。

倪梁康：《意識的向度：以胡塞爾為軸心的現象學問題研究》，北京：北京
　　大學出版社，2007 年。

郭象注：《莊子》，台北：藝文，1990 年。

許又方：《時間的影跡》，台北：秀威資訊，2006 年。

馬大康、葉世祥、孫鵬程：《文學時間研究》，北京：中國社會科學出版社，
　　2008 年 12 月。

高宣揚：《存在主義》，台北：遠流，1993 年。

陳植鍔：《詩歌意象論：微觀詩史初探》，北京：中國社會科學院出版社，
　　1990 年。

陳天機、許倬雲、關子尹主編：《系統視野與宇宙人生》，香港：商務，
　　1999 年。

陳芳明：《深山夜讀》，台北：聯合文學，2001 年。

陳芳明：《後殖民台灣——文學史論及其周邊》，台北：麥田，2002 年。

陳榮華：《海德格《存有與時間》闡釋》，台北：台大出版中心，2003 年。

陳怡菁：《文化尋根與歷史定位——現代詩中的海洋文化軌跡》，台北：文
　　津，2006 年。

陳清俊：《盛唐時空意識研究》，台北：花木蘭，2007 年。

張旺山：《狄爾泰》，台北：東大圖書 1986 年。

曾霄容：《時空論》，台北：青文，1972 年。

夏婉雲：《童詩的時空設計》，台北：富春，2007 年。

張雲鵬、胡藝珊著：《現象學方法與美學》，浙江：浙江大學出版社，
　　2007 年。

清聖祖御定：《全唐詩》（北京：中華書局，1985 年），338 卷，頁 3785。

國立彰化師範大學國文系編：《臺灣前行代詩家論》，台北：萬卷樓，
　　2003 年。

勞承萬：《審美中介論》，上海：上海文藝出版社，2001 年。

黃永武：《中國詩學·設計篇》，台北：巨流，1982 年。

楊義：《中國敘事學》，嘉義：南華管理學院，1998。

喻守真：《唐詩三百首詳析》，北京：中華書局，1985 年。

鄭樹森編：《現象學與文學批評》，台北：三民，1984 年。

鄭金川：《梅洛——龐蒂的美學》，台北：遠流，1993 年。

鄭慧如：《身體詩論》，台北：五南，2004 年。

熊偉編：《現象學與海德格》，台北：遠流，1994 年。

滕守堯：《審美心理描述》，四川人民出版社，2008 年。

蔡美麗：《胡塞爾》，台北：東大，2007 年。

蕭統：《文選》，台北：京漢文化影印清‧胡克家覆宋淳熙本，1983 年。
戴昭銘：《文化語言學導論》，北京：語文出版社，1996 年。
降大任：《詠史詩注析》，山西：人民出版社，1985 年，頁 490。
賴芳伶：《新詩典範的追求》，台北：大安，2002 年。
簡政珍：《詩心與詩學》，台北：書林，1999 年。
簡政珍：《語言與文學空間》，台北：漢光，1989。
蘇宏斌：《現象學美學導論》，北京：商務印書館，2005 年。
李清筠：《時空情境中的自我影像：以阮籍、陸機、陶淵明詩為例》，台北：
　　文津，2000 年。
龍協濤：《文學解讀與美的再創造》，台北：時報文化，1993 年。
龔卓軍著：《身體部署：梅洛龐蒂與現象學之後》，台北：心靈工坊，
　　2006 年。

四、期刊、單篇論文

李杰：〈中國詩歌裡的時間意識〉，《學術探索》，第 10 期，2004 年 10 月，
　　頁 117。
汪天文：〈時間概念的哲學透視〉，《江西社會科學》（哲學研究），2003 年
　　第 6 期，頁 22。
邱建國：〈論詩的時空轉換及審美效應〉，《韶關大學學報（社會科學版）》，
　　第 15 卷第 1 期，1994 年 3 月，頁 63-67。
尚永亮：〈自然與時空——漫議中國古代時空觀與文學表現〉，《荊州師範學
　　院學報》（社會科學版），2003 年第 1 期，頁 12-13。
馬大康：〈向死而生：悲劇的時間結構〉，《學術月刊》， 2009 年 5 月第 41
　　卷 5 月號，頁 95-102。
馬大康：〈論文學時間的獨特性〉，《文藝理論研究》，1990 年第 5 期，頁 22-29。
班瀾：〈論中國古代詩歌的詩性時空〉，《內蒙古社會科學（漢文版）》，總第
　　123 期第 5 期，2000 年 9 月，頁 69-75。
郭善芳：〈時空隱喻的認知學分析〉，《貴州大學學報（社會科學版）》，第
　　25 卷第 5 期，2007 年 9 月，81-84。

曾珍珍：〈生態楊牧──析論生態意象在楊牧詩歌中的運用〉，《中外文學》，
　　第 31 卷，第 8 期，2003 年 1 月，頁 161。

張堯均：〈時間性與主體的命運──從時間為度看主體的嬗變〉，《江蘇社會
　　科學》，2004 年第 1 期，頁 94-95。

游喚：〈時間與動作在詩中的作用〉，《台灣詩學季刊》第 9 期，1983 年 12
　　月，頁 139。

賴芳伶：〈楊牧山水詩中的深邃美〉，國立彰化師範大學現代詩研討會編輯
　　委員主編：《現代詩語言與教學》，國立彰化師範大學國文系，頁 359。

許又方：〈主體的重構：論賈誼憑弔屈原的深層意涵〉，《中央大學人文學
　　報》，1999 年 1 月第 37 期，頁 5。

曾珍珍：〈從神話構思到歷史銘刻〉，《第二屆花蓮文學研討會論文集》，花
　　蓮：花蓮縣文化局，1990 年，頁 36。

楊雲香：〈審美流變與時間〉，《殷都學刊》，第 1 期，2000 年，頁 82-85。

雷恩海：〈詠史詩淵源的探討暨詠史詩內涵之界定〉，《貴州社會科學》，1996
　　年，第 4 期，總第 142 期，頁 70-74。

簡政珍：〈意象的「發現」與「發明」〉，《創世紀》，2004 年 3 月第 138 期，
　　頁 28。

夏臘初：〈論柏格森「心理時間」對意識流小說的關鍵性影響〉，《雲南師範
　　大學學報》，2005 年第 4 期，頁 89-95。

龔卓軍：〈身體感：胡塞爾對身體的形構分析〉，《應用心理研究》，2006 年
　　3 月第 29 期，頁 172。

五、學位論文

王禮平：〈存在的吶喊──綿延與柏格森主義〉，復旦大學外國哲學博士論
　　文，2005 年。

李秀容：〈楊牧詩介入與疏離研究〉，國立臺南大學國語文學系中國文學碩
　　士在職專班碩士論文，2009 年。

何雅雯：〈創作實踐與主體追尋的融涉：楊牧詩文研究〉，國力台灣大學中
　　國文學研究所碩士論文，2001 年。

林婉瑜：〈楊牧《時光命題》語言風格研究〉，台北：東吳大學中國文學研究所碩士論文，2003 年。

宋維科：〈高達美與傳統：哲學詮釋與修辭學關聯之研究〉，國立台灣大學外國語文研究所博士論文，2003 年。

林慧如：〈海德格晚期沉思性反思之研究〉，國立台灣大學哲學研究所博士論文，2000 年。

孫偉迪：〈楊牧詩的音樂性研究〉，國立成功大學中國文學系碩士論文，2007 年。

徐培晃：〈楊牧詩風的遞變過程〉，逢甲大學中國文學所碩士論文，2005 年。

陳慧平：〈時間之流與權力意志〉，廈門大學外國哲學碩士論文，2002 年。

彭進寶：〈意識與時間〉，國立中正大學哲學研究所碩士論文，1999 年。

鄔昆如：〈胡塞爾自我學研究──從笛卡兒的「我思」到胡塞爾的意說〉，輔仁大學哲學研究所博士論文，1981 年。

謝雪梅：〈虛構敘事中時間的分形〉，浙江大學文藝學博士論文，2006 年。

劉亞蘭：〈可見的與不可見的：梅洛龐蒂視覺哲學研究〉，國立台灣大學哲學所博士論文學，1993 年。

簡文志：〈楊牧詩研究〉，私立東吳大學中國文學研究所碩士論文，2000 年。

龔卓軍：〈身體與想像的辯證：尼采、胡塞爾、梅洛龐蒂〉，國立台灣大學哲學研究所博士論文，1997 年。

意識的表述：楊牧詩作中的生命時間意涵
254

新銳文叢26　PG0894

新銳文創
INDEPENDENT & UNIQUE

意識的表述：
楊牧詩作中的生命時間意涵

作　　者	劉益州
責任編輯	劉　璞
圖文排版	姚宜婷
封面設計	王嵩賀

出版策劃	新銳文創
發 行 人	宋政坤
法律顧問	毛國樑　律師
製作發行	秀威資訊科技股份有限公司
	114 台北市內湖區瑞光路76巷65號1樓
	電話：+886-2-2796-3638　傳真：+886-2-2796-1377
	服務信箱：service@showwe.com.tw
	http://www.showwe.com.tw
郵政劃撥	19563868　戶名：秀威資訊科技股份有限公司
展售門市	國家書店【松江門市】
	104 台北市中山區松江路209號1樓
	電話：+886-2-2518-0207　傳真：+886-2-2518-0778
網路訂購	秀威網路書店：http://www.bodbooks.com.tw
	國家網路書店：http://www.govbooks.com.tw

出版日期	2013年1月　BOD一版
定　　價	300元

國家圖書館出版品預行編目

意識的表述：楊牧詩作中的生命時間意涵 / 劉益州著. --
初版. -- 臺北市：新銳文創, 2013. 01
　　面；　公分. -- (新銳文叢26；PG0894)
　ISBN 978-986-5915-47-6 (平裝)

　1.楊牧　2. 新詩　3. 詩評

851.486　　　　　　　　　　　　　　101026811

讀 者 回 函 卡

感謝您購買本書，為提升服務品質，請填妥以下資料，將讀者回函卡直接寄回或傳真本公司，收到您的寶貴意見後，我們會收藏記錄及檢討，謝謝！如您需要了解本公司最新出版書目、購書優惠或企劃活動，歡迎您上網查詢或下載相關資料：http:// www.showwe.com.tw

您購買的書名：_____

出生日期：_____年_____月_____日

學歷：□高中 (含) 以下　　□大專　　□研究所 (含) 以上

職業：□製造業　□金融業　□資訊業　□軍警　□傳播業　□自由業
　　　□服務業　□公務員　□教職　　□學生　□家管　　□其它_____

購書地點：□網路書店　□實體書店　□書展　□郵購　□贈閱　□其他

您從何得知本書的消息？

　□網路書店　□實體書店　□網路搜尋　□電子報　□書訊　□雜誌

　□傳播媒體　□親友推薦　□網站推薦　□部落格　□其他_____

您對本書的評價：（請填代號　1.非常滿意　2.滿意　3.尚可　4.再改進）

　封面設計____　版面編排____　內容____　文／譯筆____　價格____

讀完書後您覺得：

　□很有收穫　□有收穫　□收穫不多　□沒收穫

對我們的建議：_____

_____

_____

_____

11466
台北市內湖區瑞光路 76 巷 65 號 1 樓

秀威資訊科技股份有限公司　　　收

BOD 數位出版事業部

⋯⋯⋯⋯⋯⋯⋯⋯⋯⋯⋯⋯⋯⋯⋯⋯⋯⋯⋯⋯⋯⋯⋯⋯⋯⋯⋯⋯⋯⋯⋯⋯⋯

（請沿線對折寄回，謝謝！）

姓　　名：＿＿＿＿＿＿＿＿　　年齡：＿＿＿＿　　性別：□女　□男

郵遞區號：□□□□□

地　　址：＿＿＿＿＿＿＿＿＿＿＿＿＿＿＿＿＿＿＿＿＿＿＿＿

聯絡電話：(日) ＿＿＿＿＿＿＿＿＿＿　(夜) ＿＿＿＿＿＿＿＿＿＿

E-mail：＿＿＿＿＿＿＿＿＿＿＿＿＿＿＿＿＿＿＿＿＿＿＿